KB239359

교양없는 밤

박진규 소설

고양 없는 밤

문학동네

너무 추워

아침에 눈을 뜨면 자는 동안 누군가 가슴팍에 걸터앉아 양손으로 내 목을 조르고 있었던 것만 같은 기분이 들었다. 언제부터 그런 불쾌감에 시달렸는지 기억이 잘 나지 않는다. 다만 전날 과음을 해서 곯아떨어지건 불면증에 시달려 뒤척대다 잠이 들건 상관없이 그래왔다. 학교에 다닐 때나 직장에 다닐 때나 술장사를 하는 지금도 여전히. 언제나 눈을 뜨면 눈에 보이지 않는 그 무엇이 내 목을 졸랐다. 상쾌하게 기지개를 켜며 아침잠을 깨는 일 따위는 내게 말이 안 되는 일이었다.

오늘 아침이 특별했던 건 그래서였다. 목덜미와 어깨를 어루만지듯 서늘하면서 상쾌한 바람이 잠을 깨웠다. 나는 가볍게 뺨을 긁다가 옆으로 돌아누웠다. 베개에 얼굴을 묻고 슬그머니 미소를 지었다. 눈은 뜨지 않고 콧노래를 불렀다. 흥얼흥얼, 옛 여가수의 노래였는데 제목은 잘 떠오르지 않았다. 사랑에 대한 찬가였을 텐데 가사가 청승맞진 않았다.

'아, 그래 패티김. 패티김 노래군.'

며칠 전 주점에서 신청곡을 받아 패티김의 레코드를 턴테이블에 올려놓았던 기억이 났다. 나는 70년대풍의 분위기가 감도는 작은 주점 '1975'의 사장이다. 1975는 나와 인연이 많은 가게였다. 1975년은 내가 태어난 해였고 대학 시절부터 1975에서 아르바이트를 했고 직장에 다니면서 단골 노릇까지 톡톡히 했다. 독신이었던 주점 사장이 뉴질랜드로 이민을 떠나면서 엉겁결에 내가 그 가게를 떠맡았다. 그후 오 년 동안 1975의 공간에 머물렀다. 물론 중간에 일 년 반을 쉬었다. 다시는 반추하고 싶지 않은 휴식 기간이었다.

'안 돼, 또 이렇게 엉망으로 가라앉으면.'

기분이 바닥으로 내려앉지 않은 까닭은 숫제 상쾌한 바람 덕이었다. 바람이 감미롭고 달았다.

나는 침대에서 몸을 일으켰다. 별생각 없이 어떤 인기척에 내 방 모서리로 시선이 갔다.

빛이 바랜 분홍색 원피스 잠옷을 입은 아내가 벽에 몸을 기댄 채 차렷 자세로 서 있었다. 잔뜩 겁먹고 긴장한 어린아이의 표정이었다. 아내는 나를 빤히 바라보다 천천히 팔을 들어 검지로 닫힌 방문을 가리켰다.

아내가 가리킨 방향을 따라 아무 생각 없이 고개를 돌리다 순간 등골이 서늘해졌다.

'그렇지, 이 사람 죽었잖아. 이 년 전에.'

고개를 돌려 아내를 바라보았다. 벽에는 아무것도 없었다. 어느새 상쾌한 바람은 사라졌다. 창문은 굳게 닫혀 있었다. 나는 침대에서 내

려와 벽 가까이 다가갔다. 손으로 벽을 만지고 또 만졌다. 마지막에
는 주먹으로 두들기기까지 했다. 차갑지 않았지만 따스한 온기 역시
느껴지지 않았다. 나는 울컥 울음이 나올 것 같았지만 참았다. 울기엔
이미 너무 지친 지 오래였다. 사람들과 시시껄렁한 농담을 하며 스스
럼없이 웃기까지 많은 시간을 홀로 보내야 했다. 아내는 자살할 이유
가 없었다. 이유 없는 죽음은 고스란히 남편인 내게 죄책감으로 돌아
왔다. 야박하고 잔인하게 나를 남겨두고 목숨을 끊은 여자 때문에 다
시 울적한 시절로 되돌아가고 싶진 않았다.

컴퓨터책상에 올려둔 담뱃갑에서 담배 한 대를 꺼내 입에 물었다.
거실로 나와 테이블 위에 팽개쳐둔 라이터를 집어 담배에 불을 붙였
다. 손이 떨렸다. 나는 담배연기를 한 모금 들이마시고서 다리를 쭉
뻗고 그대로 소파에 드러누웠다. 머릿속이 뭉게뭉게 연기로 가득해질
뿐 정신이 맑아지지 않았다. 나는 재떨이에 담배를 비벼 껐다.

얼마나 그러고 누워 있었을까? 초인종 소리에 퍼뜩 정신이 들었다.
시계를 보니 여덟시였다. 이 시간에 찾아올 사람이라면 덕호엄마밖에
없었다.

현관문을 열자 보풀이 여기저기 일어난 봉선화색 카디건을 걸친 덕
호엄마가 종종걸음으로 현관에 들어섰다. 키가 작은 덕호엄마는 늘
종종걸음이었다. 다리가 짧고 굵어서인지 아니면 습관 탓인지 잘 모
르겠지만, 어릴 적부터 나는 그녀의 걸음을 보면 괜스레 웃게 되었다.

"상우, 표정이 왜 그래? 잔뜩 겁먹은 얼굴이네. 혹시 안에 홀딱 벗
은 여자라도 있어?"

"아니에요, 어제 좀 늦게 잤어요."

나는 차마 죽은 아내를 보았다고 말할 순 없었다.

덕호엄마는 고개를 갸웃거리며 빤히 나를 보더니 주방으로 가 아침 준비를 시작했다.

"일주일에 한 번만 오셔도 괜찮아요."

나는 소파에 앉아 리모컨으로 텔레비전을 켰다.

"언니하고 약속했어. 일주일에 두 번 화요일 금요일. 식사하고 청소. 내가 약속은 철저히 지키는 사람이니까."

"그래도 이렇게 들락거리는 거 귀찮으시잖아요."

덕호엄마가 내 살림을 봐준 지 거의 두 달이 훌쩍 넘어갔다. 두 달 전 형네 가족이 사는 미국으로 건너간 어머니의 부탁이었다. 아버지가 돌아가신 지 이 년이 지난 어느 날, 문득 어머니는 한국 생활을 정리했다.

아침뉴스에 매번 자신을 무시한다는 이유로 부모를 살해한 패륜아에 대한 소식이 보도되었다. 끔찍한 살인사건이었지만 그것도 그저 덤덤하게 지나쳤다. 나는 다시 담배에 불을 붙였다.

"다 돈 받고 하는 일인데 뭘. 정 도와주고 싶으면 양말하고 팬티 같은 거 아무 데나 벗어놓지 말든가. 코흘리개 어린애는 아니잖아? 그리고 담배 좀 줄이고. 집구석인지 재떨이인지 들어올 때마다 속이 뒤집힌다고."

"네, 알겠습니다."

덕호엄마는 나를 보며 싱긋 웃었다. 미인은 아니었지만 얼굴이 자그마하고 동그래서 나이가 들어도 여전히 귀염성 넘치는 얼굴이었다.

나는 담배를 손에 쥔 채 그녀를 바라보기가 괜스레 멋쩍어서 얼른 재떨이에 비벼 껐다.

"참 볼 때마다 신기해. 하얀 스피츠 같던 상우가 언제 이렇게 컸어."

쌀을 밥통에 안치고 젖은 손을 탈탈 털고 덕호엄마는 찌개 끓일 준비를 했다.

"저 벌써 서른다섯이에요."

"하긴, 그렇지?"

덕호엄마는 나를 바라보지 않은 채 양파를 탁탁 썰고 마늘 하나를 칼자루로 찧으며 말했다.

"내가 그 나이 때 우리 덕호를 낳았는데. 고생고생하면서 생긴 자식이라 얼마나 애지중지 아꼈는데. 공부만 잘했으면 얼마나 좋아. 대학을 가면 뭘 해. 숫제 돈만 먹는 학교잖아."

덕호엄마는 젊은 시절 우리 집 살림을 도와주던 아주머니였다. 어머니하고 자매처럼 가까워서 서로를 언니 동생으로 불렀다. 나도 종종 덕호엄마를 이모라고 부르며 따랐다. 하지만 아버지의 사업이 들쑥날쑥할 때가 잦아지고 가세가 기울면서 우리 가족과 헤어진 지 오래였다. 그후 내가 대학에 진학할 무렵 아버지 사업이 크게 일어나면서 집안은 안정기에 접어들었다. 하지만 덕호엄마와는 연락이 아예 끊어져서 어머니는 많이 아쉬워했다. 어딜 가든 그렇게 싹싹하면서 심성 좋은 사람 구하기 힘들다면서. 그러다 어머니가 한국을 떠날까 말까 고민하던 무렵 우연히 은행에서 두 여인은 해후했다. 덕호엄마는 남편이 당뇨합병증에 시달리면서 병간호는 물론 생활비 걱정까지 빠듯한 처지라고 했다. 한국에 홀아비로 남아 있을 자식을 염려하던 어머니는 본인 대신 덕호엄마에게 아들의 살림을 부탁했다. 남편 약 값에 외아들 덕호의 대학등록금이다 뭐다 돈 들어갈 곳 천지라서 덕호엄마는 쾌히 승낙했다. 물론 내 의사와 전혀 상관없이 두 여인 사이에 오간 이야기였다. 어머니가 미국으로 떠나자 일주일에 두 번 덕호엄마는 혼자 사는 남자의 집 초인종을 눌렀다.

아침뉴스가 끝나기 전에 아침식탁이 후딱 차려졌다. 평소엔 간단하게 빵과 우유 아니면 냉수로 아침을 때웠지만 덕호엄마가 집에 들르는 날이면 이렇게 든든히 아침을 먹을 수 있었다. 싫지 않았다. 집을 나서기 전 눌은밥 한 그릇을 비우고 온다는 덕호엄마는 나와 함께 밥을 먹지 않았다. 그저 인스턴트 커피믹스 한 봉에 설탕 한 스푼을 더 넣어서 달달하게 마셨다.

"상우, 무슨 일 있지?"

덕호엄마가 식탁을 매니큐어 칠한 손톱으로 두드렸다. 식탁유리와 손톱이 부딪치면서 나는 소리가 흡사 날벌레가 모기퇴치기에 부딪쳐 탁탁 튀는 것과 같았다.

"아무 일 없어요."

"아니, 왜 그럼 그렇게 깨작깨작 겨우 먹다 젓가락 들고 적막강산이야?"

나는 커피잔을 쥔 덕호엄마의 뭉툭한 손가락과 살이 오른 팔목을 바라보았다.

"입맛이 없어서요."

젓가락을 들어 멸치 한 마리를 집었다. 덕호엄마가 손바닥으로 식

탁을 내리치는 바람에 나는 멸치를 놓쳤다. 식탁유리에 떨어진 멸치
가 빙그르르 세 바퀴쯤 돌았다.

"상우, 내가 반은 귀신인 거 알지? 이런 말은 고인한테 그렇지만 내
가 사장님 바람난 거 족집게처럼 잡아준 게 서너 번은 넘을 거야."

나는 어머니가 덕호엄마를 자매처럼 아꼈던 은밀한 이유를 알 것
같았다.

"그냥 나쁜 꿈 때문에요."

"얼마나 나쁜 꿈이라서? 서른 훌쩍 넘은 사람이 어린애도 아니고.
난 그 말 못 믿어."

덕호엄마가 휘휘 손을 내젓더니 다시 나를 빤히 보았다. 나는 그 시
선을 무시하고 다시 밥을 먹었다. 평소에는 별로 거슬리지 않던 현미
밥이 오늘따라 깔깔했다.

"혹시 새로 만나는 아가씨랑, 잘 안 돼?"

나는 덕호엄마가 한 달에 두어 차례 어머니에게 전화를 한다는 사
실을 알았다. 어머니는 아들의 연애사에 시시콜콜 참견하는 버릇이
있었다. 결혼하기 전 만났던 두 아가씨와 헤어졌던 이유도 절반은 어
머니 탓이었다. 두번째 그녀가 말하길 어머니가 며느리를 연탄불에
쥐포처럼 구울 양반이라고 했다. 헤어지던 날 소주 한 병에 얼굴이 불
콰해져 울 듯 말 듯한 얼굴로 털어놓은 말이었다. 나는 그 상황에서
웃지도 화를 내지도 못했다.

"이혼녀야, 아님 유부녀니?"

"그런 거 아니에요. 오늘 아침에 아내를 봤습니다. 됐죠?"

덕호엄마는 내 말을 이해하지 못하는지 작은 눈을 끔뻑였다.

"그러니까 귀신을 본 것 같다고요."

나는 될 대로 되라는 심정으로 아내의 유령에 대해 말했다. 덕호엄마는 잠시 아무 말 하지 않다 손뼉을 치며 크게 웃었다.

"아니, 이게 웃을 일이에요?"

"아니, 뭘 그런 걸 가지고 겁을 집어먹고 그래."

"무섭지 않았어요. 그냥 놀랐을 뿐이라고요."

사실 놀랐다기보다는 다시금 아내가 떠난 뒤 계속되었던 공허한 나날이 이어질까 살짝 겁이 났다. 아내를 사랑했고 평생 잊지 않을 테지만 그 사람 때문에 남은 나날을 고통받고 싶진 않았다.

"상우, 내 말 잘 들어. 내가 살던 시골에선 종종 죽은 사람들이 나타났어. 우리 옆집 살던 홀아비는 일 년에 대여섯 번은 죽은 자기 마누라와 겸상해서 밥을 먹었어. 어디 부부 인연이 보통 인연이야. 보고 싶으면 한번쯤 저세상에서 올 수도 있는 거지. 어서 밥이나 먹어. 난 또 애 서넛 딸리고 교도소에 남편이 들어가 있는 여자랑 엮여서 처치 곤란인가 싶었지."

후루룩 소리를 내며 식은 커피를 단숨에 마시고 덕호엄마는 일어섰다. 그녀는 내가 깨작깨작 밥그릇을 비우는 동안 찻잔을 수세미의 스펀지 부분으로 꼼꼼하게 닦았다.

한 달이 채 지나기 전에 대여섯 번 더 아내가 늘 같은 시간에 나타났다. 서늘한 바람을 몰고 와서는 분홍색 원피스 차림으로 몸을 떨었다. 아내의 포즈는 언제나 똑같았다. 손가락으로 방문 너머 어딘가를 가리켰다. 나는 잠이 덜 깬 얼굴로 아내를 빤히 쳐다보곤 했다.

나는 이제 무섭다기보다 아내의 손짓이 의미하는 바가 더 궁금해졌다.

저 문밖으로 나가고 싶다는 건가? 아니면 이제 나를 자유롭게 놓아주고 싶다는 그런 뜻?

아예 방문을 열어둔 채 나는 잠을 청했다. 하지만 며칠 후에 다시 나타난 아내는 여전히 방문 너머 어딘가를 가리켰다. 처음 아내가 나타나고 한 달 사이에 일곱 번이나 죽은 아내와 마주친 셈이었다.

"일곱 번이나?"

결국 나는 덕호엄마에게 아내의 유령에 대해 털어놓았다. 모닝커피를 마시던 그녀는 찻잔을 떨어뜨릴 뻔했다. 꽤 놀란 눈치였다. 나는 고개를 끄덕였다.

"무슨 말을 해?"

"말은 없어요."

"표정이 어때, 슬퍼?"

"슬프다고 하긴 좀 그래요. 그냥 부들부들 떤다고 그래야 하나."

"무덤에 무슨 탈이라도 났나?"

"화장했습니다."

"아니면 무슨 억하심정 같은 게 남았나. 부들부들 떤다면서?"

덕호엄마의 의심스러운 눈길에 나는 조금 비위가 상했다. 아내가 이 세상에서 사라진 뒤 종종 많은 사람들이 그런 눈으로 나를 보았다. 내가 폭력을 썼던 건 아닌지 다른 여자가 있었던 건 아닌지 하는 야릇하고 의심 서린 시선들.

"아니, 아니 상우를 탓하는 게 아니야. 난 좀 그래. 어떻게 그렇게 새파랗게 젊은 여자가 목숨을 버리지. 그것도 결혼한 지 일 년도 안 돼서. 언니가 그러더라. 애초에 장가를 잘못 보낸 게 아닌가 싶다고. 사진 봤을 때 첫인상이 좀 별로였대. 서늘하게 슬픈 얼굴이라.”

“그만하세요. 왜 죽은 사람이 억울하게 뒷말까지 들어야 해요.”

“아니, 난 그냥…… 알았어.”

나와 아내는 죽고 못 사는 사이처럼 연애를 한 건 아니었다. 우리가 연애를 시작했을 때 아내는 막 서른이었고 내가 서른하나였다. 중매쟁이가 가져온 사진을 훑어보던 어머니는 아내의 얼굴을 별로 탐탁히 여기지 않았다. 애가 눈꼬리 처진 모양새가 너무 슬프게 생겼네. 하지만 나는 그 눈이 애잔해 보여 마음에 들었다. 여자가 울면 달래주는 게 남자의 몫이니 상관없었다. 아내는 어머니의 걱정처럼 슬픈 성격은 아니었다. 약간 결벽증 비슷한 건 있었지만 잘 웃었고 좋고 싫음에 대한 의사표현이 확실했다. 만나면 만날수록 더 끌리는 사람이었다. 사진과는 달리 실제로는 전혀 슬픈 사람이 아니었다. 내가 아는 그 여자는.

“참, 어머니한테 아무 말 마세요.”

“내가 무슨 바본가. 언니 혈압 있잖아. 말해봤자 괜히 나한테 불똥만 튀길 거고. 내가 이 집 드나들면서 이런 문제 터진 거니까.”

미간을 살짝 찡그리던 덕호엄마가 고개를 끄덕이더니 나를 빤히 바라보았다.

“혹시 내가 이 집에 들르는 게 문제 아닐까?”

“무슨 말씀이세요?”

“그러니까 우리 둘 사이를 의심할 수 있잖아. 그러니까 그치는 날

전혀 모르잖아. 웬 낯선 여자가 남편 집에 들락거리는 거야. 귀신 생
각엔 이놈이 벌써 새장가 들었구나 싶어서 복장 터지는 거지. 그래서
괜히 심통부리는 거 아닐까? 죽어도 여자는 여자야, 상우."
"저 지금 농담할 기분 아니에요."
덕호엄마는 작은 눈을 깜빡이며 빤히 나를 쳐다보았다.
방금까지 수틀렸던 기억은 까맣게 잊고서 나는 그저 웃고 말았다.

그날 밖으로 나가기 전 문득 어머니가 생각나 미국으로 전화를 넣
었다. 전화는 형이 받았다. 형은 다소 어색해했지만 목소리는 침착했
다. 서로 의례적인 안부를 물었다. 나와 형과의 사이는 좀 그랬다. 나
이 차가 있어 치고받고 싸운 적은 별로 없었지만 그렇다고 다정다감
한 것도 아니었다. 형을 떠올리면 호주머니에 손을 집어넣고 가래침
을 뱉던 모습이 떠오른다. 그때 형은 중학생쯤이었고 아버지의 사업
은 최악이라 우리 가족 모두 뿔뿔이 흩어져야 했다. 아버지는 가족에
게 연락도 없이 지방의 어딘가로 잠적했다. 빚쟁이들이 들이닥칠까
무서워 어머니는 나를 데리고 외갓집으로 잠시 피했다. 중학생이었던
형은 텅 빈 집에 홀로 남았다. 어머니 손을 잡고 걷다 집 앞 골목을 나
서던 나는 잠시 발걸음을 멈추고 뒤돌아보았다. 형은 호주머니에 손
을 집어넣고 대문 앞에 서서 골목에 가래침을 뱉었다. 왜 그때 형이
홀로 남았는지 혹은 남아야 했는지 아직까지 알 수가 없다. 돌이켜보
면 평소에도 어머니가 형에게 곁을 주지 않았다는 사실을 알긴 했지
만. 그럼에도 미국에서까지 어머니를 모시는 걸 보면 형은 참 대단한
사람이었다.

“어머니 있어요?”

형이 전화를 바꿔주어 나는 어머니와 짧게 통화를 했다. 어머니는 덕호엄마가 며칠 전 전화해서 내 안부를 알려주었다고 말했다. 다행히 아내 이야기는 안 한 모양이었다.

“가게 리모델링 한다면서?”

“네, 좀 바꿔보려고요. 아직 공사 들어간 건 아니고요. 여기저기 알아보는 중이에요.”

“사서 고생은. 여기 들어오면 좋으련만. 아니면 빨리 새사람 만나든가.”

더 이야기하면 잔소리가 길어질 것 같아 가게에서 만날 사람이 있다는 핑계를 대며 서둘러 전화를 끊었다.

나는 휴대폰을 호주머니에 넣으려다 다시 꺼내 전화번호부를 검색했다. 처남의 휴대폰 번호가 아직 남아 있었다. 처남은 인테리어 사업을 했다. 나는 휴대폰 화면창을 검지와 중지로 두드리다 통화버튼을 눌렀다. 속으로 없는 번호이길 바랐지만 신호가 갔다.

“여보세요? 누구시죠?”

남자치고는 비음이 강한 처남의 목소리가 귀에 들렸다.

처남은 그날 밤 아홉시쯤 되어서야 1975로 찾아왔다. 흐르듯 몸에 착 맞는 검정 슈트에 화이트 셔츠 차림이었다. 머리는 짧게 쳐서 윗머리를 왁스로 뾰족하게 세웠다. 지난 이 년 동안 살이 조금 빠지고 안경테가 바뀌었을 뿐 깔끔한 외양은 그대로였다. 살짝 각진 턱에 샤프한 얼굴이었다. 아내는 가끔 자기 동생을 단정한 유치원생 같다고 말하곤 했다. 나는 처남이 처갓집 식구 중에 제일 별로였다. 장인 장모와 다르게 은근히 사람을 기분 나쁘게 하는 미소가 거슬렸다. 그냥 웃고만 있어도 사람을 비웃는 것처럼 보이는 얼굴이었다. 표독한 듯 길게 찢어진 눈과 얇은 입술 때문에 더 그리 보이는지도 모른다. 게다가 아내의 장례식장에서 눈물 한 방울 흘리지 않고 꼿꼿하게 서 있는 모습을 본 뒤 더 정나미가 떨어졌다. 만일 아내의 유령이 나타나지 않았다면 처남에게 연락을 하진 않았을 터였다.

처남이 먼저 악수를 청해왔다. 나도 엉겁결에 손을 맞잡았다. 메마르고 차가운 손이었다.

"의외네요. 매형을 다시 보게 될 줄은 몰랐거든요. 그래서 전화번호부에서 번호도 삭제했고요."

"그냥, 가게 분위기를 좀 바꾸려고 하는데 처남 생각이 나더라고. 그쪽에서 또 알아주는 사람이라면서."

"네, 그냥 약간은."

처남은 입가에 미소를 띠며 대답했다. 웃고 있지만 상대를 비꼬는 입매와 눈매였다.

"우선 앉자고."

나는 처남을 1975의 구석 자리에 있는 테이블로 데리고 갔다. 조명이 잘 비치지 않아 다른 곳보다 더 어둡게 느껴지는 곳이었다.

처남은 앉자마자 턱에 검지를 대고 가게를 한 바퀴 휘 눈으로 훑었다.

"복고풍 분위기라 아이디어는 좋은데, 너무 구식이에요. 낡아 보이면서 세련된 맛이 있어야 하거든요. 하지만 너무 좁은 게 또 문제고.

골방 같잖아요."

"가게를 더 크게 넓힐 생각은 아니야."

"아니, 넓힐 필욘 없어요. 테이블 배치만 좀 바꾸면 지금보단 나아 보일걸요. 조명이 진짜 형편없네. 은은한 멋도 없는데다가 칙칙하기 까지."

나는 메뉴판을 처남에게 건넸다.

"숨넘어가겠다. 맥주 마시면서 천천히 이야기하자고."

처남은 메뉴판을 받아서 페이지를 서너 장 넘기다 문득 고개를 들어 나를 바라보았다.

"참, 재혼하셨죠?"

"아니, 아직."

처남은 아무 말 없이 살짝 입 모양을 둥글게 모으고서 고개를 끄덕였다.

"그렇다고 평생 수절하겠단 건 아니야."

내 딴에는 농담이라고 내뱉었는데 뱉고 보니 별반 좋은 말은 아닌 듯했다. 하지만 처남은 신경쓰지 않고 메뉴판만 보았다.

"그냥 코로나 마실게요. 안주는 됐어요."

나는 자리에서 일어나 직접 맥주 두 병을 가져왔다. 양동이를 빼닮은 자그마한 그릇에 팝콘도 담아 내왔다.

처남은 맥주를 한 모금 마시더니 손으로 살짝 머리를 매만졌다. 나는 취하진 않았지만 초저녁에 들른 단골손님과 생맥주를 서너 잔 들이컨 뒤라 얼굴이 조금 붉었다. 기지개를 켜며 옆머리를 손톱으로 벅벅 긁었다. 사실 나는 술기운이 약간만 올라도 몸 여기저기가 근질거렸다.

"참 여유로워 보이세요."

"그래? 그렇게 보이나보지. 하지만 매상은 영 별로야."

나는 그저 웃어버렸다.

처남을 보기 전에 아내 이야기를 꺼낼까 했지만 막상 마주 보니 그럴 생각이 사라졌다. 일만 끝나면 다시 만날 일이 없는 인간에게 비웃음거리로 남는 건 싫었다. 나는 와이프 이야기를 꺼내는 대신 처갓집의 안부를 물었다. 처남은 내 말을 못 들었는지 그저 가게 내부를 훑어보기만 했다.

"어이, 어머님 아버님 잘 계시냐고?"

"네, 그럼요. 아주 잘 계시죠."

나는 더 묻지 않고 고개를 끄덕였다. '잘'이라는 말 속에 아마 많은 것이 감춰져 있긴 할 터였다. 타인에게 설명하기 복잡한 세월을 적당히 감추는데 '잘'이란 말이 딱 어울린다는 생각이 들었다.

"두 분 참 다정다감한 분이었어. 인자하시고. 정말 사위를 친자식처럼 대해주셨는데. 하긴 교육자 집안이잖아. 아버지는 교장 선생님이고 어머님은 가사 선생님 하셨다고 했지?"

처남이 나를 빤히 바라보다 킬킬대고 웃었다.

"누나가 말 안 했어요?"

"무슨 말."

"잘 모르나봐요. 우리 집 욕실에는 물기 한 방울 남아 있음 안 됐어요. 샤워하면 마른 수건으로 바닥부터 욕조까지 수건으로 꼼꼼히 닦고 나와야 했죠."

"재밌네. 하긴 장모님 음식솜씨가 정갈한 게 다 그래서였군."

"재밌죠? 대여섯 살짜리 꼬마가 과자를 먹다 바닥에 부스러기라도 조금 흘리면 뺨을 맞아요, 이것도 재밌나요?"

나는 아무 대꾸도 하지 않았다.

"초등학교 때는 아버지 앞에서 문제집을 풀었어요. 아버지는 손목시계로 초를 쟀어요. 한 문제를 일 분 안에 못 풀면 손바닥 맞는 횟수가 한 대씩 늘어나요. 삼 분 만에 한 문제를 풀면 두 대씩 맞는 거지. 삼 분 삼십 초 넘어가면 반올림해서 네 대. 그게 전부가 아니죠. 보통 하루에 백 문제 정도를 푸는 데 그 걸리는 시간만큼 아파트 복도에 서 있어야 했어요. 속옷만 입고서. 추운 겨울에도. 재밌죠?"

솔직히 말해 나는 처남의 넋두리를 들어주기 불편했다. 처남은 처갓집에 대해 가지고 있던 내 생각을 계속 구깃구깃하게 엉망으로 만들었다.

"어쨌든 참 재미난 집이긴 했어요. 그러면서 손님들 앞에서 부모님은 늘 살가운 태도를 보이셨어요. 가정백과사전적인 에티켓이었어요. 매형도 거기에 넘어간 거지."

"됐어, 그 이야기는 그만두자고."

처남은 맥주병의 주둥이를 검지로 문지르다 반병쯤 남은 맥주를 단숨에 비웠다.

나는 부모의 흉을 보는 인간들을 참지 못했다. 꽤나 유연한 생각을 가지고 있다고 자부했지만 천륜을 욕보이는 사람들은 수준 이하로 여겨졌다.

"누나가 대학 다닐 때 정말 사랑한 남자가 있었어요. 음악 한다고

나대던 놈이었는데 제가 봐도 그냥 양아치처럼 보였어요. 이런 이야
기 듣고 싶지 않죠?"

"아니, 괜찮아."

속에서 살짝 욕지기가 치밀어 침을 삼켰다. 죽은 사람의 과거가 안
주로 올라왔지만 이상하게 밀어낼 순 없었다.

"별다른 건 없어요. 착실하고 반듯하게 키웠던 딸내미가 잠깐 눈이
먼 거였지. 대학도 끝마치기 전에 결혼한다고 그랬었거든요. 아, 오해
하지 마세요. 임신을 했거나 그런 문제는 아니에요. 다만 누나가 그
놈을 엄청 좋아한 거죠. 부모님은 아예 사람 취급 안 했죠."

"그러니까 누나가 사귀던 그 양아치 놈?"

"아니, 누나를. 그 양반들 참 독하다 싶더라고요. 사람을 얼룩처럼
쳐다본다는 느낌 알아요? 두 분이 그랬어요. 누나는 노력했어요. 다
시금 부모님의 마음을 돌리려고. 하지만 소용없었죠. 우울증 때문에
정신과 치료도 오래 받았고요. 하지만 부모님 앞에서 우울한 모습을
티내지 않으려 더 노력했죠. 노력만이 인정받는 길이니까. 나하곤 달
랐어요. 나는 대학 간 뒤론 그 양반들하곤 말도 잘 안 섞었으니까. 아,
사실 매형이 누나에게 선 들어온 남자 중에 직업적으로 제일 처지는
건 알죠?"

나는 고개를 끄덕였다.

"누나가 말하길 매형이 느긋해서 좋다고 하니, 어머니가 그랬대요.
네 수준에 맞는 남자를 어쩜 그렇게 잘 골랐냐고."

등이 서늘한 기분이었다.

"하지만 늘 매형 앞에선 두 분 다 최고의 장인 장모였겠죠."

처남이 빈 맥주병을 흔들었다.

"맥주 한 병 더 마셔도 괜찮겠죠?"

나는 자리에서 일어나 냉장고에서 병맥주를 꺼내왔다.

"그냥 한국맥주 마셔."

내 말에 처남은 고개를 끄덕였다.

그날 나는 과음을 했고 처남에게 몇 마디 더 구시렁거렸다. 의미 없는 충고를 하다가 괜히 화를 내다가 나중에는 녀석의 멱살을 잡았다. 처남은 별 대꾸 없이 슬그머니 내 손을 밀어냈다. 여전히 비웃는 듯 나를 바라보다 가게가 문 닫을 시간쯤 되어 대리운전을 불러주었다. 비틀대는 나를 부축해 가게 밖으로 나가던 처남이 흐릿한 목소리로 내게 말했다.

"누나하고 나, 깊은 물속에서 버둥대는 꼬맹이였어요. 아무리 헤엄쳐도 물 위로 못 올라가는 거지."

집으로 돌아오는 차 안에서 꾸벅꾸벅 조는데 어떤 장면 하나가 문득 떠올랐다. 처갓집에 갔다가 돌아오는 길이었다. 아내가 조수석에 앉아 있었던 것 같다. 두 분 다 참 좋은 어른이시지. 괜히 점수나 따고 싶어 그런 뉘앙스의 말을 내뱉었다. 아내가 잠시 알 수 없는 표정으로 나를 쳐다보다 고개를 끄덕이며 웃었다. 그때는 그 알 수 없는 표정을 그냥 스쳐보냈다. 하지만 술에 취한 상황에서 그 얼굴이 떠올랐다. 슬픈 얼굴은 아니었다. 그냥 추워 보였다. 한여름이었는데.

금요일에 덕호엄마는 집에 오지 않았다. 오후쯤 돼서 몸살이 된통 걸려 앓아누웠다고 연락이 왔다. 나는 덕호엄마에게 아예 다음주까지 푹 쉬시라고 했다. 하지만 다음주 화요일 아침 덕호엄마가 찾아왔다.
나는 까치집이 된 머리로 하품을 하며 덕호엄마를 맞이했다.

"그냥, 한 주 더 쉬시라니깐 그러네요."

나는 목이 잠겨 나른해진 목소리로 말했다.

"내 몫의 일은 내가 해야지."

아직 몸살이 다 낫지 않았는지 덕호엄마는 여자 콜롬보처럼 코맹맹이였다.

그날 나는 찌개를 끓이려는 덕호엄마를 식탁의자에 앉혔다. 나는 토스트를 굽고 잼을 발라먹었다. 덕호엄마에게는 커피믹스 대신 인삼차 한 잔을 타서 건넸다.

"나이 드니까 아픈 게 너무 서러워."

덕호엄마는 인삼차 한 모금을 마시고 길게 한숨을 내쉬었다.

"홀아비로 사는 것도 서럽습니다."

내 말에 덕호엄마는 멋쩍게 웃어 보였다.

"그나저나 고자질 마, 언니한테. 이건 우리 둘 사이 비밀이야."

"내가 무슨 애도 아니고 고자질을 왜 해요."

"기억 안 나? 상우, 언니한테 고자질해서 나 쫓겨날 뻔한 일."

덕호엄마는 후후 김을 불고는 다시 인삼차를 한 모금 넘겼다.

"얼굴 보니 진짜 모르나봐. 내가 그때 얼마나 이를 갈았는지 마흔도 되기 전에 어금니를 다 임플란트로 박았잖아."

"제가 그랬어요?"

나는 덕호엄마를 보며 그저 웃었다.

"상우, 그때 나 피가 말랐어. 내가 언니 지갑에서 돈을 슬쩍했어.

이유가 있었어. 그때가 한겨울이었는데 덕호아빠 그러니까 결혼 전이니까 만갑씨가 장갑 없이 일을 다니는 거야. 그 사람한테 너무 장갑이 사주고 싶어 돌겠는 거야. 그것도 좋은 장갑으로, 크리스마스 선물로. 그런데 내 월급은 거의 다 우리 부모님한테 보냈거든. 동생들 등록금이다 뭐다 돈이 많이 들 때였거든. 그래도 잘못은 잘못이지."

"제가 지갑에서 돈 꺼내는 걸 보고 일렀나봐요?"

덕호엄마는 고개를 끄덕였다.

"난 언니가 그렇게 무서운 사람인 줄 몰랐네. 점잖게 나가라고 하는데 과도로 그냥 간을 톡 끊어내는 것 같은 거야."

"그럼, 제가 그렇게 잘못하진 않았잖아요. 준법정신이 투철한 꼬마였지."

"상우, 상우가 나한테 만원만 달라고 했어. 그러면 입에 지퍼 채운다고."

나는 도무지 기억이 안 났다. 하지만 그 상우라는 어린 녀석이 형편없게 여겨졌다.

"죄송합니다. 제가 잘못했어요. 내 죄가 크네, 싹수가 노랬네."

나는 덕호엄마 앞에서 머리를 숙였다.

덕호엄마는 코가 근질근질한지 얼굴을 씰룩대다 이내 휴지를 뽑아 코를 한 번 팽 풀었다. 그녀는 웃지 않았다.

"상우, 상우한테만 그런 일이 생기는 건 아닌가봐."

갑작스럽게 덕호엄마가 다른 이야기를 꺼냈다.

"내가 단골로 가는 미용실 원장 딸이 귀신을 본대잖아. 그런데 거기 가서 고쳤대."

덕호엄마는 하남시에 귀신 보는 사람만 전문으로 고쳐주는 사람이 산다고 했다. 종교적인 힘이나 퇴마의식은 아니고 아주 간단한 방법이라고 덕호엄마는 말했다. 치과치료처럼 금방 끝난다면서.

"됐어요. 귀찮습니다."

나는 토스트 접시 위에 빈 찻잔을 올리고 식탁의자에서 일어났다.

"아니, 죽은 마누라 한두 번 봐야 반갑지. 계속 보면 사람 미치는 거야. 귀찮더라도 미치는 것보다야 훨씬 낫지."

나는 찻잔과 접시를 개수대에 넣고 수돗물을 틀어 손을 씻었다.

"언니한테 전화 넣을까? 애지중지 하는 막내아들이 귀신한테 시달린다고."

"알았어요, 가죠. 그러니까 어머니한테는 아무 말 마세요. 가뜩이나 혈압도 있으신데."

"미국에서 좋은 약 먹을 텐데, 뭘. 그럼 이번주 주말이야. 알았지? 내가 예약해놓을게."

그 주 주말에 덕호엄마와 함께 차를 몰고 경기도 외곽으로 향했다. 가는 내내 덕호엄마의 얼굴은 잔뜩 굳어 있었다.

"얼굴이 왜 그래요?"

"그냥, 귀신 보는 사람들이 찾아가는 곳이라니까 오싹해서. 사실 나 좀 무서웠어."

"뭐가요?"

"초인종을 누르면 상우 대신 머리 푼 여자가 튀어나올까봐."

나는 별로 웃긴 이야기도 아닌데 괜히 더 과장스럽게 웃었다. 옆구리가 살짝 결렸다.

귀신 보는 사람을 치료하는 사내의 집은 하남시 시내에서도 한참 더 들어가야 하는 곳이었다. 변두리 주택가에 있는 집이라서 골목 입구에 차를 세워야 했다.

"그럼, 다녀올게요."

나는 차에서 내려 골목으로 들어갔다. 골목은 좁진 않았지만 어두웠다. 어딘가 익숙했다. 형을 혼자 두고 어머니와 둘이 외갓집으로 떠날 때에 그 골목의 인상이 그러했다.

골목 끝에 있는 집이 내가 찾는 집이었다. 퇴마사의 집처럼 보이지는 않았다. 그냥 어디서나 볼 수 있는 평범한 붉은 벽돌 이층 양옥집이었다.

문패만 대문에 걸려 있을 뿐 이곳이 어떤 곳인지 알려주는 표지는 어디에도 없었다. 나는 혹시나 잘못 찾아온 게 아닐까 싶었지만 주소를 보니 여기가 틀림없었다. 나는 인터폰을 눌렀다.

"어떻게 오셨어요?"

별다른 특징 없는 차분한 여자의 목소리가 스피커에서 흘러나왔다.

"저…… 제가 자꾸 이상한 걸 봐서요."

"예약하셨죠?"

그 질문에 잠깐 고개를 끄덕이다 그만두고 그렇다고 대답했다. 곧장 대문이 열렸다.

나는 좁은 마당을 지나 몇 개 안 되는 계단을 올라갔다. 현관문을 가볍게 두드리고 잠시 기다리고 있자니 문이 열렸다. 흰색 블라우스를 입은 중년 여인이 무표정한 얼굴로 나를 훑었다.

"삼시 응접실에서 기다리세요."

나는 멋쩍게 인사를 하고 실내로 들어가 응접실 소파에 앉았다. 맞은편에 골격은 크지만 살집은 별로 없는 장년의 대머리 남자가 앉아 있었다. 나는 그 사내와 물끄러미 바라보고 있기가 뭣해서 테이블을 장식한 분재화분을 바라보았다. 매화나무였다. 붉은 꽃이 아름다웠지만 별로 마음에 들진 않았다.

"형씨는 누굴 봅니까?"

대머리 사내는 내가 아닌 분재화분을 바라보았다. 하지만 내게 말을 거는 건 틀림없었다.

"나는 마누라를 봅니다."

내가 머뭇거리자 사내가 먼저 입을 열었다.

"저도…… 그런데요."

갑자가 사내가 손뼉을 쳤다.

"이야, 그쪽 마누라도 대단하군. 살아서 의처증이 심하더니 죽어서까지 그러네. 서방을 아예 명태처럼 말려 죽이려고 작정한 년이지."

그는 호주머니에서 손수건을 꺼내 넓은 이마에 밴 땀과 개기름을 닦아냈다.

"그런데 처음이오?"

"네, 소개로."

"난 네번째야. 정말 두툼한 손바닥으로 얻어맞을 땐 눈물이 찔끔 고인다니까."

"맞는다고요?"

"그 분이 귀신 쫓는 지엄한 손이거든. 그 손으로 연신 따귀를 맞아야 귀신이 안 보이는 거지. 치료 끝나면 뺨이 시뻘겋게 부어올라. 그게 일주일은 가는데 실은, 돌아다니기가 쪽팔려 죽을 거 같다고."

나는 속이 울렁거렸다.

"그런데 다 고치셨다면서 왜 다시 오셨어요?"

"약발이란 게 원래 그렇잖아. 한 달쯤 지나니까 마누라가 다시 나타나. 선생님 말씀이 한 반년은 치료를 받아야 말끔하게 떨어진다는구먼."

흰색 블라우스의 중년 여인이 다가와 대머리 사내의 어깨를 살짝 건드렸다. 사내는 중년 여인을 따라 계단으로 올라갔다. 그는 계단을 올라가다 말고 힐끔 뒤돌아 나를 보았다. 멀뚱하게 두 눈을 깜빡이는 그의 표정이 어딘지 수면마취 직전의 환자 같았다.

응접실에 나만 홀로 남았다. 나는 손으로 조심스레 매화나무 분재를 만져보다 소파에서 일어났다. 그리고 서둘러 그 집을 빠져나왔다.

골목을 걸으면서 나는 내 양쪽 뺨을 때렸다. 양손으로 요란하게 힘껏. 골목 끝에 도착해서 차 문을 여니 덕호엄마가 안쓰러운 얼굴로 나를 바라보았다.

"상우, 많이 아팠지?"

나는 차로 들어가 고개를 절레절레 젓고는 운전대를 잡았다. 덕호엄마가 내 뺨을 바라보다 입을 열었다.

"이상하네?"

"뭐가요, 흠씬 두들겨맞고 나왔는데."

"저기 오른쪽 뺨만 때린다고 들었거든."

"제가 왼손잡이잖아요. 왼손잡이는 왼쪽을 맞아야 하나봐요. 그걸 미리 말을 안 해서 양쪽 다 밎있습니다."

"세상에 어떡하면 좋아."

"피장파장이죠? 이제 옛일 가지고 저 원망하지 마세요."

덕호엄마는 까르르 웃었다.

"상우, 그건 그냥 하는 이야기지. 나 잊은 지 오래야. 스피츠처럼 하얗고 귀여운 상우만 기억한다니까."

다음날 아침 나는 상쾌한 바람을 맞으며 눈을 떴다. 바람을 몰고 오는 아내는 차렷 자세로 벽에 붙어 있었다. 그녀는 역시 손가락으로 어딘가를 가리켰다. 나는 침대에 앉아 물끄러미 아내를 바라보았다. 벌겋게 부어오른 뺨을 어루만지며.

"이봐, 왜 그렇게 떨어. 너무 추워?"

은행강도

남자는 비에 젖은 은행잎을 밟으며 걸었다. 그는 잠시 걸음을 멈추었지만 주위를 두리번거리거나 괜스레 발길질을 하는 따위의 불안한 기색을 드러내진 않았다. 그저 호주머니에서 라이터를 꺼내 담배에 불을 붙이고 다시 앞서 걸었다. 입술이 바짝 타는 나와 달리 남자는 가끔 하늘을 보며 여유롭게 담배연기를 내뱉었다. 비는 아침나절에 멈췄지만 바람은 꽤 매서웠다. 반대로 날씨는 구름 한 점 없이 너무 화창해 기분 나쁠 만큼 하늘이 푸르렀다.

그의 운동화에 빗물 젖은 은행잎이 달라붙었다. 바람에 낙엽이 날려 그의 어깨 근처에서 팔랑대다 보도블록으로 떨어졌다. 낙엽과 같은 존재. 자살한 자들, 이미 죽은 목숨이지만, 자기가 살아 있다고 믿으면서 거리를 어슬렁대는 떠돌이들. 우리는 그들을 추적한다. 살지도 죽지도 않았으면서 훌륭한 시민들과 뒤섞이는 그들을 제거하는 것이 국가기관 A의 비정규직 a의 임무였다. 자살자를 붙잡으면 a는 살아 있는 사람만이 존재하는 세계에서 그들을 영영 지워버린다. 나는 양복 안주머니에 잠시 손을 집어넣었다. 내 손에 자그마한 플라스틱 통이 닿았다. 자살자가 삼키면 존재 자체가 삭제되는 통통한 타원형 연보라색 알약 리볼버머핀이 담긴 약통이었다.

신입 a는 착각하기 쉽다. 목숨을 끊는 데 실패한 놈들이 이 세상의 팍팍함을 견디지 못해 자살한 인간인 만큼 연약하고 순둥이일 거라고 말이다. 처음 추적을 당한 그들은 붙잡히면 우리에게 매달려 애원한다. 살려달라고 한 번 죽었으면 그만이지 다시 죽길 바라지 않는다고. 하지만 이미 죽은 목숨인 그들을 되살릴 방법은 없다. 오히려 깔끔하게 존재가 사라지는 것이 사회의 시스템을 위해 훨씬 나은 일이라고 나는 생각한다. 그들이 계속 도시를 어슬렁대면 이 도시는 림보와 다름없이 변할 터였다. 산 자와 자살한 자들이 어울려 사는 도시라니 생각만 해도 소름 끼쳤다. 하지만 몇몇 a들은 동정심에 눈물겨워 그들의 손바닥에 연보라색 알약을 올려놓는 대신 그냥 놓아주는 모양이었다. 공식적으로 보고되진 않지만 그러지 않고서야 우리가 이렇게 열심히 일하는데도 거리를 떠도는 자살자들이 줄어들지 않는다는 건 말이 안 된다. 어쨌든 나는 눈물에 속지 않는다. 눈물은 자살자들의 타고난 수법이다. 우리 a들이 결코 속지 말아야 할. 반면에 아예 우리를 능숙하게 따돌리는 치들도 있다. 뒤를 쫓다보면 어느새 재빠르게 길가에서 사라져 우리를 가지고 노는 그런 자살자 놈들 말이다. 솔직히 사람들이 많은 대로변에서 행인들과 뒤섞인 자살자를 산 자와 분간하기란 여간 어려운 게 아니다. 그래서 우리는 자살자만을 보는 크로글라스를 되도록 벗지 않는다. 겉보기에 선글라스와 똑같은 크로글라스만 쓰면 수많은 행인들은 흐릿하게 삭제되고 오직 자살자만이 시야에 뚜렷하게 들어온다.

"어, 큰일이다. 이거 고장났어."

온 신경을 집중해 조심스럽게 뒤를 밟는데 파트너가 불쑥 내 옷깃을 잡아당겼다.

"잠깐만 다른 걸로 바꿀게."

나는 크로글라스를 벗고 파트너가 손에 쥔 형편없는 물건을 노려보았다.

남대문 밀거래 시장에서 샀을 게 빤한 중고 크로글라스였다. 망가진 크로글라스를 몰래 뒤로 빼돌리는 a는 상당수였다. 안타깝게도 국내 기술로 생산이 불가능한 이 물건은 피레네 산맥 주변이나 동유럽 외딴 곳의 비밀스러운 수도원에서만 소량으로 만들어졌다. 세계와 연을 끊은 수도사들이 칩거하여 종교적 신성함과 진심 어린 기도와 위대한 신기술을 결합시켜 만든 수공업품의 걸작이 자살자와 산 자를 분간하는 크로글라스였다. 때문에 그 가격은 어마어마했다. 거리를 돌아다니는 자살자를 완전히 세계에서 사라지게 만드는 리볼버머핀 역시 이 수도원에서 만들어졌다. 물론 세계적인 제약회사들이 기술제휴는 물론 수도원에 뒷돈을 대주고 있다. 신성함과 제약기술의 오묘한 결합으로 탄생한 이 알약 역시 가격이 어마어마했다.

다행히 리볼버머핀은 아직까지 약효에 문제가 있거나 부작용이 나타나진 않았다. 잔뜩 발기한 상태에서 심장마비를 일으키는 파란색 비아그라보다 덜 위험한 약이었다. 연보라색 알약을 삼킨 자살자들은 우리들의 눈앞에서 신기루처럼 희미해지다 결국 바람결에 사라지니

말이다. 리볼버머핀과 달리 크로글라스는 비싼 가격에 비해 내구성
이 떨어졌다. 채 일 년을 쓰지 못하고 고장나기 일쑤였다. 전문수리점
이 국내에 없는 상황이어서 고장난 크로글라스는 수도원에 다시 수리
를 맡겨야 했다. 우편 비용이며 수리 비용까지 어마어마했다. 초창기
에는 다들 울며 겨자 먹기로 새 크로글라스를 구입했다. 게다가 정부
에서 비정규직인 우리에게 이 비싼 선글라스를 위한 보조금을 보태줄
리 만무했다. 하지만 기술이 좋은 대한민국답게 남대문시장에서 안경
점 기술자가 수리를 끝낸 중고 크로글라스를 구할 수 있다는 소문이
돌았다. 소문은 사실이었다. 결국 처음 일을 시작하는 많은 a들은 남
대문을 어슬렁대며 중고 크로글라스를 찾았다. 가격은 저렴했지만 그
만큼 잔고장이 많았다. 고장이 나면 다시 남대문으로 넘어가고 다시
수리를 거쳐 또 중고로 팔리는 과정이 이어졌다. 그런 까닭에 너덜너
덜한 크로글라스를 쓰고 다니는 폼 안 나는 a들은 꽤 여럿이었다.

　나는 중고는 쓰지 않는다. 계약직이지만 연봉이 넉넉하고 싱글이고
딱히 카메라나 오디오기기 마니아처럼 큰돈이 드는 취미 따윈 없다.
구차하게 업무를 위한 필수품에까지 돈을 아끼고 싶지 않았다.

　"그럴까봐 하나 더 샀어."

　파트너는 바짓주머니에서 중고 크로글라스를 하나 더 꺼냈다.

　"새걸로 하나 장만하시죠? 이 일 하루 이틀 하실 겁니까?"

　"거 참, 뭐 이런 일로 젊은 사람이 언성을 높이고 그래?"

　"지금 눈앞에서 자살자를 놓쳤잖아요."

　"그래? 뭐 그놈이 얼마나 멀리 가겠어. 다시 가자고. 시간은 많고
할 일은 적은 게 우리 아니겠어?"

중고 크로글라스를 감싸쥔 파트너의 손이 눈에 들어왔다. 엄지와 검지 모두 손톱무좀으로 누렇게 죽어 보기 흉했다. 비에 젖은 낙엽 하나가 내 앞으로 툭 떨어졌다.

나는 결심했다. 이번 달이 가기 전에 상부에 파트너를 고발하리라.

국가기관 A에서는 파트너에 대한 신고제도가 존재했다. 사무직이 아니기에 얼마나 업무를 충실히 수행하는지 사측에서 평가하기 어려워 생긴 제도였다. 하지만 일 년에 다섯 번 이상의 신고를 할 경우에 오히려 본인에게 마이너스 벌점이 주어진다. 감정에 의한 신고를 사전에 차단하려는 보완제도였다. 나는 다른 a들처럼 파트너를 고발해본 적은 없었다. 지금까지 고작해야 두 명의 파트너와 함께했기 때문이다. 하지만 나와 사흘을 함께 일한 이 중년의 사내는 답이 없었다. 게으르고 뻔뻔하고 능글맞은데다 일에 대한 책임감까지 바닥이었다.

작년에 처음 이 일을 시작할때 함께했던 두 살 많은 파트너는 훨씬 좋은 사람이었다. 나보다 삼 년 먼저 자살자를 쫓아온 유능한 경력자였고 차분하게 일에 몰두하는 사람이었다. 둘 다 내성적이고 침묵을 즐겨서 종일 말 한마디 없이 자살자를 추적했던 적도 많았다. 하지만 맡은 바 임무에는 충실했다. 그는 자살자를 붙잡으면 벤치에 앉혀놓고 리볼버머핀을 손바닥에 올려놓았다. 자살자들이 아무리 눈물로 호소해도 눈썹 하나 까딱하지 않고 무표정한 얼굴로 바라보기만 했다. 다리를 넓게 벌린 채로 마지막 순간에 처한 자살자를 거대한 장벽처럼 가로막았다. 그의 어마어마한 그림자는 자살자들을 꼼짝 못하게 하는 강력한 수갑이었다.

그랬던 그가 사흘이나 내리 결근했다. 더구나 돌연 사표까지 제출

하고 떠나버렸다. 평소 감정을 잘 드러내지 않던 나였지만 그날은 무척이나 울적한 기분이었다.

도대체 이유가 뭡니까? 나는 파트너와 나란히 사무실 뒤편 공터에서 자판기 커피를 마시며 물었다. 식중독. 아니, 결근한 이유는 알고요 이 일을 그만두는 이유 말입니다. 식중독. 똑같은 대답이었다. 나는 빈 종이컵을 바닥에 내던졌다. 파트너는 나처럼 혼자 살았다. 동거했던 A컵 가슴의 귀여운 여자애가 있었지만 생일이 오기 얼마 전에 헤어졌다고 그날 처음으로 말했다. 그는 혼자 생일을 보냈고 쓸쓸해서 생일케이크를 샀다. 케이크를 혼자 다 먹지는 못하고 거의 절반 이상을 냉장고에 처넣었다. 일주일 후 허기와 고독에 지친 그는 냉장고에서 케이크를 꺼내 야식으로 먹고 결국 식중독에 걸렸다. 이틀을 내리 앓고서 그는 이 일을 그만두기로 마음먹었다고 했다. 파트너는 주머니에서 담배를 꺼내 입에 물었다. 담배 안 피우셨잖아요? 여자친구가 싫어해서 끊었던 거지. 이제는 피워도 누가 뭐랄 사람 없잖아. 그런데 자살자들은 어떻게 죽고 나서도 담배를 피울까? 파트너가 담뱃재를 털고 나서 나를 빤히 바라보며 물었다. 나는 그보다는 어떻게 자살자들이 담뱃값을 구하는지 그게 더 궁금했다. 물론 우리는 한 번도 자살자들에게 질문을 던지지 않았다. 규칙으로 명시되지 않았지만 혹시라도 감정이 동요할까 우리는 대개 자살자와 말을 섞지 않았다. 우리의 입술은 자살자들 앞에서 언제나 한일자로 단단하게 지퍼가 채워졌다.

내 뺨으로 재떨이 냄새가 풀풀 풍기는 입김이 날아왔다.

"날씨 춥지 않냐? 이렇게 쌀쌀한 날엔 바지락 넣은 칼국수가 최곤데."

언제 봤다고 함께 일한 지 사흘째 되는 날에 반말인지 어이가 없었다. 정말이지 내 인생 최악의 파트너였다.

"저기 안국동 쪽에 바지락칼국수 잘하는 집 있는 거 알아? 날도 쌀쌀한데 한 그릇 먹고 갈까?"

"지금, 그런 말이 나와요? 우린 지금 자살자를 놓쳤다고요. 이 사회의 어마어마한 훼방꾼을 말입니다."

파트너는 크로글라스를 쓰려다 그만두고 대신 심각한 표정으로 나를 바라보았다. 눈곱이 낀 눈에 눈물인지 진물인지 모를 액체가 축축했다. 속눈썹이 검고 긴데다 빽빽했다. 이 남자의 눈은 정말이지 더러워 보였다. 수챗구멍 같다. 그는 뒤통수를 긁더니 한숨을 푹 내쉬고 고개를 끄덕였다.

"좋아, 이렇게 하지."

"어떻게요?"

"나는 오른쪽으로 간다. 그대는 왼쪽으로 가. 여기서 흩어져서 찾아보자고."

"모르십니까? 우린 늘 함께 다녀야 한다고요. 우린 한 팀입니다."

"이 사람, 이거 답답하네. 지금 빨리 자살자 놈을 붙잡아야 한다고. 내 말 맞아 틀려?"

갑자기 파트너가 목청을 높이는 바람에 나도 모르게 엉겁결에 고개를 끄덕였다.

"둘이 같이 다니는 것보다 흩어져서 찾는 게 지금 더 효율적이라고."

제법 그럴듯하다고 생각하는 찰나에 그가 서둘러 횡단보도를 건넜다. 신호등의 초록색 불빛이 깜빡이다 그가 길을 건너자 붉은색 신호가 들어왔다.

"어, 어디 가세요?"

"그쪽은 직진해. 나는 안국동 쪽으로 가볼 테니까."

파트너는 그렇게 큰 소리로 외치고서 안국동 방향으로 재빠르게 달려갔다. 나는 크로글라스를 쓰지 않은 맨눈으로 파트너를 지켜보았다. 하지만 얼마 지나지 않아 걸음이 느려지더니 크로글라스를 호주머니에 집어넣고 느릿느릿 산보하듯 팔자걸음으로 걸었다. 그는 업무는 제쳐두고 지나가는 여자의 다리를 훔쳐보다 늘어지게 하품을 했다.

저러다 칼국수 한 그릇 드시고 사우나 가서 낮잠이나 주무시다 연락하겠지. 돈을 날로 먹는 인간 같으니라고. 당장 신고한다, 이 새끼야.

나는 부글부글 끓는 속을 가라앉히려 잠시 버스정류장 벤치에 앉아 쉬었다. 마음이 차분하게 가라앉으면서 오히려 입가에 씨익 미소가 맴돌았다. 스트레스를 주는 인간이 옆에 없으니 휘파람이라도 휘휘 불고 싶은 기분이었다.

'좋아, 열심히 찾아보자고. 도둑고양이 같은 자살자. 어디에 숨었든 이 몸이 찾아낸다.'

나는 편의점에서 따끈따끈한 캔커피를 사서 홀짝이며 거리를 걸었다. 크로글라스를 쓰고 거리를 살피니 눈에 보이는 사람은 아무도 없었다. 이 세상 사람 전부가 한순간에 사라져버린 넓은 도시를 나 홀로 걷는 기분이었다.

얼마나 걸었을까? 저 멀리 담벼락 앞에 서 있는 남자가 시야에 들어왔다. 바짝 눌린 뒷머리에 앙상하게 마른 체격. 우리가 놓친 자살자가 틀림없었다. 그는 담벼락에 꾹꾹 포스트잇을 눌러붙였다. 나는 서둘러 달려갔다. 하지만 눈앞에 별이 반짝이는 것 같더니 그만 바닥에 고꾸라지고 말았다.

"똑바로 좀 보고 다니쇼!"

내가 크로글라스를 벗자 휴대폰을 손에 쥔 남자가 이마를 쓰다듬으며 화난 표정으로 말했다. 아마 휴대폰으로 전화를 하면서 걷다가 나를 보지 못하고 이마를 박은 모양이었다. 오히려 화가 난 사람은 나였지만 이 남자와 멱살잡이를 할 여유가 없었다.

"죄송합니다."

나는 크로글라스를 손에 쥔 채 서둘러 달려갔다.

자살자는 담벼락에 포스트잇을 붙여두고 이미 사라진 뒤였다. 나는 호주머니에 손을 집어넣고 포스트잇에 쓰인 글귀를 눈으로 읽었다.

'아름아, 이 길을 다시 함께 걷고 싶다면 나에게 연락줘.'

바람이 또 한차례 매섭게 불자 노란 포스트잇은 젖은 은행잎들 위로 떨어졌다. 살아 있는 누군가에게 메시지를 남기는 자살자는 또 처음이었다. 나는 포스트잇을 주워 손바닥에 올려놓았다. 다시 벽에 붙일까 어쩔까 고민하다 포스트잇을 단숨에 구겨버렸다.

만일 두번째 파트너였다면 그 메모를 오래도록 들여다봤을 것이다. 짧은 글귀 안에 어떤 진지한 사연이라도 깃든 듯 꼼꼼하게. 머리카락을 귓바퀴 뒤로 넘기면서. 그녀는 숱이 많은 까만 생머리 단발에 화장을 거의 하지 않았다. 대학 휴학생이었지만 통통한 볼에 연분홍색이 감돌아서인지 귀엽지만 촌스러운 여고생 같았다. 친구들이 연변처녀라는 별명으로 부른다고 함께 다니던 첫날 나에게 털어놓았다. 그녀는 조곤조곤 타인에게 떠들길 좋아하는 타입이었다. 미소가 해맑아 옆에 있으면 마음이 편해졌다. 우리는 일과가 끝난 후에 테이크아웃 커피를 마시거나 가끔 맥주도 한잔했다. 그녀가 a를 시작한 이유는 등록금을 마련하기 위해서라고 했다.

선배, 선배는 자살자들을 쫓으면서 무슨 생각을 해요? 이봐, 생각하면 안 돼. 아차, 하는 순간 놈들이 도망가니까. 왜 자살자들은 죽어도 죽지 않을까요? 나도 궁금하긴 했다. 자살자들이 목숨을 끊으면 쉽게 저세상으로 떠나던 시절이 인류 역사의 대부분이었다. 하지만 무슨 까닭인지 최근 몇 년 사이에 죽어도 죽지 않는 이들이 늘어갔다. 그들은 도시를 어슬렁거렸다. 다시 죽을 용기가 없고 다시 부활할 가능성은 전혀 없는 어떤 존재로. 국가기관 A의 정규직 공무원들이 자살자들이 죽지 않는 원인에 대해 연구했지만 이렇다 할 결과를 내놓지 못했다. 유럽이나 미국 같은 선진국에서는 대한민국보다 몇 년 앞서 죽지 않는 자살자들이 늘어났다는 통계수치만을 강조했다. 공무원들의 보고서에 따르면 자살자들이 죽지 않는 것이 세계적 추세이거나 선진국의 지표라는 분석까지 나왔다.

나는요, 그들에게 무슨 사연이 있을지 궁금해요. 어떤 이유로 죽었는지 그들에게 묻고 싶어요. 연변처녀는 호기심이 많은 위험한 아가씨였다. 아무래도 넌 이 일에 안 맞는 것 같다. 선배, 나빠요. 날 신고하려는 거죠? 신고하면 포상금이 나오니까. 됐어, 너무 자주 신고하면 이 일에서 잘린다고. 우리야말로 살아도 사는 존재가 아니네요. 대신 우린 돈은 벌잖아. 이렇게 맥주도 마시고 사랑도 하고 섹스도 하고.

물론 나는 연변처녀 파트너와 잠자리를 하지 않았다. 그녀의 머리카락에서 풍기는 향내가 좋고 가끔 그녀의 조곤조곤한 목소리를 들으면 살짝 야릇한 기분이 들긴 했지만 우리 사이의 업무가 개인적인 감정으로 엮이길 바라지 않았다. a와 a가 함께 해봤자 대문자 A로 변하는 관계가 아니라는 걸 잘 알았으니 말이다. 하지만 일하는 시간이 늘어갈수록 연변처녀 파트너는 a라는 직업에 어울리지 않는 아이란 생각이 굳어졌다.

한번은 자살자 앞에서 코가 붉어지도록 우는 바람에 내가 호통을 쳤다. 자살자는 십대 소녀였다. 늘 학원가를 어슬렁거렸다. 가끔은 같이 학원을 다니던 친구와 만나 수다를 떨기도 했다. 태연하게. 소녀는 자살을 후회한다고 털어놓았다. 너무 어렸다고. 한번 세상에서 사라진 후에야 더 어른스러워졌고 이젠 세상에서 씩씩하게 살아갈 자신이 생겼다고 울먹였다. 나는 그녀의 떨리는 작은 손바닥에 리볼버머핀을 올려놓았다. 네가 완벽하게 사라져야 세상이 제대로 돌아가. 나는 자살자와 말을 섞지 않는다는 규칙을 깼다. 내 말을 들은 그녀는 하얀 손바닥에 놓인 달콤한 권총을 물끄러미 들여다보았다. 작은 손이 병든 병아리 같았다. 차분하게 약을 삼킨 그녀는 몇 분 지나지 않아 우리 앞에서 영영 사라졌다. 어른스러운 죽음이라고 스치듯 짧게 생각했다. 그 옆에서 파트너가 한참을 울었다.

선배는 나에 대해 궁금하지 않아요? 그날 저녁 맥주를 함께 마시면서 파트너가 물었다. 많이 궁금하지. 나는 땅콩 한 알을 깨물며 말했다. 그 나이 먹도록 왜 그렇게 울보인지. 내 농담에 그녀는 웃지 않았다. 나는 그애와 똑같은 나이에 자살을 하려다 그만둔 적이 있어요. 그리고 지금까지 그때 죽지 않은 게 안타까워요. 그때 너무 아프고 무섭고 괴로웠거든요. 그 공포가 나를 자살까지 못 가게 하는 거예요.
두번째 파트너는 다시 울음을 터뜨렸고 나는 술자리가 끝날 때까지
이런저런 말로 그녀를 웃기려고 애썼다. 그리고 막차를 타러 지하철
역으로 가면서 그녀를 신고하기로 결심했다.

다음날 두번째 파트너는 결근했다. 휴대폰으로 전화를 걸어보았지
만 꺼져 있었다. 그다음 날 A로 출근하니 새로운 파트너 a가 나를 기
다렸다. 그는 악수를 청하며 능글맞은 얼굴로 웃어 보였다. 살찐 얼굴
에 수염이 지저분했다. 그 인간이 바로 마음에 드는 구석이 한 군데도
없는 최악의 파트너였다.

"저기요."

멍하니 서 있는데 등뒤에서 누군가가 나를 불렀다.

오른손에 검정 클러치백을 움켜쥔 그녀는 나머지 손을 나에게 내밀
었다.

"주세요."

"네?"

"그거, 그 메모. 내 거예요. 내가 최아름이거든요."

나는 그때까지 손에 쥐고 있던 구겨진 포스트잇을 최아름에게 전해
주었다.

최아름은 포스트잇의 메모를 읽어보고는 다시 구깃구깃 구겨서 클
러치 안에 집어넣었다.

"자살자를 압니까?"

자살자가 어떤 남자인지 궁금하진 않았다. 그저 갑작스러운 상황이
어색해 불쑥 튀어나온 질문이었다.

최아름은 고개를 끄덕였다.

"원래 메모 남기는 걸 좋아했어요. 과외 할 때부터 생긴 버릇이에요."

더 듣고 싶지 않았지만 그녀는 자살자와의 관계를 자세하게 털어놓았다. 자살자는 그녀의 과외 선생이었고 연인이었으며 대학선배이기도 한 남자였다.

"영어 과외 선생님이었어요. 턱이 갸름하고 얼굴이 하얗고 베이지색 니트가 잘 어울렸어요. 복학생이었고요."

"네, 그렇군요."

나는 여기서 이야기를 끊고 다시 자살자를 찾아나설 작정이었다. 자살자가 과거에 어떤 사람이었든 나와는 상관없는 문제였다. 하지만 최아름이 내 팔을 붙잡았다.

"과외를 시작한 지 며칠 안 돼서 수업이 끝나면 메모를 남겼어요."

"아, 그 포스트잇처럼?"

최아름이 고개를 끄덕였다.

"맞아요, 어떤 날은 시집에서 베낀 글귀가 적혀 있었고, 또 어떤 날은 제 건강을 걱정하는 짧은 글 같은 걸 남겼어요. 공부하는 방법에 대한 조언도 적어놓았고. 어쨌든 짧게. 메모가 세 문장을 넘진 않았어요. 하지만 그 문장 안에 자기가 하고 싶은 말은 다 하죠."

최아름 역시 세 문장 안에 할 이야기를 끝내고 어서 나를 놔주었으면 했다.

"알겠습니다. 그럼, 전 이만 가봐야 할 것 같군요."

최아름은 내 옷자락을 놓아주었다. 하지만 나를 놓아주진 않았다.

"잠깐만요, 내 말을 좀 들어주세요."

나는 최아름의 눈을 보았다. 어딘지 두번째 파트너가 떠오르는 눈이었다. 자기의 목소리에 귀 기울여주기를 바라는 여자의 눈.

"알았어요. 대신 짧게 말씀해주세요."

"저는 메모지를 차곡차곡 모았어요. 모은 메모지가 서른 장쯤 되었을 때였어요. 우리는 서로 비밀스러운 감정을 가진 오누이 같은 느낌이 들었어요."

"그러니까, 두 사람이 사귀게 되었다는 말이죠?"

최아름은 고개를 끄덕였다.

"맞아요, 하지만 거기서 끝이 아니에요."

"그러면 어디서 끝이 났나요?"

"잠깐만요, 아직 그런 이야기를 할 때가 아니에요."

두 사람은 서로 사랑했고 최아름은 연인과 같은 대학에 입학했다. 하지만 문제는 두 사람이 같은 대학에 다니면서부터 시작되었다고 했다. 최아름은 평범한 여대생이었고 과외 선생이었던 연인은 운동권이었다. 그녀는 사회를 바꾸는 데 큰 관심이 없었다. 그저 열심히 한 개인으로 사는 타입이었고 타인에게 폐를 끼치지 않는다면 그게 나쁘지 않다고 생각했다. 90년대 중반의 캠퍼스였다. 그녀의 생각이 특별히 튀는 생각은 아니었다. 연인은 그녀가 대학생이 되자 사회의 어두운 구석에 대해 많은 것을 가르치려 했다. 여전히 많은 메모를 그녀에게 남겼다. 메모는 무거워졌고 이해하기 어려운 글귀가 늘어갔다. 어느 날 그녀는 그 메모가 진저리치게 소름 끼쳤고 첫번째 연애가 끝났음을 깨달았다.

"나 때문에 오빠가 자살한 건 아니에요."

혹시라도 내가 오해할까 싶었는지 최아름은 선을 그었다.

"우리가 헤어진 지는 벌써 십 년이 넘었어요. 전 다음달에 약혼해요."

"그렇군요. 그럼, 당신은 자살자가 죽었는지 몰랐겠군요."

"하지만 지인을 통해 그 사람이 자살했다는 이야기는 들었어요. 많은 실패에 실패를 겪었다고 들었어요. 안타까운 일이죠."

"그래요, 그럼 전 이만 자살자를 잡으러 가야겠습니다."

"잠깐만요, 당신한테 할 말이 있어요."

"도대체 뭔데요? 저한테 하실 말이?"

"우선 제 말을 더 들어야 해요."

나는 한숨을 길게 내쉬고 최아름의 말을 들으며 연신 고개를 끄덕였다.

최아름 앞에 다시 옛 연인이 나타난 건 그가 자살한 뒤였다. 어느 날부터인가 두 사람이 함께 다니던 대학교와 그녀가 살던 옛 동네의 담벼락에 포스트잇이 붙었다. 아름아, 로 시작하는 짧은 문장이 적힌. 곧이어 그녀와 자살자 모두를 아는 친구로부터 연락이 왔다. 친구는 그녀 모교의 시간강사였고 포스트잇을 붙이는 자살자를 적잖이 보았다고 했다. 옛 연인의 메모가 붙은 장소는 늘어만 갔다. 최아름은 주말이면 옛 연인과 함께 걸었던 데이트 코스를 찾아다녔다. 혹시라도 어딘가에 '아름아'로 시작하는 메모가 적힌 포스트잇이 눈에 띄면 그대로 떼어내 구겨버렸다. 그러다가 우연찮게 자살자의 뒷모습이라도 보면 서둘러 몸을 숨겼다. 자살한 옛 연인과 마주 보고 이야기하는 일은 너무 끔찍하다 생각했기에.

"소름 끼치는데요."

그녀는 내 말에 고개를 끄덕이지는 않았다. 하지만 곧 나지막한 목소리로 입을 열었다.

"왜 당신들은 그 사람을 일찍 잡지 않았어요?"

결국 결론은 우리 a들을 힐책하는 말이었다니, 나는 비위가 상했다.

"이봐요, 잘 모르나본데 죽지 않은 자살자들이 한둘이 아니에요. 종일 바쁘게 일해도 한 사람 잡을까 말까입니다."

"난 당신들 뒤를 쫓고 있었어요. 아주 느긋하게 일하더군요. 한 사람은 아예 다른 곳으로 빠진 눈치고."

입맛이 썼다.

"걱정 말아요. 오늘은 무슨 일이 있어도 꼭 붙잡을 테니까."

그녀는 내 말에 대답하지 않고 클러치백에서 정사각형의 연두색 봉투를 꺼냈다. 여름날의 싱싱한 은행잎이 떠오르는 빛깔이었다. 그녀는 나에게 카드를 건넸다.

"메모에 대한 답장이에요. 그 사람한테 전해주세요."

"우리가 무슨 퀵서비스입니까?"

나는 봉투를 그녀의 코앞에 대고 흔들었다. 하지만 그녀는 얼굴 표정 하나 바뀌지 않고 빤히 나를 쳐다보았다.

"국가기관 A의 홈페이지에 올리겠어요. 당신이 얼마나 업무를 태만하게 하는지. 좋은 직장을 잃고 싶은 건 아니죠?"

나는 기가 막혀 한참이나 그녀를 노려보다 결국 그 작은 봉투를 코트 안주머니에 집어넣었다. 기회를 봐서 쓰레기통이 눈에 띄면 그대로 구겨 처박을 생각이었다.

크로글라스를 쓰고 한참 동안 거리를 돌아다니는데 휴대폰이 울렸
다. 최악의 파트너였다.
"도대체 어딥니까?"
"종로1가 종각역으로 달려오세요. 칼국수 한 그릇 든든하게 먹고
벌써 잡았습니다."
경어를 썼지만 아랫사람에게 하대하듯 빈정대는 목소리였다.
'이 아저씨 사람을 아주 만만하게 보는군. 이 일을 먼저 시작한 건
나라고.'
나는 투덜대며 크로글라스를 호주머니에 집어넣었다.
어느새 광화문까지 걸어갔기에 종로1가까지는 또 한참을 거슬러가
야 했다.
점심시간이 지난 지 한참이었지만 종각역 입구 광장에는 직장인으
로 보이는 남자들 몇몇이 벤치에 앉아 있었다. 답답한 사무실 공기를
피해 잠시 담배 한 대 물려고 짬을 내 나온 사람들일 터였다.
광장 곳곳에는 널브러진 은행잎이 흩어져 있었다. 구석 자리 벤치
에 파트너가 다리를 꼬고 앉아 편안하게 담배를 피우는 모습이 눈에
들어왔다. 좁은 어깨에 고개를 숙인 자살자 역시 담배를 입에 물었다.
쫓는 자와 쫓기는 자가 다정한 직장 선후배처럼 벤치에 앉아 있는 장
관이었다. 하지만 두 사람을 신경쓰는 이들은 아무도 없었다. 당연히
그럴 테지. 크로글라스를 쓰지 않는 이상 초췌한 몰골의 사내가 실패
한 인간으로 여겨질 뿐, 완전하게 사라지지 못한 자살자로 보이지는

않을 테니까.

"어, 왔어? 이리 와."

파트너가 일어서서 담배를 재떨이에 비벼 껐다. 나는 그사이 자살자가 도망치지나 않을까 신경을 곤두세웠다. 하지만 남자는 묵묵히 담배만 피웠다.

벤치 가까이 다가가자 자살자는 고개를 들어 힐끔 나를 바라보았다. 옅은 쌍꺼풀에 속눈썹이 길었고 흰자위가 붉었다. 그는 나와 눈이 마주치자 고개를 돌렸다. 손을 떤다 싶더니 담배꽁초를 바닥으로 툭 떨어뜨렸다. 헝클어진 앞머리가 자살자의 이마와 눈썹까지 가렸다. 이십대 초반 여자들이 마음을 줄 만한 얼굴이었을지 모른다는 생각을 잠시 했다. 그러나 지금 벤치에 앉아 있는 그는 영락없이 사그라진 인생이었다.

"앉아, 앉으라고."

파트너가 눈짓으로 자살자 옆을 가리키자 나는 못 들은 척 그대로 버티고 섰다. 그러자 파트너는 헛기침을 한 번 하고 벤치에 앉았다. 그는 양복주머니에서 담배를 꺼내 나에게 건넸다.

"말씀드렸잖아요. 저 끊었어요."

"아, 맞아. 그랬지."

그는 자연스럽게 손에 쥔 담배를 자살자에게 건넸다.

"아, 하나 더 피우라고."

자살자는 담배를 받아들고 고개를 짧게 까닥여 목례했다. 파트너는 직접 불까지 붙여주었다. 바람이 갑자기 매섭게 불어 그는 두툼한 손으로 바람을 가렸다. 나는 양복 안주머니에 손을 집어넣었다. 리볼버머핀이 든 약통이 만져졌다. 날카롭진 않지만 뾰족한 감촉이 손등에 전해졌다. 최아름이 건넨 연두색 봉투의 모서리였다. 자살자는 바로 내 앞에 있고 쓰레기통은 바로 내 옆에 있었다. 어떤 선택을 해야 할지 머릿속이 복잡했다.

"보고 싶습니다, 한 번은."

담배에 불이 붙고 연기를 한 번 내뱉은 뒤에 자살자가 입을 열었다.

초췌한 얼굴과 달리 목소리가 또랑또랑했다. 나는 안주머니에 집어넣었던 손을 빼서 탁탁 털고 잠시 바짓주머니에 넣었다.

"내가 한때 은행강도였지."

최악의 파트너는 뜬금없는 이야기를 꺼냈다. 나와 자살자 모두 그리 느꼈는지 그 중늙은이를 어이없는 시선으로 바라보았다. 그는 담배를 손에 쥔 채 몸을 숙여 왼손으로 젖은 은행잎을 집어 툭툭 허공에 대고 털었다. 갈색에 가까운 누런 빛깔로 변한 부채꼴의 잎사귀에서 눈물처럼 빗물이 몇 방울 떨어졌다.

"그러니까 자정을 넘기면 나하고 와이프는 둘 다 밖으로 나갈 준비를 했어."

나는 찬바람을 맞으며 꼼짝없이 꿈을 잃어버린 젊은 부부의 이야기까지 들어야만 했다.

부부는 매일 밤 서로 손을 꼭 붙잡고 낮고 허름한 집의 대문을 열고 밖으로 나갔다. 서로 손을 잡았지만 따스한 체온이 그대로 전해지진 않았다. 두 사람 다 두툼한 목장갑을 끼고 있었다. 아내는 한쪽 옆구리에 작은 양푼을, 사내는 긴 막대기를 한 손에 들고서 캄캄한 길을 걸었다. 그들의 삶도 그 좁은 밤길과 별로 다르지 않던 시절이었다.

고등학교를 졸업한 남자는 대학 진학 대신 공무원시험을 준비했다. 그는 머리가 좋은 편이라서 공부를 준비한 지 일 년 만에 9급 공무원이 되었다. 남자는 서울 변두리 지역의 동사무소에서 일을 시작했다. 안정적인 직장이었지만 쥐꼬리만한 봉급이 성에 차지 않았다. 80년대의 서울이었고 3저호황이라 무슨 장사를 하든지 떼돈을 번다는 말이 돌던 시절이었다. 직장에서 만족스러운 일이 있다면 같은 동사무소의 임시직 여직원과 연애를 시작했다는 정도였다. 한 살 터울의 둘은 오누이와 친구, 연인의 감정을 오가는 다정한 연애를 시작했다. 어느 날 동대문에서 옷 장사를 시작한 남자의 친구가 찾아왔다. 함께 동업을 하자는 취지였고 돈 욕심이 있던 남자는 동사무소를 그만두었다. 물론 연애는 포기하지 않았다. 직장을 그만두는 날 단둘이 따로 술자리를 가져 프러포즈를 했다. 여자는 해물파전을 집다 말고 젓가락을 정갈하게 놓아두고 눈물을 흘렸다. 그녀는 좋다 싫다 말은 하지 않았다. 하지만 남자가 장사를 시작한 지 채 두 달이 되지 않아 결혼식을 올렸다. 여자는 대개 그 시절의 풍속이 그러했듯 결혼과 동시에 직장을 그만두었다. 하지만 서울에 돈은 너무 많았으나 젊은 남자들에게까지 쉽게 굴러오지 않았다. 빚으로 시작한 장사였기에 늘 새는 구멍을 막기 바빴고 날이 갈수록 상황이 위태로워졌다. 동업을 제안한 친구는 아예 손을 털고 잠적해버렸다. 뒤이어 빚쟁이들이 몰려들었고 젊은 부부 역시 지방의 한 소읍지로 야반도주하는 수밖에 다른 도리가 없었다. 다 허물어져가는 석면 슬레이트 지붕 한옥 골방에 부부는 셋방을 얻었다. 그들은 골방에서 쓰디쓴 하루하루를 삼켰다. 일어설 용기조차 나지 않는 어두운 나날이었다.

그들의 어두운 삶 속으로 어느 날 마을 어귀에 있는 커다란 은행나무가 들어왔다. 노랗게 익은 은행은 퀴퀴한 냄새를 풍겼다. 하지만 은행의 열매는 황금빛이었다. 늦은 밤 도둑고양이처럼 산책을 하던 중 남자는 돌을 던져 은행 하나를 땄다. 그는 은행을 손에 쥐었다. 돈은 없고 빚만 남은 그들에게 은행은 마지막 금화와 비슷하게 여겨졌다.

저걸 내다팔자. 우선 밥벌이라도 할 수 있을 거야. 남자는 장난스럽게 말했고 그날 밤부터 부부는 밤 외출을 시작했다. 그들은 그렇게 일주일 내내 마을 어귀 커다란 은행나무의 은행을 땄다. 남자가 은행나무 아래에서 막대기를 마구 흔들면 우수수 은행이 떨어졌다. 아내는 깔깔대고 웃으며 그 냄새나는 은행을 주워 양푼에 담았다. 추운 날이었고 입술이 건조하게 튼 그녀의 입술에 피가 배었다. 그들은 작은 양푼이 반만 차면 은행을 더 따지 않고 골방으로 돌아갔다. 다음날 훔칠 은행이 사라지면 희망도 함께 사라질 것 같아서였다. 하지만 일주일이 지난 후에 그들은 부대자루에 모아놓은 은행을 파는 대신 서울로 올라갔다.

서울에서 남자는 막노동을 시작했고 아내 역시 시장에 채소노점을 차렸다. 부부는 악착같이 돈을 모았고 시장 어귀에 작은 해장국집을 차렸다. 원래 아내가 음식 솜씨가 좋은 덕에 시장은 물론 근처 번화가에까지 소문이 돌아 금방 돈이 불었다. 빚을 모두 갚은 날에 부부는 함께 거나하게 술을 마셨다. 그리 밝지 않은 조명 아래 불콰해진 부부의 얼굴은 주름이 자글거려 많이 늙어 보였다. 하지만 빚은 사라지고 통장에는 목돈이 쌓였다. 기쁜 나날이었지만 기쁜 날만 있는 건 아니었다. 아내는 빚쟁이에게 쫓기던 시절에 두 번이나 유산을 한 후 아이가 들어서지 않았다. 남편은 돈이 생기자 옆가게의 엉덩이가 탄탄한 젊은 아가씨에게 눈길이 갔다. 빚을 갚은 지 채 일 년이 지나지 않아 부부의 가게는 문을 닫았다. 남편과 아내는 각자의 길을 갔다.

"첫번째 아내에게 미안한 마음은 들지만 그립지는 않아. 다만 그때 함께 은행을 땄던 그 남녀가 정말 나와 그 사람인지 아득할 때가 있어. 제일 힘든 시기였고 그날 밤의 기억이 생생한데도 말이야."

파트너가 긴 넋두리를 늘어놓는 동안 나와 자살자는 그저 입을 다물었다.

길거리에서 더 오래 버티고 있다가는 으슬으슬 몸살이 올 것 같았다. 그리고 더이상 여유를 부리면 a로서의 내가 흩어져버릴 것 같은 기분마저 들었다. 나는 리볼버머핀을 꺼내 자살자에게 건넸다. 자살자는 손바닥에 리볼버머핀을 올려놓고 눈을 크게 떴다. 붉어진 눈에서 눈물은 흐르지 않았다. 우리 세 사람 모두 마른침만 삼켰다. 왜 자살자와 말을 섞으면 안 되는지 확실히 알 것 같았다. 맥없이 떨어져 바람에 흩날리는 낙엽처럼 도시의 중심에서 떠밀린 사람들은 우리를 뒤흔든다. 하지만 우리는 결코 흔들려서는 안 된다. 그게 그들과 나의 유일한 차이니까. 나는 안주머니에 넣어둔 연두색 봉투를 만지작거리다가 자살자에게 건넸다.

"최아름씨가 보낸 카드예요."

그는 리볼버머핀을 셔츠 호주머니에 넣고 조심스럽게 봉투에서 카드를 꺼냈다. 엽서처럼 한 장으로 된 카드였다. 생일축하용인지 앞쪽에 자그마한 케이크가 그려져 있었다. 남자는 케이크가 그려진 그림 뒤쪽에 적힌 글귀를 눈으로 읽었다. 몇 번이나 반복해서 눈으로 읽었다.

자살자에게 추억을 떠올릴 물건을 건네는 게 옳은 일인지 나는 좀 걱정스러웠다. 그가 이 세상에서 완벽하게 사라지는 대신 우리를 밀치고 도망칠지도 모르는데 말이다. 나는 그가 도망치지 못하도록 버티고 섰다. 하지만 그가 나를 밀친다면 자연스럽게 뒤로 넘어지는 척의도적으로 엉덩방아를 찧을지도 모르겠단 생각을 하긴 했다. 벤치옆에 앉은 최악의 파트너는 곁눈질로 카드에 적힌 최아름의 메모를훔쳐보았다. 최악의 파트너는 나를 바라보며 어떤 표정을 지었다. 물론 나는 그 남자의 늙은 얼굴이 무슨 말을 하는지 읽지 못했다. 우리가 함께 일한 지 고작해야 사흘이 지났으니까.

자살자는 눈을 감고 카드를 구겨 한 손에 움켜쥐었다. 그리고 호주머니에서 리볼버머핀을 꺼내 단숨에 삼켰다. 자살자가 눈앞에서 사라져버린 뒤에 희미하게 매운 화약 냄새가 풍겼다. 코가 아렸다.

교양 없는 밤

나는 아파트단지 가까이에 있는 공원 남자화장실에서 아내를 찾아냈다. 아내는 낯선 남자와 함께였다. 나는 두 손을 호주머니에 찔러넣은 채 눈앞에 펼쳐진 광경을 지켜보았다. 머리가 희끗희끗해지기 시작한 고수머리의 남자는 때 긴 세면대 가장자리를 움켜잡았다. 수도꼭지에서 흘러나온 물줄기가 작은 소리를 내며 배수구로 흘러들었다. 남자는 반바지 차림이었고 셔츠의 목둘레와 겨드랑이는 땀으로 펑 젖었다. 얼굴은 노랗고 눈이 붉었다.

남자는 몸을 돌려 내 쪽으로 한두 걸음 걸어오다 멈추었다. 강파르게 훌쭉한 볼은 볼품없었고 턱 끝의 염소수염이 지저분했다. 입꼬리가 올라가 있어 웃는 표정이었지만, 자세히 보면 찡그리고 뭉개졌다는 인상을 주었다. 어딘지 비겁한 사람의 냄새가 났다. 문득 내 얼굴이 이 남자와 닮았을지 궁금했다. 남자가 손을 들어 귀를 만지려다 그만두었다. 그는 정지되었다.

체구가 자그마한 아내는 남자의 어깨에 올라앉아 두 다리로 목을 감쌌다. 그녀는 머리숱이 별로 없는 남자의 정수리를 맛나게 혀로 핥았다. 얼룩진 분홍 스커트 아래로 드러난 맨다리가 소름 끼치도록 하얗기만 했다. 그녀의 축축하고 긴 검정머리가 흘러내려 볼을 간질여서인지 남자의 안면근육이 조금씩 움찔거렸다.

나와 눈을 마주친 아내는 잠시 움직임을 멈추었다. 흰자위에 핏발이 서고 오른쪽 눈가는 다래끼에 뒤덮였지만 눈동자는 새까맣고 아름다웠다. 추운 겨울 눈밭에서 반짝이는 검고 작은 자갈 같았다. 아내는 나를 보며 수줍은 듯 미소를 짓고 고개를 가볍게 뒤로 젖혔다.

휘이이이, 휘이이이, 휘이이이.

아내가 울어댔다. 그녀가 내뱉는 목소리를 과연 언어라 부를 수 있을까? 아내의 울음은 겨울밤 멀리에서 사납게 불어오는 바람이나 구슬프게 울어대는 새소리에 가까웠다.

휘이이이, 휘이이이, 휘이이이이.

아내가 남자의 귓불과 귓바퀴를 부드럽게 쓰다듬었다. 뚝뚝, 아내가 어루만진 귓바퀴에서 액체가 흘러내렸다. 붉은 피로 착각하기 쉽지만 색깔이 더 엷었다. 그렇다고 눈물도 아닌 그 체액을 보고 마시는 존재는 아마 우리밖에 없을 터였다. 아내는 손바닥에 액체를 받아 게걸스럽게 먹어치웠다. 귓구멍에서 계속 떨어지는 액체는 남자의 볼과 턱을 적시며 흘러내렸다.

나도 다시 허기가 졌다. 어쩔 수 없는 일이었다.

오늘밤 처음으로 빨아먹었던 사람을 떠올렸다. 그는 바짝 마른 중년의 남자였는데, 양복상의를 어깨에 두른 채 가끔 주위를 두리번거리며 골목을 내려가고 있었다. 표정은 매우 불안했고 아마 내 얼굴이 거울에 비춰졌다면 그 남자만큼이나 불안해 보일 것 같았다.

남자가 입고 있는 반소매 흰 셔츠와 여름용 정장바지는 모두 한 치수쯤 커 보였다. 별로 맛있어 보이지는 않았지만 어쩔 수 없었다. 나는 허기를 참을 수 없는 상황이었으니까.

나는 그를 가로막고 그의 얼굴에 내 입김을 불었다. 그는 움직이지 않았다. 그는 아마 자기 스스로 움직임을 멈추고 잠시 다른 생각에 잠겼다고 여길지 모른다. 나는 남자의 손목을 움켜잡고 힘껏 비틀었다. 희미한 통증이 느껴지는지 남자가 팔을 움찔대다 멈추었다. 하지만 그는 이내 정지되었다. 나는 비틀린 손목에서 흐르는 액체를 다급히 빨아마셨다. 때로 인간은, 수액이 풍부한 나무나 마르지 않는 우물 같은 존재였다.

체액의 맛은 특별했다. 달고 짜고 맵고, 하는 그런 맛이 아니었다. 인간이 겪은 경험과 생각과 몽상이 그 액체 안에 녹아 있었다. 체액을 빨아들이면 동시에 그 사람을 경험하게 되었다.

나는 아내를 바라보았다. 아내는 두 팔로 남자의 목을 껴안고 두 다리로 남자의 허리를 감싸고서 아예 입을 귀에 대고 젖을 빨듯 빨아먹었다. 정지된 남자는 귀 한쪽을 빨리면서 아무렇지 않은 듯 정면만 바라보았다. 그의 눈동자는 텅 비어 보였다. 나는 더는 굶주림을 참지 못해 슬그머니 남자에게 다가갔다. 바닥에 무릎을 꿇고 앉아 그의 무릎 뒤쪽을 할퀴었다. 무릎 안쪽의 깊숙한 곳이 툭 터지면서 역시나 물줄기처럼 액체가 흘러내렸다. 종아리에 혀를 대고 흘러내리는 액체를 들이켜며 눈을 감았다.

젊은 시절 남자의 모습이 눈앞에 펼쳐졌다. 나이가 든 지금 볼품없어 보이는 주름 깊은 입매나 깡마른 턱이 젊은 날의 그에겐 하나의 매력이었다. 부드러운 입가와 섬세한 턱은 아름답기 그지없었다. 남자 옆에 도톰한 뺨에 상냥한 미소를 지닌 여자가 무릎을 단정히 붙이고 앉아 있었다. 노을이 깔리면서 푸른 하늘이 더욱 감미로워 보이는 시간, 남자가 슬그머니 여자의 손등에 자신의 손을 포개었다. 도톰하면서도 보드라운 그녀의 감촉이 나에게 고스란히 전해졌다.

휘이이이, 휘이이이, 휘이이이이.

눈을 뜨자 남자의 가랑이 사이로 아내의 얼굴이 보였다. 아내가 실핏줄이 터진 눈을 깜빡이며 나를 노려보았다. 긴 머리카락이 질척한 화장실 바닥까지 흘러내렸다. 아내는 잔뜩 화가 난 것이 틀림없었다. 한 사람을 나눠 먹는 일이 영 마음에 안 드는 눈치였다.

우리가 머뭇대는 사이 남자가 몸을 비틀었다. 그는 서둘러 화장실 문을 열고 밖으로 나가버렸다. 우리는 그 뒤를 따라나왔다.

밤의 공원은 산책 나온 부부나 아이 들로 다소 소란스러웠다. 가로등이 하나밖에 없어 사람들의 얼굴이 잘 보이지 않았다. 운동하는 중년의 여자가 짧은 반바지 차림으로 다가왔다. 엉덩이와 팔을 요란스레 흔들고 가끔 입으로는 휘휘 바람소리까지 냈다. 자칫하면 몸이 부딪칠 뻔해서 나는 슬쩍 피했다.

휘이이이, 휘이이이, 휘이이이.

아내가 울었다. 무슨 까닭이 있어 저리 우는지 알 수 없다. 한마디 말도 없이 아내는 그저 밤하늘을 바라보며 계속 울었다.

아내가 내 옆으로 다가왔다. 언제 토라졌냐는 듯 상냥한 얼굴로 환히 미소를 짓다 내 귀를 어루만졌다. 눈물이 흐를 만큼 부드러운 손길로.

나는 아내의 손목을 장난스럽게 하지만 살짝 힘주어 붙잡았다. 아내의 작은 손이 눈앞에서 촛불처럼 흔들렸다.

그래봤자 내 귀에선 아무것도 안 흘러내려. 우린 분명 그러니까……

말문이 막혔다. 우리의 존재에 대해 아내에게 설명하고 싶었지만 내가 아는 것은 아무것도 없었다. 나는 아내의 손을 놓았다.

내가 누구인지 나는 설명하지 못한다.

나의 몸을 직접 보지 못하는 건 분명했다. 그 사실 하나로 많은 문제들이 생겼다. 늙었는지 젊었는지 키가 큰지 살이 쪘는지 말랐는지 아무런 정보가 없다. 내가 가진 것은 오직 생각하는 머리와 두근거리는 심장뿐이었다. 내 몸은 보지 못하지만 대신 아내는 또렷이 볼 수 있다. 또 아내는 왜 이해할 수 없는 언어로 말을 하는지는 모르겠다. 아내의 옷차림이 왜 저렇게 지저분한지도 도통. 신발도 없이 더러운 맨발로 걸어다니는 까닭 역시. 작은 새처럼 가볍게 뛰어다니는 모습을 보면 신발 따윈 애초부터 그녀에겐 필요 없는 물건일지 모르겠지만.

벤치에 앉은 노인이 어둠을 응시했다. 그는 온몸에 살이 쪄 커다란 이삿짐 꾸러미처럼 보였다. 노인은 치매예방운동을 하는지 연신 열 손가락을 놀렸다. 그에 맞추어 짧지만 덥수룩한 콧수염과 턱수염으로 덮인 입술을 오물거렸다. 노인은 남들이 알아듣지 못할 만큼 작은 소리로 웅얼거렸다. 벤치로 폴짝 뛰어오른 아내는 손가락을 촉수처럼 움직여 노인의 입술을 어루만졌다. 노인은 정지되었다. 두툼한 입술이 부르르 떨리면서 침이 아닌 액체가 흘러내렸다. 아내는 노인의 턱을 두 손으로 받쳤다. 걷기운동을 끝낸 노파가 노인의 오른쪽 옆에 앉았다. 두 사람은 부부인 듯했다. 아내는 벤치 등받이로 뛰어올라가 손을 적신 노인의 액체를 설탕물처럼 핥아먹으면서 반대편 손으로 노파의 작고 찌그러진 귀를 어루만졌다. 아내는 신이 나서 정지된 노인과 노파를 커다란 사탕인 듯 빨아먹었다. 그사이 노부부는 서로 대화 없이 밤하늘의 어딘가를 물끄러미 응시했다.

휘이이이, 휘이이이, 휘이이이.

배부르게 두 사람을 먹어치우고서 식사가 만족스러웠는지 벤치에서 뛰어내린 아내는 공원 바닥에 그대로 누워버렸다.

달이 구름에 가렸다가 다시 나타났다. 하늘은 어두워지지도 밝아지지도 않았다. 아내는 달을 보며 이상한 소리로 웃기 시작했다. 그사이 사람들이 하나둘 공원을 빠져나가 집으로 돌아갔다. 그러나 나와 아내는 어디로 돌아가야 할지 알 수 없었다. 사람들이 밤늦게까지 서성대는 번화가로 나가야 한다는 사실만 알 뿐이었다.

휘이이이, 휘이이이, 휘이이이.

이제 아무도 없어. 일어나자, 빨리 가야지.

나는 일어서지 않으려는 아내를 달래서 일으켰다.

우리는 공원에서 오 분쯤 걸어가 아파트 앞 버스정류장에 도착했다. 마을버스 한 대가 도착했지만 내리는 승객도 타는 승객도 없었다. 눈에 보이지 않는 나와 아내 단둘만이 마을버스에 올라탔다. 버스 안 시계를 보니 거의 자정에 가까운 시간이었다. 승객은 나와 아내를 포함해 겨우 다섯 명뿐이었다.

아내는 요란하게 발소리를 내며 뛰어가 버스 천장에 매달렸다. 배를 채우지 않을 때 생각에 잠기는 나와 달리 아내는 부산스럽기 짝이 없었다.

나는 중년 여인 옆에 앉은 군복 차림의 청년을 힐끔거렸다. 얼굴과 목덜미와 반소매 바깥으로 드러난 팔뚝이 햇볕에 그을린 듯 흑갈색이었다. 휴가를 나온 평범한 군인의 모습이었다. 하지만 그는 중년 여인의 하얗게 살이 오른 목덜미에 입술을 대고 계속해서 빨아들였다. 목을 내준 여인은 무표정한 얼굴로 핸드백을 움켜쥔 채 정지되었다.

나는 조심스레 군복에게 다가갔다.

어이, 군복. 지금 뭐하는 겁니까?

그는 중년 여인의 목덜미에서 입을 떼고 입가를 팔뚝으로 닦아냈다. 수염으로 덮인 검붉은 입술이 번들거렸다.

왜 남의 일에 간섭입니까?

청년은 약간 퉁명스럽고 조금은 화가 난 말투였다.

나는 그의 쌀쌀맞은 태도에도 불구하고 기분이 좋아졌다. 휘이휘이 바람소리만 내는 아내의 목소리만 듣다 처음으로 말이 통하는 사람을 만났으니까.

그 여자 빨아먹어보니까 어떻습니까?

이 여자요? 따분하고 울적합니다. 그냥 하루살이 같습니다.

군복은 여전히 퉁명스러웠지만 배가 불러서인지 말투는 느긋했다.

중년 여인이 나와 군복을 번갈아 바라보고 싱긋 미소를 지었다.

어이구, 이 여자가 우릴 알아보는 거 아닙니까?

군복이 깜짝 놀라 호들갑스러운 목소리로 말했다.

아니, 우릴 볼 턱은 없겠죠.

나는 차분하게 대답했다. 군복이 고개를 끄덕였다.

공원화장실에서 아내를 만나기 전까지 나는 두 사람을 더 빨아먹었다. 대학생으로 보이는 평범한 인상의 청년과 가정주부인지 미혼인지 잘 모르겠는 여인이었다. 기억에 남는 쪽은 후자였다.

그녀는 아파트 놀이터 벤치에 앉아 텅 빈 그네를 바라보았다. 가끔씩 부는 바람에 그네는 조금씩 흔들렸다. 여인은 유달리 목과 손마디가 길었고 얼굴이 창백했다. 긴 손가락에서 흘러내린 체액을 빨아먹는 동안 정지된 그녀는 물끄러미 나를 바라보았다. 나는 잠시 식사를 멈추고 그녀의 눈을 물끄러미 바라보았다. 손가락이 움직이더니 내 이마와 코 그리고 입술을 쓰다듬기까지 했다. 나는 다시 그녀의 손가락을 깨물어 그녀를 정지시켰다. 눈을 뜨면 그녀가 내 앞에 있고 눈을 감으면 그녀의 세계가 내 안에서 펼쳐졌다. 그녀는 잿빛이었다. 얼룩덜룩한 잿빛 사이로 흐릿하게 사람의 두 다리가 보였다. 잿빛에 가려지지 않은 종아리와 검정 구두는 뚜벅뚜벅 서성이다 시야에서 멀어졌다. 식사를 끝냈을 때 그녀는 옷자락을 툭툭 털고 나를 힐끔 쳐다보고 자리에서 일어섰다. 나는 뒤따라가 말을 걸었다. 나를 아느냐고, 혹시 어디선가 본 적이 있느냐고. 내 목소리와 모습이 결코 상대에게 닿지 않는다는 걸 알고 있었지만 몇 번이고 물었다.

휴대폰 벨소리가 요란하게 울렸다.

군복은 군모를 벗었다가 챙을 뒤쪽으로 돌려 머리에 눌러쓰고는 방금 자신이 빨아먹은 중년 여인을 바라보았다.

중년 여인은 휴대폰 화면창에 뜬 번호를 보고 고개를 갸웃대다 통화버튼을 눌렀다. 그녀의 얼굴에 금방 화색이 돌았다. 전화를 건 상대방이 아들이었는지 연신 입에서 아들, 아들 이런 말이 튀어나왔다. 첫 휴가가 언제냐는 말을 하는 걸로 보아 아마 아들이 입대한 지 얼마 안 된 눈치였다.

내가 군복을 입었다고 했죠? 어쩐지 모자 같은 것이 손에 잡히는 기분이 들더니만.

군복은 물끄러미 나를 바라보았다.

아저씨는 양복입니다.

어떤 양복?

그냥 뭐 평범한 양복이에요. 넥타이도 매고 적당히 후줄근한.

얼굴은?

평범해요. 그냥 그쪽은 아저씨죠. 당신이 나와 같다는 걸 전혀 몰랐습니다. 저 여자는 알겠더라고요. 어찌나 요란스럽게 뛰어다니는지, 평범한 존재는 아니겠다 싶었습니다.

군복이 손가락으로 가리킨 곳에 아내와 아내 또래의 젊은 여자가 앉아 있었다. 아내는 정지된 여자의 긴 머리 타래를 손에 친친 감아 장난을 치며 연신 귀를 핥아댔다.

휘이이이, 휘이이이, 휘이이이.

내 와이프요.

그래요? 아내까지 있다? 아저씨 대단하시네.

군복은 잠시 팔짱을 낀 채 코를 씰룩대다 다시 내 쪽으로 얼굴을 돌렸다.

그걸 어떻게 장담합니까?

군복의 말에 나는 아무 대답도 할 수 없었다. 나는, 나와 아내는, 우리가 누구인지 모르니까. 그건 내 모습을 볼 수 없는 것만큼이나 숨이 막히도록 답답한 문제였다.

이봐요, 군복. 군복은 우리가 누구라고 생각하죠?

결국 나는 그렇게 되물었다.

그게 무슨 상관입니까?

군복은 다시 퉁명스럽게 대답했다.

당신은 우리의 존재가 무엇인지 궁금하지 않습니까?

살아 있는 사람은 아니겠죠. 하지만 양복 양반, 그게 무슨 상관입니까? 배가 고프면 마음껏 배를 채울 수 있는데.

그러면서 군복은 다시 중년 여인의 목덜미를 실컷 빨았다. 중년 여인은 눈을 감고 창가에 머리를 기댄 채 정지되었다.

나는 흔들리는 버스 안에서 묵묵히 선 채 군복을 바라보았다. 군복이 손등으로 입술을 닦아내고 조금은 비열한 표정으로 나를 바라보았다.

어째 뭐 씹은 얼굴이시네?

군복은 고개를 설레설레 저었다.

오늘 희한합니다. 몇 시간 전에 이 버스에 탄 양반도 아저씨하고 똑같은 말을 하던데. 붉은 버스로 갈아타고 한 시간쯤 더 가면 우리 같은 괴물이 모여서 떠드는 장소가 있답니다. 우리의 존재 이유, 뭐 이런 것에 대해서. 난 관심 없지만 아저씨는 한번 가보시든가.

버스가 멈추었다.

휘이이이, 휘이이이, 휘이이이.

아내가 뭐가 신이 나는지 경쾌하게 울어댔다. 젊은 여자가 서둘러 버스에서 내리려 하자 아내는 그 뒤를 쫓았다. 아내가 열린 문으로 내리기 직전에 나는 재빠르게 달려가 그녀의 팔을 붙잡았다. 문이 닫혔고 아내는 결국 젊은 여자를 따라가지 못했다.

이러다 다시 못 보면 어쩌려고 그래.

나는 그날 밤 처음으로 아내에게 화를 냈다.

아내는 내 팔을 뿌리치고 창가 자리에 웅크리고 앉았다. 나는 그 옆에 단단히 자리를 잡고 앉아 아내의 가느다란 팔목을 힘껏 움켜잡았다. 아내가 그대로 버스 밖으로 도망치기라도 할까 두려웠다. 그러면 나는 혼자니까. 아내도 뭐가 두려운 건지 부모를 잃어버린 아이처럼 몸을 떨었다.

참 다정합니다, 다정해. 부부 맞네, 맞아.

군복이 통로 건너편 자리로 와서는 다리를 잔뜩 벌리고 앉아 킬킬거렸다.

군복, 아까 그 이야기 다시 해줄 수 없습니까? 버스를 타고 어느 번화가로 가야 하죠?

군복의 말에 따라 나와 아내는 붉은 버스로 갈아타고 번화가로 향했다. 군복의 말이 진짜인지 아닌지 의심은 갔지만 그대로 따라도 손해는 없는 일이었다. 번화가엔 사람들이 많을 테고 최소한 우리의 종족을 만나지는 못할지언정 허기에 시달리진 않을 터였다.

번화가에 내려 우리는 손을 잡고 한참이나 거리를 걸었다. 상가의 간판은 화려했고 거리 곳곳에서 유행하는 음악이 흘러나왔으며 늦은 시간이었지만 사람들이 꽤 많았다. 가끔 술 취한 이들이 고래고래 지르는 고함에 아내는 화들짝 놀랐다. 어쩌면 아내의 귀에 사람들의 목소리는 더 크게 들리는지 몰랐다.

또 허기가 지는지 아내가 혼자 길을 걷는 행인에게 달려들었다. 서류봉투를 옆구리에 낀 다부져 보이는 인상의 젊은 남자였다.

그을린 피부에 어깨가 넓었고 각진 턱이었다. 아내는 그의 두툼한 팔에 매달려 남자의 귀를 쓰다듬었다. 나는 그 뒤를 따라가며 아내의 식사가 끝나기만을 기다렸다. 점점 속이 뒤틀리고 거리의 풍경이 스산하게 보이면서 나도 어느새 슬슬 허기가 밀려왔다.

남자가 걸음을 멈추더니 갑자기 벌레를 털어내듯 팔을 흔들었다. 아내는 잠시 기우뚱했지만 다시 남자의 넓은 어깨를 딛고 올라탔다. 남자는 귀에서 액체를 흘리면서도 몇 걸음씩 오히려 재빠르게 걸었다.

이상했다. 보통 우리가 입술을 대고 있는 동안에 사람들은 움직임을 멈추는데 말이다. 우리가 인간의 액체를 빨아먹는 동안 정지된 그들은 살짝 잠이 든다고 나는 생각한다. 엷게, 나른하게, 꿈인지 현실인지 분간하기 어려운 어느 지점에서 잠시.

남자가 다시 걸음을 멈추고 사납게 몸을 흔들었다. 그 바람에 결국 아내는 보도블록으로 내동댕이쳐졌다.

휘이이이, 휘이이이, 휘이이이.

아내가 넘어진 채로 고개를 젖히고 서글프게 울어댔다.

우리가 보입니까?

나는 달려가 남자의 팔을 붙잡았다.

남자는 대답이 없었다. 나른하게 숨을 쉴 뿐 길거리에서 그대로 눈을 뜨고 잠든 사람 같았다. 사나위 보이던 눈이 풀려 있었다. 그는 정지되었다. 나는 그의 손목을 비틀었다. 물큰하게 배어나온 체액을 빨아먹었다. 견디기 어려울 만큼 허기지지는 않았지만 궁금함을 채우고 싶었다. 우리가 어떤 존재로 세상에 떠도는지 어쩌면 그는 알 것 같았다. 쉽게 마취되지 않는 사람, 어쩌면 깨어 있는 인간일지 모르니까.

자명종이 울린다. 남자는 눈을 뜨자마자 팬티를 내리고 반쯤 발기된 성기를 옆에 누운 아내의 엉덩이에 대고 비빈다. 아내는 귀찮은 듯 칭얼대는 소리를 내고는 몸을 돌려 돌아눕는다. 아내가 입은 늘어진 셔츠 자락이 말려올라가면서 하얗고 늘어진 옆구리 살이 보인다. 자명종은 여전히 요란하다. 남자는 자명종을 끄고 욕실로 향한다. 짧은 머리를 재빨리 감고 수건으로 머리카락을 털면서 욕실 밖으로 나온다. 식탁에 갓 구운 토스트 한 조각과 어제 먹다 남은 갈색으로 변한 사과 두 쪽이 놓여 있다. 아내는 달구어진 프라이팬에 계란을 깨 넣는다. 그가 빵과 사과를 씹는 동안 아내가 목이 잠긴 목소리로 떠든다. 그는 아내의 목소리 대신 날계란이 프라이팬에서 지글대며 익는 소리에 귀를 기울인다. 그가 짧은 식사를 끝내고 출근 준비를 하는 동안 아내는 욕실로 향한다. 아내 역시 직장에 다니지만 함께 현관으로 나간 지가 언제인지 잘 기억이 나지 않는다. 부부의 연봉은 비슷하지만 남자의 직장은 아내의 직장보다 훨씬 멀리 떨어져 있다. 아파트단지를 빠져나가 서둘러 마을버스를 타고 지하철역으로 남자는 향한다. 지하철에서 남자는 선 채로 토막잠을 잔다. 잠이 들었는지 아닌지도 모르겠는 기절 같은 토막잠인데도 눈을 뜨니 바지 속 성기가 단단해져 있다. 아무 짓 하지 않았는데 성추행자가 된 기분이 들어 어서 발기가 가라앉기만을 기다린다. 지하철이 정차하고 문이 열리자 사람들이 우르르 쏟아져들어온다. 그가 객차 안에서 차지할 수 있는 공간이 더 줄어든다. 눈앞에서 몸에 착 들러붙는 오피스룩을 입은 여자의 뒤태를 보자 그는 자기도 모르게 야릇한 생각에 빠져든다. 겨우 힘이 빠지려던 그의 성기가 다시 단단해진다. 그의 옆에 붙어 있던 희끗희끗한 머리의 근엄한 샐러리맨이 그를 눈으로 훑어보며 헛기침을 한다. 그러더니 그 근엄한 얼굴 그대로 그의 앞에 서 있던 여자의 몸을 손가락 끝으로 툭툭 무심하게 건드린다. 여러 번, 조심스럽지만 당당하게. 그가 내릴 환승역에 도착하자 그는 사람들에 떠밀려 서둘러 승강장으로 내린다. 사무실에서 그는 짬짬이 증권시세를 알아보거나 동료들과 휴게실에서 담배를 피운다. 김대리는 그 덩치에 사무직보다 힘쓰는 일이 제격인데. 상사의 별로 웃기지도 않은 농담에 사람들은 헛웃음을 지으며 담배를 비벼 끈다. 집으로 돌아오는 지하철에서 남자는 운 좋게 좌석에 앉는다. 스마트폰으로 지나간 예능프로그램을 보며 편안하게 웃는다. 조그만 화면 속에 춤을 추는 여가수는 손안의 요정처럼 사랑스럽다. 마을버스 안에서도 그는 스마트폰의 화면을 들여다본다. 아파트단지로 들어가 엘리베이터를 타고 집으로 향한다. 현관문을 연다. 침대에 걸터앉은 아내는 한 손에 리모컨을 들고 나머지 다른 손으로 뭉친 어깨를 주무른다.

남자의 체액에는 그의 일상만이 서류의 기록처럼 빼곡하게 차 있을 뿐이었다. 남자는 서둘러 지하철역으로 사라졌다. 허기는 가셨지만 나는 그리 편안한 마음이 들지 않았다. 오히려 초조하고 불안했다. 나는 서둘러 아내가 있던 장소로 돌아왔다. 그곳에 아내는 없었다. 다만 그리 멀지 않은 곳에서 귀에 익숙한 울음이 들려왔다.

휘이이이, 휘이이이, 휘이이이.

번화가의 거리를 오래도록 헤매었으나 아내를 찾기란 쉽지 않았다. 거리를 오가는 행인들의 웅성대는 목소리와 시끄러운 음악 소리에 아내의 목소리는 토막으로 잘려나갔다. 아무나 붙잡고 아내를 보았느냐 물을 수도 없는 일이었다. 내 목소리를 듣는 사람은 아무도 없을뿐더러 그녀를 알고 있는 존재는 이 번화가에 나 하나뿐이었다.

아내를 찾다 큰 상가 뒤쪽 어두운 뒷길에 들어섰다. 그 어두운 곳에 사람들이 무리를 지어 모여 있었다. 남자, 여자, 노인, 어린아이 할 것 없이 모두들 제각각 떠들기에 바빴다. 골목은 좁고 사람은 많고 비집고 들어가기 힘겨웠다. 그들은 대화를 나누는 것이 아니었다. 각자의 말을 상대에게 쏟아낼 따름이었다. 한 사람의 말이 채 끝나기 전에 다른 이가 목청을 높여 떠들었다. 한 번도 타인과 대화를 나눠보지 못한 존재들처럼.

그들은 인간이 아니었다. 내가 번화가에서 만나길 바라던 나와 똑같은 존재들이었다. 밤에만 나타나서 인간의 경험과 생각과 몽상을 빨아먹고 살아가는 존재. 나와 똑같은 종족들. 나는 아내와 단둘이서 다녔을 뿐 이렇게 많은 무리를 마주한 적은 없었다.

나는 입을 다물었다. 바람소리로 우는 여자를 본 적이 있느냐고 그들에게 물어봤자 아무 대답을 하지 않을 게 틀림없었다. 입을 다물고 호주머니에 손을 넣고 나는 그 아귀다툼의 한가운데 서 있었다. 한 중년 남자가 내 어깨를 붙잡았다. 아내가 공원의 남자화장실에서 어깨에 올라탔던 남자와 너무 똑같이 닮아 나는 흠칫 놀랐다.

우리는 모기에 가까운 무엇이오. 우리가 빨아먹는 인간의 액체는 피에 가까운 무엇이오. 우리는 그러니까 모기와 인간 사이에 가까운 흡혈귀요.

이번엔 백발을 치렁치렁하게 기른 다른 여자가 내 팔을 붙잡았다.

우린 꽃의 영혼이라고 생각해요. 꽃은 움직이지 못해요. 그러니 늘 한곳밖에 보지 못해요. 밤이 깊어지면 꽃은 자신의 영혼을 인간의 자아와 비슷하게 만들어 밤거리에 흩뿌리는 거예요. 그리고 꽃의 영혼은 낮에 배운 대로 벌과 나비의 흉내를 냅니다. 벌과 나비가 꽃의 꿀을 빨듯 꽃의 영혼이 인간을 빨아먹는 거죠.

한 노인이 그 틈에 끼어들었다.

아무것도 믿지 말게. 우린 그냥 인간이야. 이건 우리의 잡스러운 꿈이야. 자네가 눈을 뜨면 이 순간은 사라지고 다시 밝은 날이 찾아오지. 모든 세상이 완벽하게 제자리에 있는 건강한 하루 말이야.

내가 아무 말도 하지 않는다는 걸 알자 다들 내게 가래를 뱉듯 떠들어댔다.

꿈이라도 악몽이요, 이렇게 배고픔에 시달리는 건. 말했잖아, 이건 진짜 허기가 아니라니까. 이 허기는 배고픔을 가장한 우울이야. 말 잘했소. 우리 모두가 한 우울증 환자가 상상하는 망상의 형상화요. 만일 겨우 망상의 형상화라면 당신 스스로를 부인하겠다는 겁니까? 난 아무것도 믿지 않아요. 어차피 날이 밝으면 우리가 떠들었던 말들은 깨끗하게 사라질 테니. 다시 밤이 찾아오면 마치 새로운 시대가 열린 양

이렇게 모여 열렬히 떠들겠지. 그러다 허기진 사람은 다시 번화가로 나서서 인간 하나를 붙잡아 먹어치우고. 우린 인간이 내버린 배설물에 불과합니다. 하지만 그 배설물은 어떤 관념이기에 생각을 가지고 다른 생각을 끌어당깁니다. 관념 사이에 작용하는 인력이라고나 할까요? 생각에 생각이 덮일수록 포만감을 느낍니다. 하지만 우린 스스로 생각할 줄 모르는 존재지요. 그러기에 다시금 인간이 필요합니다. 악어와 악어새처럼, 말미잘과 작은 물고기처럼, 인간과 우리의 공생관계는 그러하오. 우리가 존재하지 않는다면 인간은 생각의 과부하 속에 모두 미쳐버릴 것이 틀림없지요. 우리는 그들의 눈물샘을 조절해주는 겁니다. 그러니까 당신이나 나나 우리가 어떤 존재냐고? 논란의 여지가 없어요. 우리는 그냥 버려진 부속품입니다. 우리의 생각이란건 아무런 기능도 하지 못하는 회로의 혼란이겠죠.

휘이이이, 휘이이이, 휘이이이.

멀리에서 아내의 목소리가 또렷하게 들려왔다. 수많은 말들을 날려보내는 바람처럼. 나는 처음으로 말문을 열었다.

난 여러분의 말을 모두 들었습니다. 그러니 내 말에 한 번만 귀를 기울여주실 수 있을까요?

모두들 잠시 입을 다물었다.

혹시 이상한 소리로 우는 여자를 못 봤습니까? 새소리 같기도 하고 바람소리 같기도 합니다. 그 여자가 내 아내입니다. 나는 아내를 찾고 있어요.

나를 둘러싼 이들은 계속 침묵을 지켰다. 무리 중 누군가 내 어깨를 툭 쳤다.

묻지 말고 말하시오. 아니면 그냥 가든가. 쓸모없는 질문으로 우리를 헷갈리게 하지 말고.

내가 움직이자 그들은 길을 비켜주었다. 내가 골목을 빠져나올 때까지 그곳에선 아무런 말도 들리지 않았다.

휘이이이, 휘이이이, 휘이이이.

어느덧 나는 허름한 건물이 늘어선 컴컴한 대로에 이르렀다. 그 거리는 한때 번화가였을 테지만 지금은 왕래하는 사람이 거의 없는 뒷골목과 다름없었다. 빌딩은 단조로운 형태에 작달막했고 외관이 낡아 볼품없었다. 밤하늘에는 전깃줄이 느슨하게 축축 늘어져 어둠의 흉터처럼 보였다. 그 거리를 돌아다니는 사람은 아무도 없었다.

휘이이이, 휘이이이, 휘이이이.

텅 빈 밤거리에서 아내의 목소리가 더 가깝게 들려왔다.

나는 이 길의 끝에 도착하면 아내를 만나리란 기대감에 서둘러 움직였다. 마음과 달리 나의 걸음은 차차 느려졌다. 갑작스레 찾아온 허기가 손쉽게 나를 뒤흔들었다. 나는 지쳤고 두려웠고 어두컴컴한 대로에서 그대로 흩어질 것만 같았다. 당장 번화가로 나가 누군가를 붙잡아 배를 채우고만 싶었다. 그러면 이 허기는 손쉽게 사라지겠지…… 하지만 그렇다면 다시는 아내를 못 볼 것 같아 두려웠다.

저 길 끄트머리에 홀로 주저앉아 우는 그녀가 희미하게 보였다. 한 걸음 두 걸음 나는 힘겹게 걸음을 옮겼다. 몇 걸음이나 움직였을까? 허기를 견딜 만큼 견디자 이제 허기는 또렷해졌다. 동시에 두려움은 사라졌다. 나는 텅 비었다. 그러자 머릿속에 어떤 생각 하나가 선명하게 떠올랐다.

우리는 매일매일 버려지는 기억.

나는 아내를 오늘 처음 만난 건지도 모른다. 어쩌면 그녀가 나의 아내라는 건 한낱 오해일지도 모른다. 날이 밝으면 우리는 사라진다. 해가 지면 우리는 낮의 사람들이 내버린 쓸모없는 기억으로 태어난다. 볼품없고 육체가 갖추어지지 않은 기억. 어제와 다른 기억. 우리는 그 텅 빈 여백을 채우려 사람들에게 달라붙어 감정과 몽상의 체액을 먹는다. 해가 뜨기 전까지 수많은 타인의 기억이 내 안에서 뒤섞이면 어느새 스스로를 살아 있는 인간으로 믿게 된다. 캄캄한 어둠 속에서 내 것이 아닌 경험이 생각하는 머리와 뜨거운 심장으로 자라난다. 하지만 날이 밝고 눈에 들어오는 모든 사물이 명백하게 모습을 드러내면 아무것도 아닌 나는 사라진다.

아내는 어두운 길 끝에 웅크리고 앉아 있었다. 그녀는 나를 보자마자 내 품으로 와락 파고들었다. 그 바람에 우리는 차가운 길바닥에 그대로 쓰러졌다. 나는 아내의 머리를 쓰다듬고 가느다란 손가락을 어루만졌다.

휘이이이, 휘이이이, 휘이이이.

내 귓가에 아내의 목소리가 맴돌았다. 나는 바람 같은 울음소리에 귀를 기울였다. 어렴풋이 그녀가 말 대신 울음을 갖게 된 이유를 알 것 같기도 했다. 나는 많은 말을 지껄이는 대신 그녀를 꼭 껴안고서 침묵을 지켰다. 날이 밝고 밤이 찾아올 때까지 아내가 나를 체온으로 기억하도록. 누군가 내버린 짧은 기억으로 다시 태어난 뒤에도 함께 있었던 밤의 흔적이 우리의 보잘것없는 어느 곳에든지 미약하게나마 깃들어 있도록.

국수

1

기억과 추억 사이에서 헷갈리는 일들이 있다.

눈발이 하얗게 날리던 겨울날에 찾아들어간 국숫집이 있었다. 성탄절은 지났지만 새해가 밝기 전이었으니까 쓸쓸함과 설레는 기분이 제멋대로 섞이는 그런 때였다. 날씨는 제법 쌀쌀해서 입을 크게 벌리고 숨을 들이마시면 차가운 바람이 냉국처럼 으슬으슬 넘어갔다.

나와 어머니가 들어간 국숫집은 요즘에 흔히 볼 수 있는 포장마차는 아니었다. 그 시절의 여성치고 키가 컸던 어머니가 고개를 숙인 채 들어가야 했던 작은 구멍가게였다. 가게의 출입문은 미닫이문이었고 작은 유리창에는 '국수'라는 글자가 붉은 페인트로 쓰여 있었다. 그 붉은 글자체는 이제는 거의 사라진 동네 목욕탕 출입문에 쓰여 있던 '남탕' '여탕'이라는 글자체와 똑같았다. 국수를 먹으러 갔던 그날은

어머니와 목욕을 하고 돌아오던 길이었으니 내가 여탕에 다니던 시절
인 대여섯 살 무렵이었을 거다.

여탕에 대한 기억은 탕 안에 감도는 부연 수증기처럼 희미하다. 다
만 그 안의 소리는 아직 귀에 쟁쟁거린다. 아주머니들의 까르르한 웃
음소리와 엄마들에게 찰싹찰싹 얻어맞고 목놓는 아이들의 울음소리
따위 말이다. 내 기억 속 여탕은 고로 어린 시절 어머니 손을 붙잡고
다녔던 마을 어귀의 시장과 별로 다르지 않았다. 시장에 있는 여인들
이 모두 벌거벗은 채 펑퍼짐한 엉덩이를 내놓고 배추를 고르는 상상
을 하며 킥킥댔던 적도 있었다. 하지만 삼십대 중반을 훌쩍 넘긴 지금
은 가끔 대형마트에 혼자 가더라도 장을 보는 여인들이 모두 벌거벗
고 있는 상상 따윈 하지 않는다. 그건 좀 지구 최후의 재난과 비슷한
풍경으로 여겨진다.

수증기, 웃음소리, 울음소리보다 더 확실한 기억이 있다면 물방울
이다. 어머니의 손에 이끌려 온몸이 벌겋게 되도록 때를 밀고 나면 머
리가 어지러웠다. 나는 잠시 바닥에 드러눕곤 했는데, 그때 천장에서
물방울이 똑 떨어져 이마나 뺨을 가볍게 때렸다. 물방울의 차가운 감
촉은 겨울 날씨의 차가움과 사뭇 달랐다. 깜짝 놀랐을 뿐인데 약간 저
려왔다. 물방울에 얻어맞은 이마가 아니라 그 안쪽 깊숙이 어딘가에
있는 마음 한구석이.

때를 미는 것, 울고 웃는 것, 떨어지는 물방울.

이것은 국숫집과 더불어 내 기억 한구석에 남은 유년 시절의 어떤
토막들이다. 그러니까, 어찌 말하면, 쓸쓸하게 들러붙은 묵은 때 같은
것. 대가리와 꼬리가 댕강 잘린 생선 토막과 별로 다르지 않은. 요즘

나는 잠들기 전 아주 잠시 자살이란 단어를 곱씹어보는데 그때 가끔 머리와 꼬리를 자른 생선 토막이 떠오른다. 내가 죽는다고 한들 이 세상에 잘 구운 꽁치만큼의 의미도 남기지 못하리란 사실이 너무 당연해서 오히려 덤덤해진다.

초등학교에 입학한 후론 당연히 아버지를 따라 남탕에 갔다. 남탕 천장에도 물방울은 맺혀 있었을 테지만 그것에 대한 기억은 아무것도 없다. 다만 남탕은 남자들이 딱딱해지지 않는 유일한 장소라는 생각은 든다. 그래서 그런지 물에 젖은 사내들은 아무리 목청을 높여도 유순하고 쓸쓸해 보이기까지 한다. 물에 불린 해삼마냥.

다시 국숫집 이야기로 돌아가자. 나는 대여섯 살, 어머니는 스물아홉이었을 거다. 우리는 발그레한 얼굴로 목욕탕에서 나와 싸늘한 겨울바람을 즐겼다. 어머니는 겨울바람을 깔깔대고 맞을 만큼 아직 생기발랄한 나이였다.

2

눈발이 하얗게 날리는 겨울에 찾아 들어간 곳이었다. 미닫이문을 열자 좁지만 그다지 답답한 느낌이 아닌 뜨끈한 공기가 우리를 반겨주었다. 연지를 찍은 듯 볼이 발그레한 어머니가 양손을 마주 비비던 보드라운 소리가 기억난다. 새 편지지를 접을 때 들리는 사소하고 정겨운 소음과 비슷했다. 내가 처음 쓴 편지는 부모님에게 어버이날 썼던 것은 아니었고 군인들을 위한 위문편지였다. 초등학교에 입학하기 전이었으니 이 역시 어머니 손을 잡고 여탕에 다니던 때였던 것 같다.

나는 그 무렵 텔레비전에서 까까머리의 군인들이 얼음물 속에 들어가 이를 악물고 있는 모습을 보고 고개를 갸웃거렸다.

"군인 아저씨들은 목욕탕에 안 가?"

내 질문은 아마도 이러했던 것 같다.

"응, 얼음물에 들어갔다 나와야 씩씩한 남자가 되는 거야."

어머니는 총채로 창틀의 먼지를 털어내며 대답했다.

다음날 마당에 나가 세숫대야에 찬물을 받아 세수를 했고 호된 감기에 걸렸다. 콧물을 훌쩍이며 앓는 동안 나는 군인 아저씨에게 위문편지를 보내고 싶어졌다: 날이 너무 추워요, 라는 문장만 떠오른다. 편지를 쓴 기억은 남아 있지만 우체통에 집어넣었던 기억은 물론 하얀 봉투에 넣은 기억까지 하얗게 지워져 있다.

다만 너무 추워요, 라는 첫문장은 생생하다. 내가 군에 있던 시절 똑같은 문장으로 쓰인 위문편지를 받아서다. 대학 신입생 시절 만나 사귀었던 첫 여자친구는 일 년 정도 꾸준히 연애편지를 보내주었다. 그녀는 무슨 이유에서인지 모르겠지만, 어쩌면 그게 유행이었는지도 모르겠는데, 위문편지를 경어체로 써서 보내주었다. 너무 추워요, 란 문장은 그렇게 해서 튀어나온 것이었다. 게다가 동그란 얼굴에 앳되어 보이는 외모의 그녀는 손가락마저 초등학생처럼 짧고 통통했다. 나는 그녀가 쓰는 글씨체가 초등학생처럼 삐뚤빼뚤했던 까닭이 혹 손가락이 조금 짧아서는 아닐까라고 생각했다. 어쩌면 그 손가락의 길이만큼 우리의 사랑 역시 그리 오래가지 못하리란 불길한 예감이 자꾸 들었다.

돌이켜보니 내가 감기에 걸린 채 썼던 위문편지란 아예 없었는지 모른다. 내가 썼다고 생각한 위문편지가 그녀의 것일 가능성이 더 높은 것 같다. 나는 감기에 걸린 채 열에 들떠서 군인 아저씨에게 위문편지를 쓰리라고 다짐만 하다 까무룩 잠이 들지 않았을까.

어쨌든 나는 존댓말로 쓴 위문편지가 쌓일 때마다 제대하기 전에 그녀와 헤어지리란 믿음이 확고해지는 이상한 경험을 했다. 그녀의 삐뚤빼뚤한 존댓말 밑에는 날렵한 바늘 같은 것이 숨어 있다는 의심까지 들었다. 모든 불만이 서로에게 가득 찰 때 한순간에 푹 찔러 터뜨릴 수 있는 풍선처럼.

외풍이 차가운 여관방에서였다. 우리는 술에 취했고 서로를 보듬으며 살과 살을 주물렀다. 내 살은 검고 거칠거칠했고 그녀의 살은 하얗고 부드러웠다. 꼬집거나 깨물면 금방 붉어졌다. 방 안에 있던 흰색의 얇은 이불 한가운데에 어마어마한 누런 얼룩이 있었다. 사랑을 나눈 후에 나와 여자친구는 얼룩에 대해 이런저런 이야기들을 나누었다. 말 그대로 '이런저런'이었고 둘 사이에 오갔던 대화의 구체적인 내용은 아무것도 떠오르지 않는다. 아, 기억난다. 내가 농담삼아 한 말이. 면회 온 여자친구와 완전한 이별을 하고 여관방에 홀로 들어간 이등병이 애인을 잊으려고 열 번쯤 자위하면서 쏟아낸 정액의 얼룩이라고 말했다. 농담이었는데도 그녀는 별로 웃지 않았다. 그날 밤 그저 그녀는 내 가슴에 얼굴을 묻은 채 입을 다물었다. 그녀는 우리가 사랑을 나눈 뒤에는 꼭 내 심장 뛰는 소리를 들었다. 나의 두근두근이 자기 방에 있는 커다란 곰인형의 두근두근과 거의 똑같다고 했다.

"널 볼 때마다 이상해. 진심으로 날 사랑하지 않는 거 같단 생각이 든다니까."

그날 밤, 위문편지를 쓸 때와는 달리 실제로는 절대 존댓말을 쓰지 않는 그녀가 투덜거렸다.

만일 내가 술에 취하지 않았더라면 인자한 미소를 짓고 도톰한 이마에 입을 맞추었겠지. 나는 그 정도의 서비스 정신은 있는 남자였다. 하지만 나는 술에 취하면 남들에 비해 더 솔직해야 한다는 강박관념이 불쑥 치솟는 남자이기도 했다.

"그러니까, 이유는 모르겠는데, 솔직히 아닌 것 같아."

그녀는 내 가슴에 얼굴을 묻은 채 잠시 동안 아무 말도 하지 않았다. 뜨듯한 숨결이 맨살에 닿았는데 그저 이불의 얼룩에만 신경이 쓰였다. 어쩌면 술에 취해서가 아니라 저 이불의 얼룩이 워낙 도드라져서 솔직해지고 싶었던 것인지 몰랐다. 솔직히 그때 나는 이불의 얼룩이 이등병의 정액이 아니라 펑펑 흘린 눈물이라고 생각했던 것 같다. 그녀는 내가 내뱉은 말을 듣고 천천히 힘주어서 내 젖꼭지를 손톱으로 꼬집었다.

여자친구와 헤어진 뒤로 종종 나는 내 왼쪽 가슴에 손을 얹어보곤 했다. 국기에 대한 맹세를 하던 버릇이 남아 있는 것은 아니었다. 나는 충성을 다할 만큼 굳게 다짐할 만한 것이 세상에 존재한다고 믿지 않는다. 나는 충직한 개처럼 살 만큼 그렇게 덕성이 있는 동물은 아니다. 다만 먹고살려다보니 개의 습성을 늘 가지고 살 따름이었다. 나는 생각보다 꼬리를 잘 흔드는 남자다. 다만 너무 어이없는 상상이지만 내 심장이 정말 진실할까라는 의심이 들었다. 그러니까 가슴팍의 두근거림이 정말 나의 감정을 반영하는 걸까 아리송해졌다는 뜻이기도 했다. 그러니까 내 첫 여자친구는 그 짧은 손가락으로 이십대 초반 남자의 순수를 캐갔는지도 몰랐다. 물론 나는 철딱서니 없는 이빨로 이제 막 사랑을 시작하는 여자아이의 말랑말랑한 감정을 잔인하게 짓밟았겠지만. 그러니까 나와 그녀는 첫사랑 라벨이 붙은 통조림을 따서 쿵쿵대다 복숭아를 닮은 핑크빛 하트에서 곰팡이 냄새를 맡은 셈이었다.

결혼식장에서 나는 눈앞의 신부가 아름답긴 했지만 여전히 내 심장을 믿지 못했다. 그 두근거림이 사랑에 대한 설렘인지 미래에 대한 불안인지 혹은 파투에 대한 미련이었는지 확답은 할 수 없었다.

신혼여행지에서 나와 아내는 호텔방에서 목욕가운을 걸치고 와인을 마셨다. 가운 사이로 드러난 보드라운 속살은 그대로 빨아먹고 싶을 만큼 아름다웠다. 그녀는 와인 한 잔을 마시고 상당히 지성적인 눈으로 나를 바라보았다. 나는 그런 면을 보고 와이프에게 더 끌렸었다. 나는 일상을 분석하는 능력이 상당히 떨어지는 인간이었지만 그녀는 아름다운 얼굴인데다 균형 잡힌 성격이었다. 수학적인 미인이라고 나는 불렀다.

"그러니까 난 그래. 취해서 하는 이야기지만 잘 모르겠어. 행복하지 않으면 어떡하지?"

평소의 그녀답지 않게 목소리는 바람에 흔들리는 촛불과 닮아 있었다.

"무슨 초 치는 소리. 그럼 우리가 여기 왜 와 있나?"

다행히 나는 실수할 만큼 취하지 않았다. 나는 서른을 넘겨 장가를 갔고 그 나이의 남자란 대개 눈치 빠른 헛소리가 자연스럽고 적절하게 튀어나왔다.

"그래, 당신은 늘 그런 식으로 둘러치지. 다 알아."

아내는 내 허벅지에 발을 올려놓았다. 얼굴은 별로 붉어지지 않았는데 희한하게 발바닥은 붉게 물들어 있었다. 아내와 헤어진 지 제법 오래되었지만 그 발바닥만은 아직 선명하다. 그것은 평소 그녀의 태도와 달리 지극히 나약한 발이었다. 나는 아내의 작은 발을 손으로 감싸쥐고 주물러주었다. 비율은 좋지만 키가 약간 작은 그녀는 하이힐을 자주 신는데도 발바닥이 참 보드라웠다. 엄지발가락에 난 티눈이 좀 걸리긴 했지만. 어쨌거나 그때 두 손으로 주무르던 내 손길만은 진심이었을 거다.

"증명해줄 수 있어? 나를 안고 있는데 당신 가슴이 두근거리지 않았어. 날 사랑하지 않는 거 아니야?"

나는 첫 여자친구가 꼬집었던 오른쪽 젖꼭지가 다시 쓰라려오는 기분이었다.

나와 아내는 삼 년을 겨우 넘기고서 헤어졌다. 우리가 이혼한 이유는 노력하지 않아서가 아니었다. 우리는 노력했다. 내가 생각한 노력은 무언가를 해결하기 위한 요령이었다. 그녀가 말한 노력은 무언가를 향한 태도였다고 생각한다, 돌이켜 짐작해보니.

까마득하게 잊었던 그 국숫집을 처음으로 떠올렸던 것은 아내와 이혼한 후였다. 그 국숫집의 실내에는 손님이 둘 있었다. 연인처럼 보이는 남녀가 국수 한 그릇을 두고 마주 보고 앉았다. 여자는 겨우 국수를 먹는 둥 마는 둥이었고 남자는 잔에 거푸 소주만 따랐다.

이혼서류를 접수한 후, 나는 내가 그 국숫집에서 소주를 마시던 남자와 닮았다는 생각을 잠깐 했었다. 그리고 그날 저녁에 포장마차의 불편한 의자에 앉아 정말이지 초라한 남자처럼 초라하게 소주를 들이

켰다. 술이 달다는 말은 고등학교 졸업 무렵에 깨우쳤고 술이 빈속을
긁는다는 것도 대학 신입생 시절에 깨달았다. 하지만 술이 깨진 술병
조각으로 변해 인간의 깊숙한 곳을 쑤셔버린다는 기분은 그때가 처음
이었다. 놀라울 것까지 없는 우연의 일치겠지만 마침 내 맞은편 자리
에 앉은 여자는 혼자서 국수를 먹고 있었다. 얇고 새치름한 긴 머리카
락의 그녀는 귀밑에서 목덜미까지 장밋빛으로 붉었다. 나는 거푸 다
섯 잔의 술을 들이켜고 살짝 미소를 지어주었다. 그녀는 두루마리 휴
지로 서둘러 입술을 닦더니 계산을 하고 밖으로 나가버렸다.

빈 잔에 다시 맑은 소주를 채워넣었지만 맑은 술에 무지갯빛 기름이
둥둥 떴다. 나는 국숫집의 남녀가 헤어지기 전이었는지 막 사랑을 시
작하려던 차였는지 헤아려보려 했지만 도무지 알 수 없었다. 물론 그
건 여섯 살이었을 때에도 눈치챘을 턱이 없었다. 여섯 살은 인간이 아
니라 그저 소리내어 말을 할 줄 아는 신기한 강아지와 다를 바가 없다.
그 말이 너무 편협하게 들린다 해도 어쨌든 나는 그렇게 생각한다.

어머니는 젊은 남녀를 빤히 바라보는 내 뺨을 가볍게 손가락으로
퉁 쳤다. 아마도 남을 빤히 바라보는 일이 동방예의지국의 시시한 예
의에 어긋나는 일이라는 걸 가르치고 싶으셨던 것 같다. 어머니와 나
는 젊은 남녀와 멀찌감치 떨어진, 그래봤자 겨우 테이블 하나 건너지
만, 그 자리에서 국수 두 그릇을 시켰다. 국수를 시키기 전 어머니는
빤히 내 얼굴을 바라보았다.

"한 그릇 다 먹을 수 있어?"

나는 고개를 끄덕였다.

구수하고 찝찌름한 국물 끓는 냄새와 연탄난로에서 풍기는 매캐한

탄내 탓인지 나는 조금 졸렸다.

따로 주문 받는 사람이 없어 어머니는 낭랑한 목소리로 국숫집 여주인을 불렀다. 카운터 겸 주방과 홀의 경계를 짓는 칸막이 안쪽에 앉아 있던 여주인이 고개를 들어 우리를 바라보았다. 그녀의 얼굴이 제대로 떠오르지는 않지만 그리 친절한 인상은 아니었다. 주문을 받고 난 뒤에 고개만 살짝 까닥였을 뿐 어떤 말도 하지 않았다. 그녀는 칙칙한 무늬의 블라우스에 털실로 짠 투박한 갈색 카디건 차림이었다. 머리카락은 대개 중년의 그녀들이 그러하듯 잔뜩 부풀린 파마머리였는데 뒷머리가 붕 떠 있었다. 하지만 그녀의 이목구비는 지금은 모두 까맣게 지워져 있고 떠오르는 건 눈썹뿐이다. 초승달 모양으로 그려진 눈썹문신은 오른쪽만 유달리 삐쭉하게 위로 치솟았다. 짝짝이 눈썹은 어린 내 눈으로 보기에 우스꽝스러웠는데 조금 무섭기까지 했다.

"눈썹이 짝짝이야."

"저건, 눈썹을 그린 거야."

"근데 왜 안 지워?"

"아마 못 지우는 눈썹일 거야."

어머니는 평소와는 다르게 조금 나지막한 목소리로 속삭이듯 말했다.

그 일 때문인지는 잘 모르겠지만 나는 사귀거나 짧게 만났던 여자들의 눈썹을 장난스럽게 어루만지는 버릇이 생겼다. 물론 여자들 대부분은 그런 행동을 그리 달가워하지 않았다. 머리카락을 매만지거나 발가락에 입을 맞추는 것은 이상하게 생각하지 않으면서 눈썹을 유심히 보는 건 질색들이었다. 한번은 뺨까지 얻어맞았을 정도였다.

그러니까 그때 역시 겨울이었다. 직장 동료들과 함께 나이트클럽에 갔다가 많게는 열 살까지 훌쩍 많은 유부녀들과 함께 노닥였다. 다른 이들과 달리 유달리 몸집이 작고 앙증맞아 보이는 입매의 사람이 있었는데 재수 좋게 나와 눈이 맞았다.

우리는 자정을 훌쩍 넘겨서 나이트클럽을 나와 근처 모텔로 들어갔다. 방이 이층이라서 엘리베이터를 타는 대신 계단으로 올라갔다. 계단에서는 토사물 냄새인지 썩은 맥주 냄새인지 알 수 없는 찝찌름한 악취가 풍겼다. 그녀가 잠깐 발을 헛딛는 바람에 나는 가볍게 어깨를 붙잡아주었다. 여자의 어깨란 참 작아서 보듬고 싶어진다는 생각을 잠깐 했던 기억이 난다.

나는 방에 들어서자마자 땀과 담배 냄새로 축축해진 머리카락 속에 손을 집어넣었다. 그리고 허리에 손을 감고 내 쪽으로 끌어당겨 입을 맞추려는데 문득 그 문신한 눈썹이 시야에 들어왔다. 그녀의 눈썹 문신은 낚싯바늘 같은 느낌이었다. 피식 웃음이 터져버렸다.

"오호, 문신이군요?"

몸집이 작은 그녀는 매울 정도로 내 뺨을 후려갈겼다. 얼떨떨해진 나를 내버려두고 그녀는 욕실로 들어가버렸다. 술이 깨는 동시에 화가 나서 그 길로 바깥에 나가려고 했다. 하지만 여자는 욕실 바깥으로 나오더니 다시 침대에 걸터앉았다. 만일 그 여자의 어깨가 가녀리지만 않았다면 나는 홧김에 떠밀었을지도 몰랐다.

그녀는 하루가 채 지나지 않았는데 까칠하게 수염이 자란 내 턱을 어루만졌다. 가까이에서 보니 화장이 들뜨고 눈가와 입가엔 제법 주름이 자글거렸다. 하지만 손길만은 소녀처럼 부드러웠다.

나는 언제나 부드러운 것이 좋았다. 부드러운 밤, 부드럽게 내리깔리는 한숨, 누군가를 안은 채 잠에 빠지는 부드러운 오후의 낮잠. 하지만 부드러움의 가장 큰 유혹은 그것을 짓이겨 아예 녹여버리고 싶다는 묘하고 거친 감정을 불러오는 데 있었다.

우리는 침대에서 엉겨붙었다. 아주 짧은 시간이면서 긴 시간이었고 국물을 마시듯 후룩 흘러가는 시간이기도 했다.

"아까, 뺨 때린 것 미안하게 생각해."

우리는 살색의 미끈미끈한 한 덩어리인 채로 이야기를 나누었다.

"괜찮아요. 벌써 잊어버렸어요."

나는 엄지손가락을 구부려 눈가에 흘러내린 땀을 닦으면서 말했다. 그녀가 장난스럽게 손바닥으로 내 몸의 땀을 위에서 아래로 훑으며 닦았고 나는 간지러워서 웃음이 나왔다.

"귀엽게 웃네. 남자들은 왜 잘 안 웃어? 웃어봤자, 징그럽게 웃기나 하고. 왜 가슴에 이빨 자국이라도 남긴 후에야 이렇게 사랑스럽게 웃나 몰라."

나는 그녀의 젖꼭지를 가볍게 깨물었다.

"사냥은 경건해야죠."

"미치겠다. 그럼, 내가 멧돼지나 노루니."

"무슨 멧돼지에요. 이렇게 조그마한 멧돼지가 어디 있어. 카나리아로 할까요?"

"말을 말아야지. 그런데 눈썹 말이야."

"맞아, 눈썹. 여기 눈썹 끝이 약간 족집게처럼 휜 거 알아요?"

"어디 가서 눈썹에 대해 말하지 마."

"왜요?"

"묻지도 말고. 뺨은 안 때릴 테니까 눈썹 이야기는 여기서 끝내. 그냥 지금은 바보처럼 웃기만 해."

그녀의 목소리는 자그마한 체구와 달리 내리깔리는 알토 톤이었다. 나는 그녀가 시키는 대로 우선은 계속 웃었다. 그녀는 손가락으로 내 입술을 어루만졌다.

"짧은 가시가 돋은 꽃잎 같네. 젊은 남자 입술이란. 그래서 젊은 게 좋은 거지."

그 밤이 지난 후로 몇 번의 연락이 왔지만 나는 더는 그녀를 만나지 않았다. 많은 남자들이 그렇듯 나 또한 밤의 일은 낮의 일과 연관시키지 않았다. 게다가 그 무렵에 나는 한참 결혼준비를 하느라 눈코 뜰 새 없이 바빴다. 사실 나보다 더 바쁜 건 아내와 곧 시어머니가 될 어머니였지만 두 사람을 위해서나마 조금은 성실한 인간이고 싶었다.

3

겨울에 찾아들어간 곳이었다. 어머니와 나는 목욕을 끝내고 뜨끈한 국수 한 그릇으로 배를 채울 작정이었다. 우리는 곧 나올 국수를 기다리며 잠시 아무 말도 하지 않았다. 주인아주머니는 국수가 나오기 전에 종지에 담긴 김치와 단무지를 테이블로 가져다주었다. 나는 손가락으로 단무지를 집어 씹었는데, 국숫집이 떠오르면 동시에 그 무의 질감 역시 또렷이 기억난다. 아삭한 게 아니라 물컹하게 씹히는 그 감촉. 나는 앞니가 빠질까봐 서둘러 단무지를 뱉었다. 노랗게 물든 무의 물컹대는 공포가 아직까지 또렷하게 떠오른다.

그때 나는 어머니 아니면 아버지 혹은 친척 어른에게 늙은 개와 삶은 무에 대해 들었다. 늙은 개에게 삶은 무를 던져주면 그게 고깃덩이인 줄 알고 덥석 문다. 하지만 뜨거운 삶은 무를 물면 개의 이빨은 몽땅 빠져버리고 만다.

나는 이빨 빠진 늙은 개가 안쓰럽기보다 무서웠다. 아내와 이혼하고 직장에서의 승진도 물먹어버린 그해 겨울, 홀로 기차를 타고 남쪽으로 짧은 여행을 갔다. 술김에 떠난 여행이었는데 평소에 없던 방랑벽이 그때 잠깐 감기처럼 들어온 모양이었다.

좌석에 짐짝처럼 누운 채 선잠이 들었다 소변이 마려워 잠에서 깼다. 아마 잠깐 꿈도 꿨을 텐데 별 꿈은 아니었다. 쪼그만 사내녀석이 눈 내리는 대문 앞에 쪼그려앉아 있다 되돌아가는 꿈이었다. 나는 아니었고 이혼한 아내와 조금 닮은 것도 같았지만 확실히 그렇다고 말하기엔 애매한 얼굴이었다. 하지만 꿈에 대해 오래 생각하지 않았다. 내가 꿈을 꾸건 술에 취했건 기차는 열심히 달렸고 눈을 뜨자 소변이 급해 화장실로 가야 했다.

기차간의 화장실은 좁은데다 덜컹거리고 악취까지 풍겼다. 나는 벽을 짚고 소변을 보았는데 오줌줄기가 자꾸 소변기 바깥으로 튀었다.

그때 나는 한번 더 이빨 빠진 개를 기억했다. 어머니가 애완동물이라면 질색하는 분이라서 그 나이 때 내가 아는 개들은 모두 골목을 어슬렁대는 것들이었다. 개들은 골목에 똥을 싸대거나 전봇대를 오줌으로 적시기 일쑤였는데, 이빨 빠진 개라면 소변도 제대로 전봇대에 못 지릴 것 같았다.

'병신 같은 이빨 빠진 늙은 개새끼로군.'

나는 소변을 보고 나와 작은 세면대 앞에서 세수를 하다 그 말을 떠올렸다.

나는 거울에 비친 얼굴을 물끄러미 보았다. 불빛이 침침한 탓인지 내 눈은 한층 붉어 보였고 모공은 컴퍼스로 쿡쿡 찍어놓은 듯 왕창 많았다. 군대에 다녀온 뒤로 나날이 더 깊어만 가는 입가의 주름 덕에 어딘지 모르게 인상까지 주접스럽게 변했다. 나는 입을 벌리고 내 이를 손가락으로 만지고 두드렸다. 어금니는 금니로 해넣었지만 아직 이는 튼튼했고 구취가 역겨울 정도까진 아니었다.

'그래, 아직 내가 삶은 무를 씹은 건 아니지.'

그날 새벽 부산에 도착했다. 해운대까지 가서 바다를 보았지만 아무런 재미를 느끼지 못했다. 그저 바닷바람이 차가워서 발바닥에 저절로 힘이 들어갔다. 매서운 바람이 옷 속을 파고들어와 내 알몸을 할퀴고 지나갔다. 가슴 설레는 사건이나 눈물 섞인 감상의 시간 따윈 없었다. 그날 밤에 내가 술을 먹었는지 여자를 샀는지 아니면 밤기차로 올라왔는지 그건 잘 모르겠다.

너무 일상적이라서 까마득하게 사라지는 사건은 너무 많아 툭툭 발에 차인다. 하지만 반대로 분명 특별한 사건이지만 기억에서 툭 떨어져 지워지는 사건이 있다. 나에겐 국숫집에서 후루룩 먹었던 뜨끈한 국수가 그러했다.

나는 어머니와 함께 국숫집에 갔고 어머니는 두 그릇의 국수를 주문했다. 하지만 그때 먹었던 국수의 맛은 물론 그 따뜻한 느낌까지 도무지 떠오르지 않는다. 오히려 수많은 결혼식장에서 먹었던 그 똑같이 밍밍하고 배도 부르지 않은 잔치국수의 맛은 너무 생생해서 이젠 좀 잊고 싶을 정도인데 말이다.

다만 국수를 주문하고 기다리던 짧은 시간이 무료했던 것까지는 기억이 난다. 나는 아마 노래를 불렀을 거다. 하지만 한 소절을 부르자마자 어머니가 입술에 손가락을 대고는 무서운 눈초리로 바라보았다.

"안 돼, 여기선 노래 부르지 마."

"왜?"

"여긴 우리 집이 아니잖니."

무슨 우연의 장난인지 모르겠으나 마침 테이블 건너 앉아 있던 남자가 노래를 한 곡조 뽑았다. 술기운이 올라 쉰 목소리로 목청까지 한껏 드높여서. 국수를 먹던 여자는 잠시 고개를 돌려 나와 어머니에게 미안한 표정으로 목례를 했다.

"저 아저씨 노래 불러."

"아저씨는 그래도 돼."

"왜?"

"어른들은 울고 싶어질 때가 있어. 하지만 어른이 되면 우는 게 창피하단다. 그러니까 노래나 불러야지. 우리가 이해해드리자. 국수 나오기 전까지 그만 부르시겠지."

사내는 고함을 지르고 테이블을 주먹으로 두들기며 노래를 불렀다. 국수를 기다리는 어머니의 얼굴은 점점 어두워졌다.

아니, 이것은 지금 내 머릿속으로 상상하는 어머니의 얼굴인지 모른다. 고작해야 여섯 살짜리가 뭐가 어두운 건지 어떻게 알아? 어쩌면 나는 아내의 얼굴과 착각하고 있는지 모른다.

어느 겨울 늦은 밤에 나는 야근을 끝내고 지하철역 승강장으로 들어섰다. 내가 입은 정장에서는 담배 냄새인지 아닌지 간추리기 힘든 답답한 냄새가 풀풀 풍겼다. 참 우연한 일이었지만 승강장 플라스틱 벤치에 이미 남의 여자가 된 헤어진 아내가 앉아 있었다. 갓난쟁이 아기를 품에 안고 있었는데 그녀는 꽤나 지치고 어두운 표정이었다. 아기는 곤히 잠들어 아무 소리 없이 조용했다. 오히려 울음을 터뜨릴 사람은 아기엄마인 듯 보였다.

나는 아내가 재혼했다는 사실을 익히 알고 있었다. 다가가 인사를 할까 말까 고민했지만 그러지 않기로 했다. 내 옆에 미끈하고 늘씬한 애인이라도 있었다면 개미허리에 팔을 두른 채 참깨 냄새 나는 야비한 웃음이라도 날렸겠지만 말이다. 안타깝게도 내가 마음놓고 주무를 수 있는 건 호주머니 속 담배와 라이터가 전부였다. 나는 짧게 고민하다 쉽게 결정했다. 아내가 울기 시작하면 다가가서 말을 건네고 그전에 지하철이 오면 그대로 올라타기로.

내가 머뭇거리는 사이에 지하철이 들어왔다. 문이 열리고 몇몇 사람들이 서둘러 내렸다. 그중에 나와 비슷한 남자가 한 명 있었다. 얼굴이 닮은 건 아니었다. 다만 키나 몸집도 어중간히 비슷했고 입고 있는 양복은 같은 브랜드였으며 솔직히 피곤에 절은 얼굴은 끝내주게 판박이였다.

아내는 갑자기 환하게 밝아진 표정을 지으며 남자 옆으로 다가갔다. 남자는 처음에는 다소 당황한 듯했지만 이내 가볍게 그녀의 뺨을 꼬집었다. 행복한 부부의 모습이었다. 다만 나는 아내를 잘 알지 못하지만 특유의 표정 하나는 기억했다. 자신이 노력한다는 것을 드러내려 할 때 그녀는 입꼬리를 올려 유달리 행복한 미소를 지었다. 게다가 아내의 새 남자 또한 나보다 훨씬 연기력이 뛰어난 녀석임에 틀림없어 보였다.

'그렇군. 나에게 부족했던 건 행복하게 살기 위한 연기력이었군.'

아내는 승강장 계단을 올라가기 전 나를 알아보았다. 하지만 그녀는 여전히 그 특유의 노력하는 미소를 지은 채 나를 바라보았다. 눈물이 날 것 같았다. 무언가 좀 불쌍하다는 느낌이 들었는데 그게 아내인지 나인지 아니면 세상 사람 전부인지 알 수 없었다.

나는 집으로 돌아와 잠들기 전 맥주 두 캔을 먹어치웠다. 한 달이 지나자 잠들기 전에 입가심으로 소주 두 병을 비우는 일쯤은 별것 아니었다. 술은 고스란히 아랫배와 옆구리와 엉덩이는 물론이거니와 머릿속까지 흐물흐물하게 만들었다. 잠들기 전 술김에 혼자 무술동작 비슷한 걸 해보기도 했는데 나름대로 '낙지권법'이란 이름을 붙여보았다.

4

겨울이었다. 길바닥이 얼어붙어 차갑다. 머릿속으로 찬바람이 술술 스며든다. 뒤통수가 깨져 피가 바닥에 흥건한지 아니면 단순히 뇌진탕인지 모르겠다. 다만 몸을 일으킬 수가 없다. 밤이 지나려면 너무 많은 시간이 남았는데 황당하다. 손발에 감각이 없는 것 같더니 이제는 온몸이 점점 싸늘해진다.

지금껏 내가 살아온 인생은 대수롭지 않았다. 먹어도 금방 배가 꺼지고 금방 퉁퉁 불어 맛없어지는 국수 한 사발의 팔자인지 모른다. 여섯 살엔 그런 일 따위 몰랐으니 그때 먹은 국수 맛이 떠오를 턱이 없는 게 당연했다. 그렇지만 수많은 생각들이 머리를 가득 채웠다. 별것 아닌 일들이 제멋대로 뒤엉켜서 끓다 잠시 식고 또 부글부글 그렇게.

머릿속이 생각으로 가득할지언정 얼어붙은 내 입에서 튀어나오는 말은 짧은 욕설 몇 마디가 전부였다.

뭐, 짧은 욕설 한마디가 남자들의 많은 말들을 함축한 한 줄 시에 가까운지도 모르겠지만. 물론 욕설을 뺀 말을 펼쳐놓아봤자 사용하는 단어가 별로 많지도 않을 것이다. 하지만 혀마저 점점 굳어가는 것만 같으니 그 욕설마저 언제 끊길지 모를 일이다. 그러면 완전한 침묵만이 내 말라붙은 혀와 입술에 고여 있을 것이다.

그러니까 나는 술에 취해 밤거리를 홀로 걷고 있었다. 어두운 골목에 접어들었을 때 벽에 기대어 담배를 피우는 무언가가 이쪽을 바라보는 게 느껴졌다. 말 그대로 그들은 무언가였다. 무언가가 자박자박 내 앞으로 다가왔다. 어둠 속에서 등장한 녀석들은 고등학생들로 보였지만 어쨌든 나에게는 무언가에 불과했다. 지금은 한밤의 어둠이 제 세상인 양 거들먹거리지만 고등학교를 졸업하기 전에 삭막한 세상에 한 방 먹을 것이 빤한 놈들이었다. 하지만 나는 본능적으로 위협 비슷한 걸 느꼈고 솔직히 조금 겁이 나기도 했다.

나는 흥분해서 고래고래 소리를 지르면 그들이 사라질 거라 생각했다. 하지만 내가 얼굴을 붉히고 소리를 질렀지만 세 명의 무언가는 흥분하지 않고 침착했다. 그들은 내가 무언가의 흉내를 내던 시절에 비해 상당히 기교적으로 안정적인 품위를 유지하는 것만은 분명했다. 이 점은 충분히 박수를 보낼 만하다고 생각한다. 둘은 내 팔을 재빠르게 붙잡았고 나머지 한 명은 불룩한 배에 펀치를 날렸다. 잠시 정신이 아득해졌지만 이내 녀석들을 제압하려고 발길질을 했다. 그때 잠깐 발을 헛디뎌 넘어진 것 같았는데 무언가 뾰족한 것이 뒤통수를 때리는 감촉이 선뜩했다.

이 부분에서 내 기억은 확실하지가 않다. 뒤로 넘어져서 뾰족한 돌이나 콘크리트 조각에 뒤통수가 찍힌 것도 같다. 아니 똑바로 넘어지긴 했으나 뒤에서 한 놈이 단단한 물건으로 내 머리를 내리쳤는지 모른다. 어쩌면 시커먼 밤하늘에서 어마어마한 물방울이 떨어져 내 머리통을 박살냈는지 모르고. 하지만 과정이야 어쨌건 결과적으로 길바닥에 드러누워 아무것도 할 수 없었고 녀석들은 내 몸을 뒤져 지갑과 휴대폰을 가져갔다.

온몸이 싸늘해지던 나는 먼저 여탕을 떠올렸다. 잃어버린 것은 지갑과 휴대폰뿐인데 벌거벗겨진 기분이었다. 하지만 망신스럽다는 생각은 들지 않는다. 하긴 이미 머리통이 깨져 체면이 왕창 상했는데 부끄러울 일이 또 뭐가 있을 텐가.

그리고 목욕탕에서 나와 어머니와 함께 갔던 국숫집을 또 떠올렸다. 다시 국숫집에 대해서 말하자면 이제는 더 말할 것이 없다. 도무지 국수의 맛은 떠오르지 않으니 어쩌면 나와 어머니가 간 곳은 분식집이거나 만둣집인지도 모른다. 어쩌면 목욕탕에서 나와 동장군의 칼바람을 얻어맞으며 고개를 푹 숙인 채로 바로 집으로 돌아갔을지도 모르는 일이다. 그런데 정말이지 죽는다는 건 어떤 건지 모르겠다. 바람 빠진 축구공과 별로 다를 바 없을까?

“어머니 국숫집 기억나세요?”

몇 달 전 나는 홀로 지내는 어머니를 찾아가서 데면데면 마주하다 그런 질문이나 던졌다. 재작년에 아버지를 여읜 어머니는 혼자 남은 대개의 여인들이 그렇듯 고요하면서도 바쁜 나날을 보냈다. 친구들을 많이 사귀었고 등산을 자주 다녔으며 넋을 놓고 일일드라마를 보다 즐기도 하는 모양이었다.

"국수? 갑자기 무슨 국수? 끓여줄까? 그러면 소면 사와야 하는데. 밖이 춥다. 그냥 라면 먹으면 안 되겠니?"

"그게 아니라 함께 국숫집에 갔었어요. 추운 겨울이었고."

"신기하네. 나 밀가루 음식 별로 안 좋아하는데."

"그때 어머니는 스물아홉이었어요."

"그래, 그땐 위경련이 없었을 때다. 네 아버지가 내 속을 왈칵 뒤집어놓을 때도 아니고. 그래 그땐 내가 배시시 잘 웃었다."

어머니는 그렇게 말하면서 웃었다. 요란스럽게 웃지는 못하고 잠깐 얼굴을 찌푸리고 그 뒤에야 겨우 작은 소리를 냈다. 하지만 수줍은 웃음은 아니었다. 어머니가 웃기 전까지 나는 그녀가 가래 돋우는 소리 섞인 기침을 할 거라고 생각했을 정도니까. 만일 아들의 죽음을 알게 되면 어머니는 어떤 표정을 지을까?

겨울이었고, 내 몸은 시멘트 바닥보다 더 차가워졌다.

굴절

산유화

늦가을에 부는 바람이 차가워 어깨를 움츠린 노인은 빨리 걸으려고
애썼다. 하지만 마음과 달리 발걸음은 무거웠다. 맑은 공기를 마시면
조금 나을까 싶어 그는 길게 심호흡을 했다. 가슴이 뻐근해졌다. 노인
에게 이른 아침의 산책은 갈수록 힘에 부치는 일이었다. 그렇더라도
홀로 누워 뒤척대느니 차라리 시린 새벽바람을 맞는 게 나았다. 물끄
러미 서 있던 노인은 다시 움직였다. 어두운 방에 감도는 쓸쓸한 체취
가 여전히 그의 코끝에 맴도는 듯했다.

노인은 공원으로 걸음을 옮겼다. 사방이 탁 트인 공원에 앉아 있노
라면 외로움이 덜했다. 그는 벤치에 앉아 산책을 나온 건강한 사람들
의 모습을 도둑처럼 훔쳐보곤 했다.

어젯밤 밤새 요란한 천둥과 함께 비가 쏟아져서인지 산유화 공원에

나온 이들은 아무도 없었다. 노인은 손수건으로 축축하게 젖은 벤치를 닦아냈다. 조심스럽게 자리를 잡고 앉아 긴 한숨을 내쉬었다.

베레모를 벗은 노인은 손수건을 꺼내 이마에 밴 땀을 닦았다. 하얗고 가는 백발을 넘기던 중 자꾸 기침이 터져 주먹을 쥐어 입을 가렸다. 주름이 깊은 입가에 작은 경련이 일었다. 기침이 멈추자 노인은 말없이 하늘만 바라보았다.

'오늘 아침은 참 아름답구나.'

집을 나설 때만 해도 어둑어둑하던 하늘이 공원에 나오니 사뭇 달라져 있었다. 회색 구름이 엷어지면서 어느새 가을하늘이 드러났다. 구름이 걷히면서 나타난 푸른색의 빛깔은 너무 아름다워서 비현실적이었다. 벤치 밑에 우수수 떨어져 있는 젖은 낙엽은 어느새 이슬을 머금은 붉은 꽃잎으로 되살아났다.

노인의 입가에 오랜만에 자연스러운 미소가 배어나왔다. 그는 혀가 둔해져 짜고 매운 강렬한 맛이 아닌 오묘하고 깊은 맛에 대한 미각을 잃은 지 오래였다. 하지만 음식에 대한 섬세한 미각을 잃은 것보다 아름다운 것들을 보아도 무덤덤해질 때 노인은 더 서글펐다. 화첩 속에서만 보았던 유명화가의 그림을 뒤늦게 미술관에서 보아도, 젊은 시절 빠져 있던 차이콥스키나 쇼스타코비치의 교향곡을 들어도 그저 무덤덤했다. 하지만 사소한 가을아침의 풍경이 그의 내면 깊숙한 곳에 숨어 있던 아름다움에 대한 감각을 건드렸다.

누군가 젖은 낙엽을 밟으며 공원으로 걸어왔다. 사각사각. 노인은 가는귀가 먹은 지 한참이었지만 낙엽 밟는 발소리는 너무나 생생했다.

고개를 돌려 이쪽으로 걸어오는 이를 바라보았다. 숱이 많고 탐스

110

러운 검정 머리를 길게 늘이뜨린 이가씨였다. 그녀는 창백한 얼굴에 작은 눈이었지만 눈동자는 까만 보석처럼 반짝였다. 그녀는 여름보다 가을에 더 어울렸다. 야위어서 가냘프지만 무언가 비밀이 있어 보이는 모습이었다. 그렇게 아름다움이 노인에게 가까이 다가왔다. 차가운 바람과 어울리지 않는 얇은 원피스를 입고서.

그녀는 노인 앞에서 걸음을 멈추었다.

"역시 기다리고 계셨네요."

"나는 아가씨와 약속한 적이 없는데……"

노인은 두 눈을 껌벅이며 그녀를 바라보았다.

"아직 눈치채지 못했을 수도 있겠군요. 당신은 늘 늦게 기억하고 많이 슬퍼하니까요. 나는 늘 가슴 깊숙한 곳에 묻어놓은 기억에 짓눌려 살아가고. 이게 우리 둘의 운명이죠."

아련한 분위기에 비해 그녀의 말투는 딱딱 끊어졌다. 조심성이라든가 나이 든 사람에 대한 공경은 찾아보기 힘들었다. 그럼에도 노인은 기분이 좋았다. 그녀는 어느 결에 노인 옆에 앉아 그윽한 눈으로 이쪽을 바라보았다.

"우린 여기서 세번째 만나는 거예요."

"나는 처음이오."

"늘 여기 나오시나요?"

"오늘이 두번째인가 그렇지."

서울 외곽에 위치한 신도시는 공기가 좋고 편의시설이 잘되어 있어 은퇴한 노인들이 살기에 편했다. 특히 공원이나 녹지시설이 훌륭해서 노인은 방 안에 혼자 있는 것이 답답할 때면 자주 산유화 공원에 나왔다.

"여긴 공원이 아니었어요. 우리가 처음 만났을 땐 깊고 으슥한 숲이었고, 두번째로 만났을 땐 조용한 시골마을이었죠."

"도무지 무슨 소린지 모르겠군."

노인은 그녀의 황당한 이야기를 여유로운 미소로 넘기려 했다. 하지만 주름진 입가가 어색하게 일그러져 더 흉해 보였다.

"내 눈을 봐도 기억이 안 나요?"

두 눈을 잔뜩 찌푸리고서 노인은 마주 앉은 젊은 여인을 보았다. 그녀의 얼굴이 흐릿했다. 노인은 손등으로 눈을 비볐다. 눈물이 질금거리면서 눈이 맑아져왔다. 노인은 두 눈으로 여인의 얼굴을 똑바로 바라보았다. 돋보기를 쓰지 않았지만 그녀의 이목구비가 선명하게 들어왔다. 볼록한 이마에 짙지 않지만 수려한 눈썹과 단정한 코와 굳게 다문 작은 입술이. 고전적인 미인의 얼굴이었다. 하지만 노인의 눈길을 끈 것은 그녀의 눈이었다.

가까이서 마주 보고 있자니 그녀의 눈이 마냥 아름답지만은 않았다. 그것은 시선 때문이었다. 어딘가 취한 사람처럼 초점이 흐리고 흩어졌다. 사람들의 길게 늘어진 까마득한 그림자를 바라보는 눈길이었다. 노인은 젊은 시절에 그런 눈빛을 지닌 여인과 아주 가까이 앉은 적이 있었다. 불규칙한 숨소리마저 그대로 전염될 만큼 가까이에서.

비록 지금은 잊혔으나 삼십대 후반까지 노인은 문단에서 개성 있는 소설가로 제법 평가를 받았다. 그가 주로 다루는 소재는 인간의 깊숙한 곳에 고여 있는 수렁 같은 심리였다. 그는 인간이란 존재를 내면에서 풀풀 악취나 풍기는 썩은 우물과 같다고 여겼다.

몇몇 비평가들에게 인정을 받았지만 그는 대중적인 인지도가 있는 작가는 아니었다. 그럼에도 자부심이 있었다. 그가 보기에 대중이란 지극히 나약하고 우둔한 무리였다. 달콤한 향기만 섞으면 꿀물과 똥물도 구분 못 하는 무리가 대중이었다. 안타깝게도 그의 자만은 실은 옹졸한 치기에 다름아니어서 날이 갈수록 괴팍한 사람으로 변했다. 게다가 점점 변변찮은 소설을 써내는 터라 문단에서의 입지 역시 좁아졌다.

술에 취한 나날을 보내던 그는 세상 사람들에게 본때를 보여주리라 마음먹고 새 장편소설 작업에 착수했다. 까마득한 그림자의 눈빛을 만난 것은 그 시기였다. 그는 장기 입원한 정신질환 환자를 여주인공으로 정했지만 생각보다 인물이 잘 풀려나가지 않았다. 결국 종종 취재에 도움을 받던 서울 변두리의 정신병원 원장인 고등학교 선배에게 도움을 청했다. 평소보다 더 적극적인 요청이었는데 장기 입원중인 여성 환자와 독대로 만나게 해달라는 거였다. 선배는 그리 탐탁하게 여기지는 않았다. 그러나 몇 차례의 술자리와 양담배 몇 보루에 결국 그의 청을 수락했다.

늦은 금요일 오후 그는 발작을 일으킨 환자를 가둬놓는 독실에서 한 여성 환자와 마주 앉았다. 창문이 없어서인지 작은 지하실처럼 어두컴컴한 그곳에는 작은 침대 하나가 놓여 있을 따름이었다. 반항을 하거나 발작을 일으켰을 때 손발을 묶는 가죽벨트 네 개가 침대 기둥에 쇠사슬로 연결되어 있었다. 독실의 어둠은 환자의 얼굴을 가렸다. 그녀는 중학생처럼 짧게 머리를 깎아놓아 남성인지 여성인지도 알아보기 힘들 만큼 흐릿한 인상이었다. 좁은 어깨 탓에 그저 작고 초라해 보일 따름이었다. 살짝만 건드려도 그대로 무너져 모래성처럼 사라질 것 같았다. 그날 그는 침대에 얌전히 앉아 있는 그녀에게 몇 번 말을 붙여보았으나 아무 대답도 듣지 못했다. 그녀는 그저 고개만 숙이고 있다가 그가 앉아 있는 방향을 물끄러미 쳐다보았다. 어둠 속에서 본 그 눈빛은 그를 넘어 벽에 서 있는 누군가를 응시하는 시선이었다. 그가 고개를 돌리면 누군가 벽에 기대 이쪽을 빤히 쳐다볼 것 같았다.

그날 취재에서 그는 아무것도 얻지 못했다. '굴절된 여인'이란 가제를 붙인 마지막 소설 역시 쓰지 못했다. 취재도 취재지만 무엇보다 아내와의 이혼이 그의 생활에 타격을 주었다. 생활고를 견디지 못한 아내와 다툼이 잦아졌고 각자 서로의 길을 갈 수밖에 없었다. 그를 존경하던 어린 여인이었던 아내가 남편에게 마지막으로 보여준 것은 경멸과 동정의 눈빛이었다.

아내와 헤어지고 나서 그는 모든 인간관계를 끊었다. 인간의 수렁을 퍼내 글로 쓰던 소설가가 수렁으로 떨어져버린 나날이었다. 그후로도 어떻게든 '굴절된 여인'을 써보려 했지만 첫 장면만 시작했을 뿐 소설은 끝내 완성하지 못했다.

노인은 '굴절된 여인'이란 미완성작을 머릿속으로 더듬었다. 그 소설은 한 노인이 새벽에 산책을 나오는 장면으로 시작한다. 그것도 가을비가 쏟아지다 아름답고 파란 하늘이 드러나는 가을 아침에.

"왜 웃죠, 기억이 났나요?"

"아니, 전혀 기억이 안 납니다."

그는 여인의 옆모습을 보고 몰래 속으로 '굴절된 여인'이란 이름을 붙였다.

도대체 이 굴절된 여인은 이른 아침에 누구를 찾고 있을까? 아니 어떻게 해서 그녀는 저렇게 젊은 나이에 일그러진 눈빛을 가지게 되었을까?

그의 마음속에서 완성하지 못한 소설 '굴절된 여인'에 대한 욕망이 일었다.

'굴절된 여인'을 포기한 뒤로 그는 아예 소설 자체를 쓰지 않았다. 하지만 글을 놓진 않았다. 생계를 이으려고 이런저런 잡문들을 신문이나 잡지에 발표했다. 그중 한 수필이 라디오방송을 타면서 청탁이 이어졌고 수필을 모아 책으로 묶었다. 따스한 미담이 넘치는 글을 묶어낸 그 책은 운때가 잘 맞았는지 어마어마하게 팔려나갔다. 그 책의 여파로 그후 몇 권의 책 역시 그에게 짭짤한 수입을 안겨주었다. 통장 잔고는 늘어갔고 그는 사람들 앞에 당당했다. 그러나 소설은 쓰지 않았다. 그는 더이상 인간의 내면에 있는 수렁에 관심이 가지 않았다. 이제 인간은 그에게 돈과 마찬가지였다. 그후, 그는 책을 내는 대신 주변 지인들의 말에 넘어가 두어 차례 사업을 시작했다. 하지만 번번이 고꾸라지면서 그의 노년은 궁핍해졌다. 그는 다시 수렁에 빠진 셈이었으나 그럼에도 소설은 쓰지 않았다. 이야기가 그를 떠난 지 오래였다.

노인은 굴절된 여인의 두 눈을 빤히 바라보며 그의 욕망에 대해 입을 열었다.

"기억을 되찾기 위해 이야기를 만들어보면 어떨까 싶군요."

"어떤 이야기요?"

굴절된 여인은 그저 배시시 웃었다.

무슨 배짱인지 모르겠지만 노인은 처음 보는 그녀와 다시 소설을 이어갈 생각이었다. 어차피 이른 아침의 산책이란 피로한 우리의 인생에 있어 아주 짧은 농담과 비슷할 테니까.

"그러니까 당신이 찾는 그 사람이 누구냐 이 말이지요?"

"몇 번을 말해야 알죠? 내 앞에 앉아 있는 당신이에요."

그녀는 속삭이듯 낮은 목소리로 말했는데 어느새 눈가가 젖어들었다.

소설 속에서 우는 여인이 등장하는 장면을 써야 할 때면 그는 늘 미간을 찌푸렸다. 눈물은 소설에서 불필요한 군더더기로 여겨지기에 그 장면을 모두 빼버렸다. 아니면 건조하고 간략하게 묘사하고 다음 장면으로 넘겼다. 내면의 고독을 길게 털어놓는 남자의 독백을 줄줄이 쓰거나 벌거벗은 연인에게 알몸으로 설교를 늘어놓는 남자를 묘사했다. 하지만 노인은 굴절된 여인의 눈물 앞에 불쾌한 감정이 들지 않았다. 오히려 그녀에게 부드럽게 속삭이고 싶어졌다.

"내가 너무 직설적이었나봅니다. 그런데 그저 그런 소설가였고 이렇게 쓸쓸히 늙어가는 노인을 만나러 온 건 아닐 테지요. 그 기억 속에 살아 있는 나란 존재는 어떤 사람이죠?"

"당신은 다정한 사람이에요."

"그럼, 전혀 아니군. 나는 결코 다정한 사람이 아니야."

"우리가 전생에 연인이었을 때 당신은 참 다정했어요."

굴절된 여인은 엊그제의 일을 말하듯 속삭였다.

노인은 문득 그녀가 너무 깊이 가라앉은 사람이란 생각이 들었다. 이 세상 누구와도 일상적인 대화를 나눌 수 없는. 그쯤에서 일어날까 했지만 노인은 가을 산책에 찾아온 이 농담의 끈을 놓고 싶지 않았다. 누군가와 말을 섞어본 지 너무 오래였다.

"전생에 내가 다정한 사람이었다? 그럼, 그전에는 혹시 나와 그쪽은 지독한 원수였나?"

그가 한 말에 굴절된 여인은 고개를 끄덕였다.

"이제 하나씩 기억하는군요. 맞아요, 우린 참 얄궂은 운명이에요. 원수와 연인이라니."

그는 그녀의 태도에 당황스럽기도 했지만 가슴이 두근거렸다. 이토록 철저하게 허구를 믿고 그 속에 빠져 사는 사람은 처음이었다.

"하지만 쉽게 기억은 안 나. 너무 흐릿하게 뿌옇기만 해. 우리가 연인이었던 그 시절은."

그는 반말을 하면서 그녀의 허구 속에 슬그머니 발을 디뎠다.

"역시 늘 늦는군요. 천천히 눈을 감고 생각해봐요. 내가 기억나게 해드리죠."

그녀는 노인의 마른 낙엽처럼 물기 없는 뺨을 쓰다듬어주었다.

그녀의 손은 소름이 돋을 만큼 차가웠다. 송곳 같은 고드름이 녹을 때까지 쥐고 있던 사람의 손바닥 같았다. 노인은 눈을 감았다. 그의 머릿속에 스치듯 어떤 장면 하나가 떠올랐다. 추운 겨울이었고 젖은 눈가에서 흐르는 눈물이 여인의 턱을 적셨다. 하지만 그 눈에 슬픔 대신 노여움이 깃들어 있었다. 그 여인은 입을 굳게 다물고 상대를 노려보았다.

그는 눈을 떴다. 으슬으슬한 아침에 추운 겨울의 이야기는 피하고만 싶었다.

"힌트를 하나 주지그래? 나는 어떤 사람이었지? 그 시절은 또 언제였나?"

"좋아요, 말해드리죠. 행복한 이야기부터. 우리에겐 좋은 시절이 있었으니까. 당신은 경성의 신사였어요. 얼굴도 마음도 미소도 모두 부드러웠죠."

노인은 잠시 회색빛 하늘을 바라보며 생각에 잠겼다. 경성의 신사가 마음에 들었다. '굴절된 여인'이란 제목과는 어울리지 않지만 달콤하고 우습고 결국 슬프게 끝나는 사랑 이야기와 어울리는 것 같았다. 그는 오랫동안 가슴에 묵직하게 박혀 있던 '굴절된 여인'이란 제목을 지워버렸다. 대신 경성의 신사를 소재로 새로운 소설을 쓰기로 했다. 마음은 뜨겁고 다정하지만 어딘가 어수룩한 신사, 그에게 우스꽝스러운 이름을 붙여보았다.

"혹시 말이야, 그 남자 이름이 형봉 아니었나?"

"맞아요, 형봉. 김형봉. 심장까지 부드러운 남자였죠."

그는 김형봉과 형봉의 연인에 대한 이야기를 시작했다. 가끔씩 맥이 끊기면 잠시 한숨을 쉬었다가 존재하지 않지만 존재할 것만 같은 가상의 기억을 더듬었다.

나를 아세요?

1922년 초여름 한 남자가 경성 근교의 조그마한 시골마을에 내려왔다. 목련 꽃잎처럼 보드라운 흰 셔츠 차림의 그를 시골사람들은 신기하게 쳐다보았다. 그 남자는 앙상하게 야위었으나 고된 노동에 끼니도 제대로 먹지 못해 피골이 상접한 이들과는 다른 모양새였다. 타고나기를 야윈 몸체와 부드러운 인상이었고 걸음걸이는 버드나무 흔들리듯 사뿐거렸다. 게다가 얼굴은 물론이요 손가락 마디마디까지 옹이가 맺힌 곳 없이 허여멀건 하기만 해서 도무지 사내 같지가 않았다. 이 남자가 시골마을에 내려와 하는 일이라곤 해바라기를 하며 참외를 먹거나 길가에 나온 닭과 병아리의 꽁무니를 쫓으며 낄낄대는 것이 전부였다. 그렇게 하루를 보내다 해질 무렵이면 마을 앞 은행나무 밑에 앉아 서글픈 표정으로 하늘을 바라보며 한숨이나 내쉬었다.

남자의 이름은 김형봉이었다. 경성의 알아주는 세도가 집안의 막내아들인 그는 부모가 정해준 약혼자와의 혼인을 피해 이곳까지 내려온 것이었다. 남자로 말하자면 이미 반년 가까이 혼신을 다해 사랑하는 여인이 있었는데, 그녀는 바로 세인들이 손가락질하던 여인 안운덕이었다. 형봉은 시골에 내려와 이제나저제나 운덕이 오는 날만을 기다렸다. 운덕을 만나게 되면 동경으로 갈지 아니면 만주로 갈지 장단 간에 결정을 할 터였다. 형봉에게 고향은 이미 의미 없는 잿빛 도시일 뿐이었다. 운덕만 옆에 있으면 그곳이 어디든 고향이고 살아가는 이유였다.

자줏빛의 스커트를 즐겨 입던 새카만 단발의 운덕은 미소 하나로 형봉이 안주하던 세계를 모두 짓밟았다. 붉은 입술의 운덕은 고개를 살짝 뒤로 젖히고 거침없는 소리로 웃었다. 웃지 않을 때면 진한 커피처럼 허스키한 목소리로 속삭이듯 이야기했다. 그녀는 오종종한 당시의 여성들과 달리 서구의 미인들처럼 키가 크고 늘씬했다. 경성의 남자들이 뒷말로 흉을 보다가 그 앞에만 서면 머쓱하게 기가 죽는 것도 아마 그런 이유일 터였다. 그러면서도 턱을 괴고 먼 곳을 응시할 때면 도톰한 이마와 꽃잎처럼 부드러운 곡선의 콧날 덕인지 청초한 분위기가 은근하게 배어나왔다.

운덕에 대한 소문은 여러 가지였다. 일본 여인이 조선에서 낳은 사생아라는 것부터 경성에서 제일가는 토목회사 사장의 애첩이라는 말도 돌았다. 그녀의 연애사에 대한 소문 또한 경성의 이렇다 할 풍운아들 사이에서 돌고돌았다. 여러 남자와 연애를 즐긴다는 이야기부터 남자는 그저 병풍일 뿐 도도한 신여성들과 은밀하고 진한 연애를 나눈다는 흉흉한 말들까지.

형봉은 사내들의 쑥덕공론 풍문으로만 운덕을 접했을 뿐 그때까지 살결과 살결이 마음과 마음이 닿는 사이로 이어지리라곤 생각조차 못했다. 운덕의 체온과 목소리 그 부드러우면서 위압적인 분위기가 그의 것이 아니었을 때 형봉 또한 다른 사내들과 이런저런 헛소리에 동참했다. 술이 온몸을 데우고 흘러나오는 말들이 노글노글해지면 사내들은 흐느적거리는 혀로 운덕을 마음껏 날조했다. 취한 남자가 혀를 한번 놀리면 운덕은 경성에서 가장 천한 웃음을 날리는 탕녀의 옷을 입었다. 다른 이가 술 한잔으로 목을 축이고 떠들어대면 운덕의 운명은 또 달라졌다. 어떤 사내도 손에 넣지 못하는 환상의 옷자락으로 겹겹이 쌓인 여인으로 다시 태어났다. 실제로 만난 적은 없지만 그 아름다움 때문에 남자들의 취기 속에서 마음껏 신 포도가 되는 여인이 그녀였다.

운명의 그날 철없는 사내 형봉은 대취해 비틀거리며 한밤의 거리를 걸었다. 술에 헝클어져 엉망이 된 몸을 좀 추스르고서 인력거꾼을 부를 생각으로 어느 으슥한 골목의 담벼락에 기대 달을 바라보았다. 형봉은 어느덧 입가에 배시시 미소를 짓다가 고개를 숙여 투박하게 보이는 구두코를 보고 한숨을 내쉬었다.

'저 달, 저 달은 얼마나 많은 연인들의 사랑을 지켜주었는가. 비밀스러움이나 낭만, 회한도 없이 부모가 정해준 대로 맺는 혼인이야말로 얼마나 시시하고 천박한 것인가.'

술기운이 썰물처럼 빠져나가고 아련한 마음만 남으면 형봉은 낭만주의자로 변했다.

취기가 적당히 가시자 형봉은 인력거를 잡아타려고 큰길로 나왔다. 컴컴한 어둠 속에서 인력거 바퀴 소리가 들리더니 형봉과 그리 떨어지지 않은 자리에서 멈추었다. 운명처럼.

달빛 아래 멈춰 선 인력거는 제법 운치 있게 보였다. 볼이 움푹 꺼진 인력거꾼의 꾀죄죄한 몰골까지 서글픈 사연이 있는 사내의 증거로 여겨졌다. 비척비척 달빛 아래 비틀대던 형봉은 인력거에서 내려와 발을 내딛는 여인의 자태를 보고 숨이 멎는 듯했다. 구두굽이 바닥에 닿자 그의 마음에 있는 사랑의 초침이 똑딱똑딱 움직였다. 형봉은 한순간에 그토록 원하던 달빛을 닮은 사랑에 빠졌다는 걸 깨달았다. 여인은 슬며시 형봉을 쳐다보고 긴 그림자를 늘어뜨리며 서둘러 앞서 걸었다. 형봉은 인력거를 잡아타는 대신 달빛을 등불 삼아 계속 그 여인의 뒤를 쫓았다.

얼마나 그렇게 서로의 투덕거리는 걸음 소리를 알면서 모르는 척 능치며 걸었을까. 말없이 그렇게 달빛을 술잔처럼 주고받으며 느리게 흐르는 시간처럼 걷는 그 걸음. 운덕이 먼저 걸음을 멈추고 뒤돌아서서 달빛 아래 마음이 벗겨진 사내를 바라보았다.

"나를 아세요?"

그녀가 먼저 입을 열었다.

"아, 압니다. 아니요, 모르겠어요."

사내들이 혀로 떠들어대는 풍문으로만 접했을 뿐 형봉은 운덕을 본 것이 그때가 처음이었다.

두 사람은 거리를 두고 서로를 바라보았다. 아무리 달이 휘영청 밝더라도 형봉은 운덕의 얼굴 표정을 읽기가 어려웠다. 슬픈 듯, 두려운 듯, 행복한 듯, 어지러운 듯, 달빛 아래 감춰진 얼굴. 형봉은 좀더 가까이 가려고 몇 걸음 다가갔다. 운덕이 서너 걸음 뒤로 물러서며 낮은 목소리로 말했다.

"나는 당신을 알아요."

달밤의 기억

노인은 밝은 달밤에서 흐린 아침으로 돌아와 입을 다물었다. 굴절된 여인은 긴 머리를 귀 뒤로 넘기면서 차분하게 이야기에 귀를 기울였다. 노인은 달빛 아래 서 있는 형봉처럼 정신이 아련해졌다. 눈앞에 있는 그녀가 허구 속에서만 살아 숨쉬는 운덕의 현현으로 여겨졌다.

그녀가 천천히 입을 떼었다.

"아직 그 달밤이 생생하게 기억나요. 운명이란 참 아름답고도 잔인하더군요. 삶과 죽음을 넘나들며 사랑의 불꽃을 만드니까요. 그 불꽃이 아무리 아름다워 보여도 가까이 다가가면 모든 걸 일그러뜨릴 텐데도."

"나를 처음 보고 어떻게 알아본 거지?"

"나는 당신을 알아요. 내가 어떻게 당신을 모를 수 있을까요?"

"혹시 달빛 때문 아닐까?"

"그래요, 달빛에 비친 당신은 언제나 사랑스러웠죠."

그녀는 잠시 말을 끊고 하늘을 바라보다 다시 말을 이었다.

"우리에겐 늘 달이 따라다녔죠. 어떤 달은 낭만적이지만 밤에 얼굴을 숨긴 달은 우리를 비웃었어요."

그는 다시금 달밤과 이어진 장면을 떠올려보려 했다. 하지만 아무것도 기억나지 않았다. 이야기의 물줄기가 막혔다. 그는 이쯤에서 이야기의 물꼬를 다른 곳으로 터야 했다.

"그런데 당신은 나를 만나러 오지 않았어. 우리의 약속에 뭔가 문제가 있던 건가? 왜 그때 오지 않았지?"

그는 굴절된 여인의 얼굴을 바라보았다. 이야기란 머릿속에서 만들어져 강물처럼 흘러 글로 풀어지기 마련이었다. 그러나 물줄기가 마르지 않으려면 한 사람에서부터 시작한 이야기 속에 갑작스런 소나기처럼 타인의 목소리가 섞여들어야 했다.

"당신 잘못 기억하고 있군요."

굴절된 여인이 조심스럽게 입을 떼었다.

"그래, 그럴지도 모르지…… 그 마을에서 우린 어떻게 된 거지?"

이야기의 결을 그녀가 다른 방식으로 엮을 게 빤했지만 그는 불쾌하지 않았다. 찾아오지 않는 연인이란 설정은 그가 생각하기에도 김이 빠졌다. 왠지 그녀라면 다른 물꼬를 틀 수 있을 것만 같았다.

"나는 마을로 찾아가 당신을 만났어요."

"그랬군, 그럼 우리는 만주로 갈지 동경으로 갈지 서로 머리를 맞댔겠군."

"아니요, 아주 먼 곳으로 도망치기 전에 나는 해야 할 말이 있었어요. 당신이 나에게 던졌던 말. 내 기억에 못박혀 나를 괴롭혀온 말이 있었으니까요."

그녀는 노인의 손등을 어루만지다 뺨을 쓰다듬었다. 이어 손으로 그의 눈을 가렸다. 그녀가 만든 어둠이 노인에게 매서운 칼바람으로 전해졌다. 그 추운 어둠 속에 어느 겨울의 여인이 스쳐갔다. 굳게 다문 입술과 볼을 타고 흐르는 눈물 그리고 매서운 눈발과 얼음장처럼 차가운 바람까지. 노인은 숨을 쉴 수가 없었다. 오랜 시간 목구멍을 틀어막은 목소리가 꿈틀대더니 이제야 요동쳤다.

"내가 당신을 저주했습니까?"

노인의 입에서 튀어나온 목소리는 낯설고 기괴했다. 사내의 음성도 노인의 음성도 젊은 여인의 음성도 아닌 짜부라진 그 무엇. 노인은 두려웠다. 잠시 잊고 있었던 흐린 아침의 으슬으슬한 추위가 뼛속 깊이 파고들었다. 추위는 늦가을 아침만이 아니라 평생 그의 뒤를 쫓아다닌 것만 같았다. 토해내지 않으면 그를 옥죈 추위가 영영 사라지지 않을 것만 같았다.

"당신 이야기를 듣는 동안 자꾸 다른 여인의 얼굴이 떠올랐어. 울고 있는데, 얼굴은 매서운 바람에 얼어붙어 있는데, 매섭도록 차가운 표정이었지."

"불쌍한 사람, 당신은 늘 늦게 입을 여는군요. 벌써 다 기억하고 있었으면서."

그녀가 노인의 뺨을 어루만졌다.

어떤 이야기 하나가 노인을 빨아들였다. 그가 이야기를 꾸며내는 것이 아니라 이야기가 그를 삼켰다. 노인은 어느 겨울밤으로 돌아갔다. 그는 허구에 있는지 현실에 있는지 아니면 과거에 있는지 현재에 있는지 알 수 없이 속수무책으로 기억에 끌려들어갔다.

그믐과 눈

하현달이 뜬 어둑하고 사납게 추운 겨울밤이었다. 두꺼운 솜옷을 입어도 몸에서 배어나온 땀이 금세 차가워지는 날씨였다. 여인은 밤의 숲길에서 두려움과 추위에 떨며 걸었다. 이틀 전 내린 큰 폭설로 발이 눈에 푹푹 빠져들었다. 언덕만 넘어가면 바로 집인데 그 길이 너무 아득하기만 했다. 잔칫집 일을 도와주고 동네 아낙들과 남은 잔치 음식을 입에 넣으며 이런저런 수다를 떨다보니 생각보다 시간이 너무 야심해진 터였다. 그녀는 너무 어두워지기 전에 일어나려 했으나 다른 아낙들이 서방 품이 그리 좋으냐며 가자미눈을 뜨는 바람에 다시 자리에 눌러앉고 말았다.

그녀보다 세 살이나 어린 남편은 겨우 코에 짙은 솜털이 돋은 나이라 아직 어린아이 같기만 했다. 시집가기 전 아무리 얼굴 한 번 못 본 사이라도 하늘 같은 지아비로 떠받들고 살아야 하는 게 여인의 길이라고 친정어머니는 귀가 닳도록 이야기했다. 하지만 아무리 존경하는 마음을 가지려 애써도 철없는 애는 애일 뿐이었다. 게다가 식탐이 많아 어쩌다 간식으로 엿이 생기거나 밥상에 고깃점이 올라오면 득달같이 달려드는 치였다. 서방에게 존경심은커녕 애틋한 정마저 생기지 않았다.

나직한 한숨을 쉬며 걸음을 옮기는데 저만치서 한 남자가 서성대다 다가왔다. 너무 늦어 남편이 마중 나왔나 싶었으나 아내를 생각해 마중 나올 만큼 눈치 있는 위인은 아니었다. 게다가 유심히 살펴보니 허우대가 남편보다 훨씬 큼지막했다. 가까이 다가오는 사내가 누구인지 알아차리자 그녀는 가슴을 쓸어내리고 안도의 한숨을 내쉬었다. 사내는 남편과 의형제를 맺은 같은 마을 노총각으로 두 형을 모두 돌림병으로 잃은 남편을 친동생처럼 아껴주던 사람이었다. 남편이나 시댁 어른들이 모두 시아주버니로 깍듯이 모시라고 할 만큼 시댁과도 돈독한 관계였다. 그녀 역시 성실하고 예의바른 맏아들 같은 남자가 은근히 믿음직스러웠다. 눈길이 마주치면 멋쩍은 듯 고개를 숙이고 웃는 사내를 보면 괜히 기분이 좋아졌다. 가끔은 지아비라면 저렇게 듬직한 나무 같은 사람이어야 하지 않을까, 라는 생각이 들었다. 그럴 때면 또 애틋하고 감미로운 몽상에 빠졌는데, 나중에는 고개를 휘휘 내젓고 서둘러 바느질감을 찾거나 괜스레 빗자루를 들고 마당을 쓸거나 했다. 사내에 대한 마음은 사랑이라 부를 수는 없는 감정이었다. 그건 오후의 낮잠처럼 달콤한 감정일 따름이었다.

　얼굴을 볼 수 있을 만큼 가까이 다가온 키 큰 사내를 보고 여인은 가볍게 미소를 지었다. 흐린 밤이라 남자의 얼굴은 잘 보이지 않았다. 하지만 분명 웃고 있을 터였다. 노총각이라 놀림받던 시절이 이제 겨울이 지나면 막을 내릴 테니까. 마땅한 색싯감을 찾아 드디어 꽃피는 봄에 장가를 간다는 말을 그녀는 시어머니에게 들었다. 어둑한 밤의 숲속에서 여인은 문득 남자의 옆에 서 있을 새색시가 어떤 사람일지 궁금해졌다. 남자와 어울리게 다소곳하고 예뻤으면 좋겠다고 생각했다. 하지만 키 큰 사내가 점점 가깝게 다가오자 그녀보다 조금 밉상이었으면 좋지 싶은 마음이 들었다. 하지만 사내를 앞에 두고서 스치듯 떠올렸던 공상들은 갑자기 깨져버렸다. 사내가 그녀 앞에 털썩 무릎을 꿇고 주저앉아 흐느끼는 바람에. 사내는 부들부들 떠는 목소리로 그녀에게 사랑을 고백했다. 오랜 시간 마음속에 쟁여두었던 그의 말이 차가운 바람 속에 주저리주저리 흩어졌다. 하지만 남자가 말로 토해낸 뜨거운 고백은 그녀에게 서릿발처럼 여겨졌다. 여인은 서둘러 자리를 피하고자 앞서 걸었다. 사내는 넋이 나간 듯 물끄러미 서서 그 모습을 지켜보기만 했다. 여인이 걸음을 빨리해 둘의 거리가 멀어지자 사내는 몇 걸음에 훌쩍 다가와 여인의 팔목을 움켜잡았다. 부둥켜안은 채 실랑이를 벌이던 두 사람은 어느새 차가운 눈밭에 쓰러졌다.

　여인의 차갑게 얼어붙은 살결에 사내의 뜨거운 손과 입술이 닿았다. 남자가 뜨거운 숨을 내쉴수록 그녀가 예전에 품고 있던 달콤한 감정은 그대로 얼음알갱이로 변해 눈물로 흘러내렸다. 남자는 눈시울을 적시고 뺨을 타고 흘러내린 눈물을 혀로 핥아주었다. 남자에겐 애정의 표현일지 몰라도 그녀에겐 수치심을 더 일깨워주는 짓이었다. 슬그머니 남자가 어둠 속에 얼굴을 감추자 그녀는 차가운 눈을 한 움큼 손에 쥐었다. 낮잠에서 깨어나자 현실은 지독한 악몽이었다. 어느새 그녀의 마음은 차가운 눈보다 더 싸늘하게 식어갔다.

차가운 사랑

"기억이 나. 마치 내가 겪은 것처럼……"

굴절된 여인은 쉬어버린 노인의 목소리를 듣고 천천히 입술을 떼었다.

"난 그게 사랑이라 믿었어요."

"끔찍하군. 내가 당신한테 했던 일이……"

"아니요, 내가 당신한테 한 일이에요."

그녀가 다급하게 노인의 말을 끊었다.

"나는 사랑을 주었다고 생각했지만 당신은 나에게 저주의 말을 쏟아부었어요. 그 여인이 바로 김형봉이고 또 지금의 당신입니다."

"그럼, 당신이 그 사내란 말이야?"

의심스러운 내 표정에 상관없이 그녀는 고개를 끄덕이고 말을 이어나갔다.

"난 그게 사랑이라 믿었어요. 아무리 차가워도 내 손에 쥐면 얻을 수 있다 믿었지요. 그러나 눈은 손에 쥐어도 차가움만 남기고 사라진다는 건 몰랐어요. 사실 나는 무엇이 사랑인지 모르고 덩치만 커진 사내였을 따름이지요."

노인은 더이상 허구에 놀아나고 싶지 않아 매섭게 손을 내저었다.

"이건, 말도 안 돼. 거짓말이 너무 심하군."

그녀는 당황한 노인의 얼굴을 빤히 바라보며 부드럽게 미소지었다.

"그날 형봉은 똑같이 말했어요. 여름밤이었고 나는 밤하늘을 바라보며 그때의 일을 사과했죠. 형봉은 처음엔 부정했지만 차츰차츰 모든 기억이 떠올랐을 거예요."

"하지만 이해할 수가 없어. 설령 내가 그 여인이었고 김형봉으로 다시 태어났다고 해도 어떻게 당신을 사랑할 수 있지? 나를 망가뜨린 사람을."

그는 자신의 마음을 형봉에 두어야 할지 차가운 겨울의 여인에게 두어야 할지 알 수 없었다. 아니 지금껏 허구에서 살아온 건지 현실에서 소설을 쓰며 늙어왔는지조차 헷갈렸다. 심지어 그가 소설가이긴 했는지 그저 어느 날부터 이어진 망상의 일부가 아닌지 의심스럽기까지 했다.

"당신은 죽을 때까지 나를 저주하겠다고 말했어요. 그리고 다음 생에 태어난다면 무심결에 나와 사랑에 빠지겠다고. 진심을 다해 사랑하겠노라고. 하지만 그 사랑이 무르익을수록 나의 죄의식이 함께 곪아갈 거라고. 결국 죄의식으로 갈기갈기 가슴이 찢어져 낱낱이 죄를 털어놓아야 할 거라고."

노인은 입을 다물고 겨우 나지막하게 신음소리만 내뱉었다.

"그래서 운덕과 형봉은 어떻게 됐지?"

고개를 들어 하늘을 바라보던 굴절된 여인은 노인을 빤히 쳐다보았다. 불현듯 노인은 불길한 예감이 들었다.

"혹시 형봉이 당신을, 그러니까, 운덕을 죽인 건가? 그 끔찍한 과거를 마무리하려고. 그렇게 두번째 인연까지 결국 비극으로 끝난 건가?"

그녀는 부드럽고 조금은 서글픈 미소를 지었다가 고개를 저었다. 벤치 아래 떨어진 젖은 낙엽이 바람을 타고 사각사각 긴 치마를 입은 여인의 걸음처럼 움직였다.

"아니요, 형봉은 정말 순애보의 사람이었어요. 그는 오히려 나를 달래줬어요. 걱정하지 말라고, 우리 둘 사이가 불안해서 내가 헛된 망상에 빠진 거라고. 하지만 나는 알 수 있었죠. 그 말을 하는 형봉의 부드러운 눈빛이 예전 같지 않다는 걸. 형봉은 나약했지만 불안한 남자가 아니었거든요."

이야기의 고삐는 그렇게 노인에게서 굴절된 여인에게로 아예 넘어갔다.

창밖의 풍경

형봉은 울먹이는 운덕을 달래주며 그 밤을 보냈다. 더운 날씨 탓에 등으로 흐른 녹지근한 땀에 속옷은 젖었다. 그는 멍하니 방구석에 앉아 부채질을 하다 그의 허벅지에 머리를 대고 잠든 운덕의 하얀 얼굴에 부채질을 해주곤 했다.

'나는 당신을 모르겠어. 당신은 왜 무서운 이야기를 하는 거지?'

처음으로 형봉은 운덕의 잠든 표정이 낯설게만 보였다. 그는 운덕의 이야기를 믿지 않았다. 여자들이란 쓸데없는 망상에 빠져 혼자 슬퍼하는 어리석은 존재라는 생각에 혀를 찼다. 형봉은 운덕을 안아서는 이부자리에 얌전히 눕혀주고 배시시 웃고 말았다.

그날 형봉은 잠을 이루지 못하고 뒤척대다 벽에 기대 얼핏 졸았는데, 눈으로 하얗게 덮인 숲길을 걷는 한 여인을 보았다. 형봉은 그 여인이 누구인지 무슨 일을 겪을지 너무나 잘 알고 있어서 서글피 울기 시작했다. 꿈속에서 전생의 나를 보며 흘리는 눈물은 부질없었다. 하지만 서러움은 전생에서 이생으로, 꿈에서 현실로 생생하게 스며들었다. 꿈은 불쾌했고 꿈에서 깨어났지만 그 추운 날의 겨울밤은 사라지지 않았다. 더운 여름이었지만 형봉은 온몸에 서릿발이 돋은 사람처럼 지독한 한기에 벌벌 떨었다.

다음날 오후 두 사람은 다시 경성으로 올라왔다. 경성으로 올라오는 기차 안에서 만주나 동경으로 떠나는 이야기는 하지 않았다. 주변 사람들의 시시콜콜한 실수담 같은 것들만 과장해서 입에 올려 우스갯거리로 삼았다. 둘은 웃는 얼굴로 마주 보며 이야기를 나누다 손을 맞잡았고 웃음이 시들해질까봐 두려워서인지 서둘러 입술을 포겠다. 여전히 남들의 이목 따위는 상관하지 않는 사랑하는 사이임을 증명이라도 하려는 듯.

경성에 올라와 그들은 더는 전생 이야기를 하지 않았다. 가끔 즐거운 듯 대화를 나누다 쓸쓸한 공기가 감돌 때 서로의 눈이 마주칠까 일부러 피하기는 했다. 형봉은 경성에 올라온 뒤로 종종 꿈속에서 겨울숲을 본다는 이야기를 꺼낼 수가 없었다. 운덕은 그를 사랑하는 마음은 여전했고 절대 씻어지지 않는 죄의식 역시 사라지지 않았다. 꺼내지 못한 말은 연인 사이에 켜켜이 먼지처럼 쌓여갔다.

어느 늦은 밤 집으로 돌아가는 길이었다. 전차를 타고서 창밖으로 느릿하게 스쳐가는 풍경을 보다 운덕이 입을 열었다.

"우리의 사랑도 저렇게 찬찬히 창밖의 풍경처럼 지나가겠죠?"

"무슨 소리야, 그게?"

형봉의 목소리에는 가시가 돋아 있었다.

"동경으로 가기로 했어요. 경성은 이제 재미가 없어."

그 말을 남기고 운덕은 먼저 전차에서 내렸다. 형봉은 자리에 앉은 채로 다음 정거장 또 다음 정거장을 지나서야 일어났다. 전차에서 내린 그는 담배를 꺼내 입에 물고 하늘을 올려다보았다. 그믐밤이라 하늘은 컴컴하기만 했다. 형봉은 달빛 쏟아지는 밤을 잊기로 했다.

형봉은 부모의 뜻에 따라 그해 겨울이 가기 전에 식을 올렸다. 결혼식 전날 형봉과 절친하며 운덕과의 연애사도 잘 알고 있는 벗이 그에게 쪽지를 건넸다. 운덕의 동경 주소가 적힌 메모였다. 벗은 술취한 목소리로 쪽지를 찢어버리라고 말했지만 형봉은 그대로 구겨서는 바닥에 던지는 대신 다시 호주머니에 집어넣었다. 그리고 청주 한 잔을 단숨에 비웠다.

창가를 잘 부르기로 경성에서 이름을 날렸던 운덕은 조선인이란 사실을 속이고 동경의 한 클럽에서 노래를 했다. 레코드를 취입할 기회를 얻어보려 애썼지만 기회는 쉽게 오지 않았다. 그녀에게 다가오는 남자들 모두 얄팍하게 그녀를 유혹하려 할 뿐 진정으로 아껴주는 사람은 없었다. 늦은 밤 조그마한 다다미방에서 운덕은 쓸쓸함과 외로움을 달래려 조선말로 편지를 썼다. 처음 그 편지는 한 번도 연락이 오지 않는 형봉에게 보내는 편지였다. 하지만 동경의 생활이 힘에 부치던 어느 날인가부터 운덕은 형봉의 말투로 편지를 썼다. 부드럽고 때로는 어수룩한 형봉을 흉내내어 한 자 한 자 정성 들여 옮겨 썼다. 운덕은 자신이 직접 쓴 형봉의 편지를 읽으며 노곤하게 잠에 빠져들었다. 형봉은 그렇게 그녀가 쓴 편지 속에서 생생하게 다시 되살아났다. 편지 속 현실에서 형봉은 경성에서 두 아이의 아버지가 되었고 종종 그녀에게 행복한 안부를 전해왔다. 언제나 편지를 마치기 전엔 그녀에 대한 그리움의 말을 짤막하게 덧붙이면서.

동경에서 살던 마지막 해까지 운덕은 형봉이 직접 쓴 편지는 받지 못했다. 하지만 그녀가 동경의 생활을 정리하고 조선으로 돌아가려고 결심했을 무렵 형봉의 벗이 보낸 편지가 도착했다.

이야기, 목소리

"형봉은 폐병으로 죽었다더군요. 그의 결혼생활은 행복하지 못했고 아이도 없었다고요. 그는 죽기 전 벗에게 내 주소가 적힌 구깃구깃한 쪽지를 건네며 유언을 남겼대요. 내가 털어놓았던 고백을 믿는다고. 하지만 다음 생에는 모든 원망과 죄의식을 잊고서 다시 사랑할 수 있었으면 좋겠다고. 물론 그후로 나는 형봉의 이름으로 나에게 편지를 쓸 수 없었습니다. 그저 그를 그리워하고 다음 생에 다시 만나기만을 꿈꿨지요."

그녀가 완결지은 이야기를 들은 노인은 옆에 앉은 연인에게 손을 내밀었다. 안타깝게도 그녀와 손을 맞잡을 수 없었다. 그녀의 긴 손가락은 어둑한 그림자로 변해갔고 찬바람에 휘날리던 긴 머리카락은 바람으로 변해 노인의 뺨을 스쳤다.

"당신은 진짜가 아니야. 그냥 내가 만든 허구겠지. 모든 이야기들이. 그런데 당신이 사라지는 걸 보니 왜 이렇게…… 왜 이렇게……"

그는 벤치에 앉았던 젊은 여인을, 운명의 여인인 운덕을, 서둘러 사랑을 손에 넣으려 했던 허우대만 큰 어리석은 사내를, 더는 볼 수 없었다. 다만 어떤 목소리만이 나지막하게 귓가에 맴돌다가 사라져갔다. 하지만 그 목소리는 노인의 귀에 가 닿지 않았다.

산유화 공원

이른 아침이었고 다시 비가 올 듯 하늘은 여전히 먹구름으로 어두운 회색빛, 그냥 회색빛이었다. 어쩌면 계속 흐려 있었지만 노인의 눈에만 푸른 하늘이 보였는지 몰랐다. 살아갈 날이 얼마 남지 않는 노인은 텅 빈 벤치에 홀로 앉아 있었다. 산유화 공원으로 산책을 나온 사람은 그때까지 아무도 없었다.

보고 싶은 얼굴

1

“내 말 알아들겠니?”

‘뷰티나 메이크업’ 원장의 목소리는 아무리 나직하게 속삭여도 시
끄럽게만 들렸다. 나는 그녀의 말에 고개를 끄덕였다. 물론 원장이 말
한 대부분의 말은 흘려들었다. 그녀가 하고 싶은 말의 결론은 단 하나
였다. 돈, 기술만 손에 익으면 어마어마한 돈을 번다는 사탕발림이었
다. 언제나 돌고도는 달짝지근한 멘트는 처음 수강신청을 할 때와 똑
같았다. 조금만 목청을 높이면 쇳소리가 나는 특유의 목소리로 그녀
는 녹음기처럼 그렇게 떠들었다. 처음에는 수강생을 한 명이라도 더
늘리려는 수작으로. 이번에는 떠나려는 수강생을 붙잡으려고 안간힘
을 쓰느라. 그러나 원장의 말은 믿기 어려웠다. 평생 남의 얼굴에 화
장해주면서 살았다던 그녀도 큰돈은 벌지 못했다. 말이 메이크업 아

카데미지 뷰티나는 파주 금촌에서 제일 큰 미용실 안에 있는 피부관
리실을 빌려 문을 연 볼품없는 곳이었다.

"이런 일 배우는 거 친구들이 알까 창피하니?"

"아니, 그런 건 아니에요."

어차피 이 도시에 남아 있는 친구는 없었다. 금촌은 텅 비었다. 대
부분 지방대학이나마 대학에 입학했다. 재수를 선택한 녀석들은 새벽
녘에 경의선 기차를 타고 서울의 재수학원으로 떠났다. 실업계 고등
학교를 나온 몇몇은 근처 제빵공장이나 카센터에서 첫 사회생활을 시
작했다. 어디에도 속하지 못한 녀석들은 또 자기들끼리 무리지어 당
구장으로 술집으로 우우 몰려다녔다. 어쨌든 그렇게 고등학교 졸업
후의 스무 살은 다들 무언가를 하고 있었다. 나는 재수를 하기로 결정
했지만 마음이 쉽게 잡히지 않았다. 그저 두어 달 동안 홀로 금촌 시
내를 돌아다니며 시간을 낭비했다. 1999년의 금촌은 조용히 무너지
다 어느 순간 움직임이 멈춘 곳 같았다. 학창 시절이나 지금이나 휴전
선에 가까운 이 도시는 그대로였다. 밀레니엄이 오고 또 그후 십 년이
지나도 그 모습 그대로 폐차 직전의 기차처럼 그렇게 느릿느릿 굴러
갈 것 같은 곳이 여기였다.

그 후줄근한 도시나 나의 스무 살이나 별반 다르지 않았다. 뷰티나
에서 메이크업을 배우겠다고 결정한 것도 큰 결심은 아니었다. 그 일
이 만만하게 여겨져서였다. 손에 가벼운 걸 쥐어보고 싶었다. 부드러
운 감촉만 전해질 뿐 무게감은 없는 그런 것을 말이다. 게다가 중학교
때 미술 선생님의 권유로 잠깐 그림을 배운 적이 있었다. 하지만 어떻
게 여자의 맨얼굴을 꾸며야 할지 감이 올 때에는 손이 말을 듣지 않았

다. 그림을 배울 때와 마찬가지의 이유였다. 과거에 그 일이 있은 후로 언제나 그랬다. 평범한 일상이 이어지다 갑작스레 내 손은 겁먹은 새처럼 변했다.

"그냥 너무 따분해요. 생각보다 시시하고."

"거짓말, 난 다 알아. 분명 다른 이유가 있는 거야."

뷰티나 메이크업 원장은 팔짱을 낀 채 두 눈을 게슴츠레하게 떴다. 그러다 담배연기를 내뿜듯 한숨을 쉬고 고개를 뒤로 젖혔다. 담배 생각이 절실한 눈치였지만 강의실에서 몰래 너구리를 잡다 미용실 원장에게 잔소리를 하도 들어 요사이 조심하는 눈치였다.

"너, 있잖아. 그럼, 앞으로 뭐 할 거니? 꼴랑 두 달 배우고 때려치운다? 사람이 그렇게 끈기가 없으면 나중에 얼마나 꼴이 우스워지는 줄 알아?"

원장은 짙은 보라색 매니큐어를 바른 손톱으로 테이블을 따닥따닥 두드렸다.

나는 픽 웃고 말았다. 옅게 흩어지는 비웃음이었다.

"원장님이 무슨 상담 선생님이에요?"

"그럼, 당연하지. 인생선배로서 그 정도의 역할이야 해줄 수 있지."

그리고 그녀는 아무 말도 하지 않았다. 진한 화장을 했지만 잔주름만 더 눈에 띄는 눈을 여러 번 찡그리며 한숨만 내쉬었다. 잠시 후, 분홍 립스틱을 칠한 원장의 입술에 웃음기가 감돌았다. 나이 든 여자의 윤기 없는 입술과 분홍색은 어울리지 않았다. 원장이 입을 벌리자 니코틴에 찌든 누런 이가 드러났다. 아카데미 수강생 중 가장 나이가 많은 한 아주머니는 원장의 살짝 뻐드러진 이와 두툼한 입술이 천해 보인다고 수군거렸다. 나는 그런 생각은 하지 않았다. 다만 딴생각에 빠져 있을 때 슬며시 벌어지는 입술을 보면 나이가 들어도 각쟁이로 사는 게 아니라 어딘지 허술해 보이는 인상쯤은 받았지만.

"정현민, 선생님이 일자리 하나 소개시켜줄까?"

내가 대답이 없자 원장은 짧게 휘파람을 불더니 요란하게 웃었다.

"너 돈 필요했구나. 얼굴에 다 써 있어. 여자친구 사귄다더니 사달라는 게 많으신가봐. 그럼, 아르바이트하고 다시 돌아와. 그때까지 선생님이 기다려줄게."

뷰티나를 그만둔 이후에 무얼 할지 정해놓은 건 아무것도 없었다. 다만 다음 계획이 아르바이트는 아니었다. 늦었지만 다른 재수생들처럼 입시학원에 등록하리란 생각이 어렴풋하게 들었다. 하지만 원장은 내 대답을 듣는 대신 파주의 유명 지역극단 '고함'에 대해 줄줄이 늘어놓았다. '고함'에서 지금 백번째 정기공연을 준비중인데 분장사를 구해달라는 부탁이 들어왔다고 했다. 원장은 그 일을 내가 맡아서 해줬으면 좋겠다는 거였다. 좋다 싫다 확답을 한 것도 아닌데 원장은 극단대표 김상현에 대해 또 한참을 떠들었다. 사십대 중반에 통기타를 잘 치고 시낭송에 능한 타고난 예술가라면서 알아두면 좋을 사람이란 말까지 덧붙였다.

"원래 알던 분이에요?"

"그냥, 조금…… 학교 다닐 때 파주에서 제일 인기 많은 오빠였어. 여학생들이 오빠에게 편지하느라 다들 난리였지."

원장은 추억에 잠긴 얼굴로 가만히 먼 곳을 바라보다 화장실에 다녀오겠다면서 자리에서 일어났다. 그녀가 일어설 때에 의자가 뒤로 끌리면서 들리는 소음이 귀에 거슬렸다.

2

일곱시가 넘어 여덟시에 가까웠지만 집에는 아무도 없었다. 어머니와 아버지, 나. 우리 세 식구는 다들 늦게 들어오려는 핑계를 찾기 바빴다. 고양시 청소년문화센터 스낵코너에서 일하는 어머니는 종종 구내식당에서 저녁을 먹고 들어왔다. 동사무소 공무원인 아버지는 술을 좋아하지 않았지만 회식 자리가 있을 때면 마지막까지 남았다. 회식이 없는 날은 동네 기원에서 9시 뉴스가 끝날 때까지 바둑을 두다 들어왔다. 어렴풋하게 기억에 남아 있는 어릴 적 우리 집의 풍경은 지금과 달랐다. 발을 딛는 곳 어디나 적막감이 을씨년스럽게 고여 있는 그런 집이 아니었다. 씩씩한 골목대장이 있을 때는.

나는 방으로 들어가 이층침대 아래칸에 웅크리고 앉았다. 캄캄한 방 안에 누군가가 뛰어다니듯 희미한 발소리가 들렸다. 이층침대를 들여오던 날이었다. 나와 형은 신이 나서 거실과 안방, 우리들이 함께 쓰는 방을 뛰어다녔다. 형은 골목대장이었고 빵빵 울리는 기차였다. 동네 친구들은 모두 형을 따랐고 장난꾸러기지만 싹싹해서 동네 노인들의 사랑 역시 독차지했다. 겨우 한 살 차이였지만 늘 그늘에서 말없이 흙바닥만 툭툭 쳐대는 나와 달랐다. 형이 없으면 나는 언제나 외톨이 신세였다. 골목대장이 놀이에 끼워줘야 학교운동장에서 공을 차고 마을 야산을 휘저으며 전쟁놀이를 할 수 있었다. 앞장서서 힘차게 뛰어다니는 형의 이마와 목덜미에는 늘 땀이 촉촉했다. 베이비로션 냄새와 뒤섞인 어린아이의 땀내가 기억처럼 코끝에 맴돌았다. 이층침대의 위칸으로 손을 뻗어 쓰다듬었다. 그곳은 텅 비어 있었다.

연년생이었던 형은 초등학교 사학년 때 세상에서 사라졌다. 큰 병으로 침대에 누워 시름시름 앓다가 가진 않았다. 골목대장답게 한 번에 펑 터져버린 폭발이었다. 어딘지 마술이나 불꽃놀이가 떠오르는 죽음이었다. 반면 어릴 때부터 잔병치레가 심하고 심한 수두를 앓아 볼에 얽은 자국이 남은 나는 아직까지 묵묵하게 이 방에 홀로 남아 있다. 하지만 여전히 그림자 같은 모습이었다.

침대에 앉아 손바닥을 펴보았다. 오른손에 경련이 일었다. 녹슬고 볼품없지만 어마어마한 불꽃을 감추고 있던 불발탄을 쥐고 있던 손이었다.

지금으로부터 딱 십 년 전, 그러니까 1989년이었다. 그날은 유독 먼지바람이 심해 하늘이 온통 뿌옇기만 했다. 꼬마들은 재채기를 하면서도 산으로 뛰어올라갔다. 야산에서 전쟁놀이를 할 때면 우리는 종종 탄피를 줍곤 했다. 휴전선과 가까운 군사도시인 파주의 야산 자락에는 잘만 찾아보면 군부대에서 나온 탄피 같은 보물이 쉽게 눈에 띄었다. 하지만 그날 내가 땅에서 파낸 것은 시시한 총알 껍질이 아니었다. 포탄은 어린 내가 겨우 품에 안을 수 있을 만큼 묵직했다. 낡고 녹슬었지만 심장을 쿵쿵 뛰게 하는 진짜인 셈이었다. 오랜 세월 폭발하지 않은 채 살아 숨쉬는 괴물의 머리를 나는 오른손으로 오래도록 쓰다듬었다. 램프 속의 거인을 발견한 사람은 나였지만 뒤따라온 골목대장은 얼른 내 괴물을 빼앗아갔다. 형은 선두에 선 장군처럼 아이들을 우우 몰고 산 밑으로 내려갔다. 혼자 남은 나는 억울해서 한참을 홀쩍였다. 산은 고요했고 아주 멀리에서 아이들이 재잘대는 웃음소리가 들려왔다. 멜빵바지 주머니에 손을 넣고 투덜대며 언덕을 내려갔다. 산자락 어디에나 지랄맞게 뻗은 아카시아 나뭇가지들이 팔뚝에 생채기를 남겼다.

'……죽어버려.'

손목에 생긴 쓰라린 상처를 혀로 핥았다.

산을 다 내려왔을 때 귀를 찢는 폭음에 털썩 주저앉았다. 한순간 귀가 멍했다. 동네 어귀까지 어떻게 걸어갔는지 지금도 기억이 잘 나지 않는다. 나른한 사이렌 소리를 닮은 귀울림이 시끄럽게 왕왕대고 그저 터벅터벅 걷기만 했던 것 같다. 지금까지 생생하지만 동시에 현실이 아니라 꿈속의 사건처럼 여겨지는 순간이었다. 마을 어귀에 들어서니 짐승처럼 꺽꺽대는 한 여자가 눈에 들어왔다. 누구지 저 귀신 같은 여자는? 옷자락을 부여잡으며 서럽게 울던 귀신이 대뜸 달려와 내 뺨을 후려갈겼다. 눈물이 그득한 새빨간 눈은 반쯤 풀어져 있었지만 그 눈빛만은 선뜩했다.

"네가…… 죽였지?"

오른손이 그제야 부르르 떨렸다.

나는 오른손을 감싸쥐고 침대에 드러누웠다. 오른손은 날개가 부러진 비둘기 새끼처럼 내 심장 근처에서 부들거렸다. 이층침대 아래칸은 늘 위칸의 그림자에 가려져 어두웠다. 종종 내가 관 속에 누워 있다는 생각이 들었다. 중학생 때는 가위에 눌려 허덕이다 깨어난 적도 여러 번이었다.

어머니는 형의 장례를 치른 이후 형에 대한 이야기를 입에 담지 않왔다. 하지만 이층침대만은 버리지 못했다. 채 어른의 태가 나기 전에 허무하게 세상을 뜬 아들이 애틋해서였을까? 계절이 바뀔 때마다 양쪽 침대보를 모두 말끔하게 새로 갈기까지 했다. 나는 깨끗해진 침대보를 보면 가슴이 더 서늘했다. 어느덧 내 키가 자라고 이제는 스무 살이 되었지만 이층침대는 여전히 그대로였다. 초등학생이 쓰기엔 아주 널찍했던 침대가 지금은 새우잠을 자지 않으면 발이 바깥으로 삐져나올 만큼 작았다.

가방에 넣어둔 휴대폰이 요란하게 울렸다. 정미일 거라 생각했지만 모르는 번호였다.

"여보세요?"

"아, 정현민씨 휴대폰 맞습니까?"

걸걸한 남자의 목소리였다.

내가 그렇다고 대답하자 남자는 대뜸 반갑다며 호탕하게 웃었다.

"우리가 좀 급하니까. 내일 당장 왔으면 좋겠는데?"

누구인지 알 것 같았다. 원장의 분장사 제안에 나는 생각해보겠다는 말만 남겨두고 뷰티나를 빠져나왔다. 다음날 못 하겠다고 전화를 걸어 거절할 생각이었다. 하지만 원장은 내 말을 듣자마자 고함 대표인 김상현이란 남자에게 연락을 취한 모양이었다.

"제가 아직 결정을 내린 게 아니라서요."

"사람 참 답답하긴. 방금 말했잖아. 우린 지금 시간이 없어!"

고함이라는 극단명에 어울리게 남자의 목소리는 쩌렁쩌렁해서 귀청이 떨어질 지경이었다.

"전 분장 같은 건 제대로 배운 적도 없어요."

"그냥 분 탁탁 찍고, 눈 부리부리하게 하고. 뭐가 어렵다는 거야? 그럼, 내일 아침 열시에 봅시다."

내 확답을 피하려는 듯 전화는 갑작스레 뚝 끊겼다.

'뭐, 정 못 하겠음 내일 가서 말하면 되겠지.'

나는 휴대폰을 다시 가방에 넣으려다 정미에게 문자를 보냈다. 가족과 거의 대화를 나누지 않는 내게 유일하게 친근한 사람이 있다면 정미였다. 하지만 오늘은 야간근무가 있어 만날 수 없는 날이었다. 정미는 한밤중에 병원 복도를 돌아다니노라면 악몽을 꾸는 기분이라 했다. 복도에 있는 전신거울이 무섭다고도 했다. 복도 끝으로 걸어가 어둑한 형광등 조명 아래 거울에 비친 얼굴을 보면 자기가 사람인지 밤에 돌아다니는 귀신인지 헷갈려서 맥없이 웃고 만다고.

3

극단 고함의 대표 김상현은 길거리 어디에서나 흔히 볼 수 있는 아저씨였다. 시장 골목에서 닭을 튀기거나, 후줄근한 셔츠 차림으로 서둘러 만원버스에 오르거나, 호프집에서 벌건 얼굴로 생맥주를 단번에 들이켜는 아저씨 모두와 어울렸다. 다만 원장이 말한 예술가 스타일만 거리가 멀어 보였다. 통기타보다 노래방 마이크가 더 어울리는 사람이었다.

나를 보자 김상현은 눈으로 힐끔 훑고는 자판기에서 커피를 두 잔 뽑았다. 그는 내게 종이컵을 내밀고는 자기 커피는 후후 입김을 불어 두 번에 걸쳐 홀짝 다 마셔버렸다.

"순자가 잘 가르쳐줘?"

"누구요?"

"순자, 아 지금은 본명 안 쓰나?"

"그냥 원장님이라고 불러요. 명함에는 수잔 김이라고 써 있고요."

"아이고, 지랄허긴. 순자보다 수잔 김이 더 촌발 풀풀 날린다."

뜨거운 걸 잘 못 마시는 내가 겨우 커피를 다 마시자 그는 담뱃갑에서 담배를 꺼내 건네주었다. 별로 할 말이 없는 우리는 담배를 물고 있다 빈 종이컵에 재를 털었다.

"저거 어때?"

김상현이 고개를 살짝 돌려 극장 출입문에 붙여놓은 포스터를 가리켰다.

"죽이게 잘 빠졌지? 실은 내가 아는 동생이 그려줬어. 그놈이 또 서울서 유명한 미대 나왔거든. 그…… 어디더라? 서울대는 아닌데 하여튼 좋은 대학이래."

우리는 다시 포스터만 물끄러미 보았다. 분홍 드레스를 입은 금발의 공주가 터번을 쓴 젊은 청년 뒤에서 멍하니 푸른 하늘을 바라보았다. 그들과 마주 선 텁석부리 수염의 마법사는 청년과 공주보다 서너 배는 더 덩치가 컸다. 어디선가 본 만화주인공을 따라 그린 듯 볼품없는 포스터였다.

"평 좀 해보지, 어때?"

"그러니까…… 제목이 알리바바와 마술램프네요?"

"이런, 제목이 더 눈에 띈다? 그렇겠지, 내가 붙인 제목이거든. 아, 알겠다. 이 포스터 문제가 그거군. 눈썰미가 좋아, 바로 집어내네. 제목에 비해 배우들 이름하고, 특히 연출가 이름이 너무 작게 박혔어."

못내 아쉬운 표정으로 입맛을 다시던 김상현은 극장 안에서 배우들을 기다리자고 했다. 우리는 종이컵을 구겨 자판기 옆 신문지를 깐 종이박스에 던져넣고 소극장으로 들어갔다.

소극장이라지만 극장의 규모는 생각보다 컸고 보수한 지 얼마 안 되었는지 관객석이나 벽이나 모두 깨끗했다. 김상현은 호주머니에 손을 집어넣고 느린 걸음으로 내려가 무대에 걸터앉았다. 그는 쭈뼛쭈뼛 서 있는 나를 보고 손으로 무대 맨 앞 좌석을 가리켰다.

나는 좌석에 앉아 무대에 걸터앉은 김상현을 보았다. 그는 두 손을 허벅지에 올려둔 채 극장 전체를 한번 쓰윽 훑어보더니 입을 열었다.

"우리 극단이 첫 공연 때 무슨 다방 같은 데 빌려서 했다고. 그때는 시립극장 같은 게 파주에 없었거든. 그때에 비하면 지금은 많이 좋아진 거지."

무대에 앉아 있던 김상현은 그 말을 시작으로 극단 '고함'에 대해 줄줄이 늘어놓았다. 대부분 뷰티나 원장에게 들었던 이야기였다. 다만 원장은 자기가 고함의 여배우였다는 사실만 빼놓았다. 김상현의 말로는 둘이 연애를 시작하는 바람에 다른 남자배우와 포옹하는 장면을 두고 볼 수 없어 빼버렸다고 했다. 그러면서도 자기는 여주인공과 일부러 키스신을 넣었다고 킬킬거렸다. 같이 웃어주기를 바라는 눈치였지만 나는 별로 우습지가 않아서 고개만 살짝 까닥였다. 김상현은 원장과 헤어지게 된 이유는 말하지 않고 다시 연극 이야기로 넘어갔다. 그사이 가끔 고개를 돌려 극장에 있는 시계를 힐끔거렸다. 아무래도 배우들이 많이 늦는 눈치였다.

"아, 그래 무함마드에 대해서 이야기를 해줘야겠군."

"무함마드요?"

"아까 포스터에서 본 마법사. 그게 무함마드야. 내가 맡은 배역이
고."

김상현이 맡은 무함마드라는 배역은 악역의 전형이었다. 착하지만
가난한 청년 알리바바가 동굴에서 보물을 찾았을 때, 원래 그 보물의
주인이었던 마법사였다. 엉겁결에 보물을 차지한 알리바바가 공주와
결혼까지 성공하자 무함마드는 분을 참지 못한다. 그는 거대한 모래
폭풍을 일으켜 공주와 공주의 성까지 모두 납치한다. 알리바바는 공
주를 구출하려 홀로 모험을 떠난다. 사막을 헤매던 그는 우연히 마법
램프에 갇힌 거인을 구해주고 그 거인의 도움을 받아 공주를 구한다.
특별한 작품이 아니었다. 어렸을 적 읽었던 아라비안나이트의 유명한
이야기 두 개를 대충 버무려서 만든 시시한 아동극이었다.

"하지만 이 작품의 백미는 마지막 장면이라고."

작은 눈을 부릅뜬 김상현이 주먹을 불끈 쥔 채 낮은 목소리로 뇌까
렸다.

"아이들에게 인간의 도리를 알려주는 게 이 연극의 교훈이야. 어느
날, 왕이 된 알리바바는 홀로 사막으로 여행을 떠나. 그러다 모래폭풍
을 만나 거의 죽음 직전까지 가지. 그런데 눈앞에서 모래폭풍이 감쪽
같이 사라지는 거야. 마침, 그 사막을 지나던 마법사 무함마드가 위기
에 처한 원수를 살려준 거지."

"왜 살려줘요? 자기가 가진 걸 다 빼앗은 놈인데?"

"그건 말이야. 원래 무함마드가 멋진 놈이라 그런 거지."

두 다리를 쩍 벌리고서 김상현이 팔짱을 낀 채 웃었다. 그의 살찐 얼굴이 타이어처럼 더 커다랗고 동그래졌다.

"앞으로는 날 무함마드라고 부르라고. 원래 배우는 공연이 끝날 때까진 그 연극 속에서 살아야 하는 거야."

하지만 연극을 잘 모르는 내가 보기에도 무대에 걸터앉은 김상현이 배우 같진 않았다.

4

점심시간이 지난 후에야 배우들이 하나둘 나타났다. 나는 사람들이 북적대자 괜히 어색해져서 벽 쪽 관객석에서 고개만 푹 숙이고 있었다. 쉬는 시간에 키 작고 동그란 얼굴의 중년 여인이 캔 음료 두 개를 들고 내게 다가왔다.

"오렌지주스? 캔커피?"

라디오광고에서 들리는 성우처럼 맑고 또랑또랑한 목소리였다.

"아무거나 괜찮아요."

여자는 오렌지주스를 건네고 내 옆에 앉았다. 화장을 옅게 한 얼굴이었는데 주름은 없지만 광대뼈 주위에 기미가 꽤 짙었다. 그녀는 미진 엄마라고 자기소개를 하면서 방긋 웃었다.

"순자가 올 줄 알았는데, 젊은 총각이 왔네."

"원장님과 아는 사이신가봐요?"

"알지, 고함 창립멤버인데. 처음 공연이 셰익스피어 작품이었는데, 갠 여주인공이고 난 시녀. 그다음에도 늘 비슷한 식이었어. 순자가 꽤 예뻤거든. 저기 저 인간이 졸졸 쫓아다녔다, 상현 오빠 몰래."

그녀가 캔커피를 든 손으로 가리킨 사람은 젊은 여배우 한 명과 킬킬대며 농담을 하는 추리닝 차림의 대머리 남자였다. 그는 바짓주머니에 손을 넣고 괜히 건들거렸다.

"차라리 연극 속에서만 시녀면 낫지. 내 인생이 늘 시녀였어. 막걸리에 취해서 해롱대는 사내들 뒤치다꺼리하느라. 저 문어 같은 인간한테 엮여서 지금까지 평생."

미진 엄마는 대머리 남자와 결혼한 지 십오 년이 넘었고 문산에 있는 중학교 앞에서 작은 체육사를 한다고 했다. 무슨 악연인지 일 년이나 이 년에 한 번 김상현 때문에 또 생고생이라고 투덜댔다. 알고 보니 그녀는 김상현의 사촌여동생이었다. 국어책에 실린 시를 낭송하는 목소리를 우연히 들은 김상현의 꼬임에 넘어가 좋은 시절 다 흘러갔다고 깔깔거렸다.

그만 떠들고 연습 좀 하라고 무대 뒤 분장실에서 나온 김상현이 다그치는 바람에 우리의 대화는 거기서 끊겼다. 김상현은 내 앞에 커다란 플라스틱 바구니를 들고 왔다. 귀퉁이가 깨진 바구니 안에 몇 개 안 되는 분장도구들이 들어 있었다. 그는 잠시 후 실습을 해보자고 씽긋 웃어 보이고는 다시 배우들 쪽으로 갔다.

분장도구를 하나하나 들춰보던 나는 한숨이 나왔다. 전부 낡고 볼품없고 퀴퀴한 머릿내 같은 게 풍겼다. 차라리 내가 가지고 온 메이크업 제품으로 분장을 하는 게 나을 것 같았다.

극장 문이 슬머시 열리더니 야리야리한 체격의 여인이 조심스럽게 들어왔다.

"죄송해요. 오늘 작은애가 갑자기 열이 펄펄 끓어서."

"그래? 괜찮아. 아직 주인공도 안 왔어."

무덤덤한 대답이었다. 하지만 고함치듯 큰 소리로 말하던 목소리보다 더 불편하게 들렸다.

서울에 있는 극단에서 특별히 모셔왔다는 남자주인공은 한 시간이 더 지난 후에야 극장에 나타났다. 다음 공연을 위해 연출과 미팅이 있었는데 이야기가 좀 길어졌다며 짧게 사정을 말했다. 미안하다는 말은 없었다. 김상현은 입을 다물고 고개만 끄덕였다.

배우들이 모여서 대사를 맞춰보는 동안 김상현은 나에게 분장을 부탁했다. 분장실이 아니라 밝은 조명 밑에서 해야 분장이 쉽게 익숙해진다면서 창고에서 책상 하나와 의자 두 개를 가져왔다.

나는 무대와 관객석 사이의 공간에서 분장을 시작했다. 눈을 감고 있는 김상현의 얼굴을 바라보았다. 조명을 받은 그의 밋밋한 얼굴이 더 둥글넓적하게 보였다. 이목구비가 뚜렷하지 않고 얼굴에 각이 없는 편이라 어떻게 손을 봐야 할지 감이 오지 않았다.

"잠깐, 담배 한 대 피우자."

김상현이 실눈을 뜨고 호주머니에서 담뱃갑을 꺼냈다.

"연출자님, 극장 안에서 금연인 거 또 까먹었어요!"

늦게 와서 모기 소리로 말하던 여배우가 사뭇 신경질적으로 목소리를 높였다. 김상현은 담배를 다시 담뱃갑에 집어넣으며 작은 소리로 구시렁거렸다.

그는 다시 눈을 감았고 나는 아카데미에서 배운 대로 맨얼굴에 베이스를 바르고 하이라이트를 주고 눈가에 아이라인을 그렸다. 그사이

배우들은 다시 연습을 하는 게 아니라 잡담하기에 바빴다. 주인공 알리바바의 한마디 한마디에 다른 여배우들이 깔깔거렸다.

"잠깐, 거울 좀 보자."

김상현의 말에 나는 바구니에서 손때 묻은 손거울을 꺼내 건넸다. 그는 한참 자기 얼굴을 들여다보더니 이내 손거울을 바닥에 내동댕이쳤다. 동시에 의자에서 일어나 나에게 온갖 욕설이란 욕설은 다 퍼부었다. 배우들이 잡담을 멈추고 우리 쪽을 빤히 바라보았다.

"이게, 이게 무서운 마법사냐? 화냥년 얼굴이지. 이거, 어디서 이렇게 기본도 안 된 새끼를 보냈어!"

나는 놀라긴 했지만 겁을 먹은 건 아니었다. 배우들에게 큰소리칠 수 없어 대신 고작 초짜에게 화풀이를 하는 속내가 빤히 엿보였다.

"죄송해요. 분장은 처음이라 잘 몰라요."

"아니, 그럼 지금까지 배운 건 뭐야? 여태까지 뭘 연습한 거냐고!"

김상현의 목소리는 높았지만 나는 맞서 싸울 생각도 들지 않았다. 내가 코너에 몰릴 이유가 전혀 없었다. 내 뜻대로 시작한 일도 아니고 뷰티나와 고함의 두 중년들이 작당해서 벌인 일이니까.

"그렇게 불만이면 전문가 쓰세요. 전 안 해요."

자리에서 일어나 내 물건을 가방에 전부 쓸어담았다. 그리고 김상현이 화를 내거나 말거나 극장 문을 열고 바깥으로 나갔다.

5

"그거 병이야. 사람들한테 화부터 내고 보는 인간들. 머저리 병, 평생 못 고쳐. 환자들과 환자보호자 중에 그런 인간들 쌓이고쌓였어. 머저리들."

얼굴에 녹차팩을 하는 정미는 조심스럽게 입술을 오물거렸다. 피부에 뾰루지가 자주 생기는 정미는 신경써서 관리를 해주어야 얼굴이 상하지 않았다. 사실 진한 메이크업은 피하는 게 좋았지만 정미에게 화장은 예쁘게 보이는 것 그 이상이었다.

수능시험이 끝나자마자 친구의 소개로 만난 시립병원 간호사 정미, 그녀와 사귄 지 벌써 반년 가까이 되었다. 나보다 세 살 많은 정미는 어딘지 간호사라기보다 오랜 병을 앓고 있는 어린 환자 같았다. 파리한 혈색과 마른 체격, 좁은 어깨 때문에 더 그렇게 보였다. 거기에 얇은 갈색 머리카락은 힘이 없고 쌍꺼풀 없는 눈은 나른해 보였다. 한쪽 눈만 자주 비비는 버릇이 있어 왼쪽 눈은 종종 붉게 변했다.

그런 정미였지만 내가 메이크업을 배워보겠다고 했을 때 얼굴 가득 생기가 감돌았다. 정미는 원래 충청도의 작은 시골 출신이었는데, 파주 시립병원에 취직하면서부터 처음 금촌에서 자취를 시작했다. 그녀를 따라 자취집에 놀러갔을 때 놀란 것은 단출한 살림과 어울리지 않는 화장품들이었다. 처음 본 수많은 색조화장 제품들은 꼭 낯선 곤충 같았다. 내가 황당한 표정을 짓자 입을 가리고 킥킥 웃으면서 서랍 안에 수북한 땅콩매니큐어와 콤팩트를 보여주었다. 하지만 화장대 거울에는 먼지가 껴 있었고 갖고 있는 화장품 역시 한두 번만 쓴 것이 대부분이었다. 정미는 고등학교를 졸업하자마자 간호학원에 다녔고 또 곧바로 병원에 취직하는 바람에 화장을 제대로 배울 여유가 없었다. 게다가 오빠들과 남동생은 아직 대학생이어서 농사짓는 집안에 돈을 보낼 만한 사람은 정미밖에 없는 눈치였다. 일을 쉴 여유조차 없는 그녀에게 유일한 사치라면 바로 예쁜 화장품을 사 모으는 일이었다. 화장품 가게를 지나가다보면 참지 못해 사들인 물건이 그렇게 수북해졌다고 했다.

"나, 세수하고 올게. 오늘은 핑크공주."

잠시 후, 욕실에서 나온 정미의 맨얼굴은 포장을 막 뜯은 다이얼비누 같았다.

정미는 눈을 감고 내 앞에 앉았다. 창백한 얼굴 때문에 이마의 붉은 뾰루지가 더 도드라져 보였다. 나는 손가락으로 그녀의 이마를 톡톡 두드렸다. 정미가 살짝 눈썹을 찡그리고 한숨을 내쉬었다.

"이거, 안 없어지네."

"화장독 같은데?"

내 말에 정미는 고개를 저었다.

"아니야, 그냥 피곤해서 그런 거야. 너처럼 놀고먹는 애가 피곤이 뭔지 알겠니?"

정미는 장난스럽게 하품을 하고 내 품에 안겼다.

"자, 빨리 예쁜 얼굴로 만들어주세요."

내가 그녀의 얼굴에 화장을 하는 동안 그녀는 입을 꾹 다물었다. 내가 눈 밑에 아이라인을 그려줄 때에야 겨우 눈을 위로 치켜뜨고 입을 열었다.

"정말 학원 그만뒀어?"

"어, 시시해졌어."

손이 떨려 일을 망칠 것 같아 포기했다는 말은 하지 않았다. 형의 이야기를 털어놓으면 이곳에까지 먹구름이 낄 것 같았다. 형을 떠나보내고 싶지만 그럴 수 없다면 내 방 이층침대에만 가둬두고 싶었다.

화장을 거의 다 끝냈을 때 정미가 장난스러운 목소리로 물었다.

"현민아, 너 왜 이렇게 손을 벌벌 떨어? 벌써부터 알코올중독은 아닐 테고."

나는 장난스럽게 정미의 볼을 꼬집었다.

"그냥, 누나가 너무 예뻐 보여서."

"그만 좀 웃기세요, 병신 같은 동생."

정미는 손끝으로 가볍게 내 뺨을 때렸다.

정미는 내 가슴팍을 밀치고 일어나서 한참 동안 화장대 거울에 자신의 모습을 비추어보았다. 그리고 마지막으로 입술에 오렌지색 립스틱을 발랐다. 무슨 까닭인지 다른 건 전부 나에게 맡기면서도 립스틱과 매니큐어는 남이 발라주는 걸 싫어했다. 그녀는 서툰 솜씨로 정성 들여 매니큐어를 손톱에 발랐다. 나는 그녀의 뒤로 가서 가녀린 어깨를 감싸고 목덜미에 천천히 입을 맞추었다. 몸을 움츠리던 정미는 손을 뻗어 까슬까슬하게 자란 내 턱수염을 쓰다듬었다. 휘발성의 매니큐어 냄새가 코에 닿았다. 나는 정미의 티셔츠 속으로 손을 집어넣었다. 인조 속눈썹을 붙인 정미의 눈이 파르르 떨렸다.

"하루에 딱 삼십 분만 예쁘네."

그날 밤, 잠들기 전에 화장을 전부 지운 정미가 잠꼬대처럼 말했다.

“아니, 지금도 예뻐.”

“거짓말, 나도 내 맨얼굴이 안 예쁜데. 어떻게 네 눈엔 예뻐 보여?”

정미가 가슴팍으로 파고들면서 얼굴을 감추었다. 그녀가 잠들 때까지 긴 손가락으로 힘없는 머리카락을 어루만져주었다. 어느 결인가 나도 온몸이 나른해졌다. 밤마다 바스락대는 소리가 들리는 좁은 이층침대에서 자는 것보다 한결 마음이 편했다.

다음날 정미가 출근한 뒤에도 나는 더 늦게까지 이불 속에 누워 있었다. 잠이 깬 건 요란하게 울리는 휴대폰 벨소리 때문이었다. 번호를 보니 화가 잔뜩 난 마법사 무함마드에게 걸려온 전화였다. 통화버튼을 누르자마자 얼른 극장으로 나오라며 고함치는 목소리가 귀를 때렸다.

“싫은데요.”

“야야, 사내자식이 그런 걸로 꽁하냐? 그러면 나중에 아무것도 못 한다고.”

나는 목이 칼칼해서 목구멍으로 마른침을 삼키고 입을 열었다.

“오늘은 좀 쉴게요. 서점 같은 데 가서 어떻게 연극분장을 해야 하는지 좀 찾아보고요. 웬만하면 책 한 권 사려고요. 영수증 첨부할 테니 아르바이트 비용 계산할 때 추가해주세요.”

“참, 젊은 놈이 벌써부터 돈에 야박하게 굴긴. 알았어, 그럼 내일은 일찍 나오는 거다?”

휴대폰 너머로 모래가 탁탁 튀듯 새된 웃음소리가 들려왔다.

6

　내 첫 분장에 김상현이 화를 낼 만하기는 했다. 나는 극장 객석에 앉아서 연극분장 책을 넘길 때마다 혼자서 키득거렸다. 화장과 연극분장은 비슷한 재료를 쓸 뿐 그 표현방식이 전혀 달랐다. 빛의 혼합과 색의 혼합의 차이와 비슷했다. 화장은 최대한 피부를 투명하게 꾸미면서 아름다움을 돋보이게 해야 했다. 하지만 분장은 한 사람이 지닌 얼굴을 지워버리고 연극 속 인물을 덧씌우는 작업이었다. 분장사는 손놀림으로 눈에 보이지 않는 가면을 만들어내는 사람이었다.

　'알리바바와 마술램프'의 연습이 진행되는 동안 나는 혼자서 분장 테크닉의 감을 익혔다. 전혀 다른 개성을 지닌 배우들 여섯 명이 있어 연습은 물리도록 할 수 있었다. 처음에는 분장도구를 쓰는 방법이 손에 익었고 그다음에 배우들의 얼굴 골격이 머릿속에 그려졌다. 그 일이 끝나자 배우들이 원래 갖고 있는 얼굴 모양에 어떻게 변화를 주어야 배역에 맞춰지는지 감을 잡으려 또 머리를 써야 했다. 어느덧 '알리바바와 마술램프'의 공연날짜가 가까워 오자 나는 배우들이 연극 속 인물로 보였다. 김상현을 내 앞에 앉혀놓으면 어느 결엔가 무함마드가 나타났다.

　리허설을 일주일 앞둔 날이었다. 연습이 늦게까지 이어지면서 나는 마을버스를 타고 집에 가는 날이 거의 드물어졌다. 대부분 시립병원 근처에 있는 정미의 집에서 잠을 잤다. 어머니는 하루에 한 번 꼴로 내게 전화를 걸었다. 사흘째 내리 집에 들어가지 않은 날, 휴대폰 너머로 어머니의 갈라지는 목소리가 들려왔다.

"오늘은 꼭 들어와. 집이 텅 비니까 너무 무섭구나."

그날 나는 배우들을 남겨두고 일찌감치 극장을 빠져나왔다. 마을버스를 타고 집으로 돌아가면서 문득 분장사 일을 시작하고서 극장에서 손이 떨렸던 적이 없다는 걸 깨달았다. 나는 오른손을 왼손으로 감싸고서 차창 밖을 내다보았다. 스쳐가는 풍경은 늘 그대로였고 집에 가는 길 역시 익숙했다. 하지만 어딘지 낯선 곳으로 하염없이 흘러간다는 생각이 들었다.

저녁시간에 맞춰 집에 도착하니 아버지도 일찍 집에 돌아와 있었다. 어머니는 말없이 부엌에서 조기를 굽고 시금칫국을 끓였다. 나는 어두운 방에 가방을 던져놓고 손을 씻고 식탁에 앉았다. 곧 저녁상이 차려졌다. 오랜만에 가족이 함께하는 식사였지만 식탁에서 말은 별로 오가지 않았다. 그저 뜨거운 국을 후후 불거나 후루룩거리는 소리만 들렸다.

"산이 헐린다는군."

침묵이 어색했던지 아버지가 입을 열었다.

"무슨 산이요?"

어머니의 질문에 아버지는 마른침을 한 번 삼켰다.

"몇 년 전부터 부동산업자들이 많이 들어왔어. 남북관계도 점점 좋아진다니 북쪽에 가까운 여기도 대대적으로 개발을 시작하겠지.."

나는 묻고 싶은 말이 있었지만 내뱉지 못했다. 어머니 역시 실은 마찬가지일지 몰랐다. 형이 사라진 후로 우리 가족은 서로에게 조심스러워졌다. 아주 사사로운 것들이 끔찍한 기억을 불러일으킬까봐 내뱉지 않은 많은 말들을 목구멍으로 되삼켰다. 하지만 나는 아버지가 미처 하지 못한 말을 읽었다. 내가 불발탄을 주웠던 그 야산이 영영 사라진다는 이야기였다. 스무 해 동안 살아왔던 금촌이라는 도시에서. 나는 곁눈질로 어머니를 바라보았다. 어머니는 시금칫국을 차분하게 숟가락으로 떠먹을 때만 겨우 입을 벌렸다.

식사를 끝내고 방으로 들어가 불을 켰다. 어둠 속에 감춰 있던 이층 침대가 드러났다. 나는 짧게 신음소리를 내뱉었다. 손을 뻗어 침대 위 칸을 쓰다듬어보니 역시나 빳빳한 새 침대보였다.

'태연하게 죽은 아들의 침대보를 갈아줄 거면서 왜 무섭다는 말은 했을까?'

아마 어머니가 형에게 가진 감정은 나와 전혀 다를 것이었다. 침대에 앉아 찌푸린 얼굴로 나는 어머니의 입장을 이해해보려 노력했다.

한 여자가 결혼을 해서 평범한 가정을 꾸리고 두 아들을 낳았다. 그녀의 삶에 아무런 위기는 없었다. 한 아들이 실수로 나머지 아들을 죽음으로 몰아넣기 전까지. 나는 많은 시간이 흘렀지만 형이 사고로 죽은 현장에서 나를 노려보던 그 얼굴을 잊지 못했다. 그건 새끼를 잃은 어미의 분노에 찬 얼굴이었지 내 어머니의 얼굴은 아니었다. 그후, 한 번도 어머니는 그때의 표정으로 아들을 바라보진 않았다. 자녀를 가진 학부모로서의 역할에 소홀한 적 역시 없었다. 다만 어머니는 늘 그 늘진 표정 안쪽 깊숙한 곳에 어미의 분노를 숨겼다. 사춘기에 접어들면서부터 나는 그걸 읽었다. 어머니가 도시락을 준비하거나, 졸업식에서 꽃다발을 들고 내 옆에서 사진을 찍거나, 짧게 이야기를 나누다 갑자기 고개를 돌려 어딘가를 바라볼 때마다. 나는 그늘 속에서 숨겨진 분노가 운 좋게 살아남은 아들을 향한 것이 아니길 빌었다. 비겁하

지만 그저 한순간 삶의 견고한 부분이 허물어져버린 여자가 신에게
품고 있는 원망이길 바랐다.

　똑똑, 노크 소리가 들리고 곧 문이 열렸다. 아버지였다. 이층침대
아래칸에 드러누워 있던 나는 재빨리 몸을 일으켰다. 아버지는 손으
로 그냥 앉아 있으라고 말했다. 아버지는 내게 해줄 말이 있다며 옆에
앉았다. 이층침대를 산 뒤로 아버지가 나와 형의 침대에 걸터앉기는
처음인 것 같았다.

　할 말이 있다던 아버지는 그저 침대보를 쓰다듬기만 했다.

　"이 침대 말이야, 너무 작구나."

　나는 고개를 끄덕였다.

　"이사할 때 이 침대는 버리고 가야할 것 같다."

　"우리 이사가요?"

　내 말에 아버지는 고개를 끄덕였다.

　"지금 당장은 아니고 새 아파트 중 하나 골라서 갈까 생각중이다.
이 동네하고 좀 멀리 떨어진 곳으로. 이 집은 낡아서 외풍이 너무 심
해. 이젠 우리도 좀 편하게 살아야지. 네 엄마한테는 아직 말 안 했
다."

　아버지는 잠시 말을 끊었다가 호주머니에서 지갑을 꺼냈다. 빳빳하
고 구김이 없는 걸로 보아 새로 산 지 얼마 되지 않은 물건으로 보였
다. 아버지는 내게 지갑을 건네주었다.

　"동사무소에 잡상인이 왔더라고. 지갑공장이 망해서 새 지갑을 싸
게 처분한다더구나. 만져보니 비닐은 아니고 진짜 소가죽이야. 그래
서 하나 샀다."

나는 손에 들어온 작은 갈색 지갑을 만지작거렸다.

"내년엔 네가 꼭 대학에 갔으면 좋겠구나."

"저도 그랬으면 좋겠어요."

괜히 마음이 편해져서 나는 장난스럽게 대답했다.

"그리고 대학에 입학하면…… 너도 식구들과 떨어져서 학교 근처에서 살아보는 게 좋겠지. 파주에서 대학까지 통학하긴 너무 멀 테니까."

잠시 우리 둘 사이에 짧은 침묵의 시간이 흘렀다. 말이 없는 아버지의 마른침 삼키는 소리를 나는 들었다.

"알았어요, 지금 아르바이트만 끝나면 진짜 열심히 공부할게요."

제법 씩씩한 목소리로 말했지만 그건 연극분장을 하면서 배우들에게 배운 일종의 연기였다.

침대에서 일어난 아버지가 방문을 열다 멈칫했다. 그는 나를 보는 대신 이층침대를 물끄러미 바라보았다.

"네가 있어줘서 고맙다. 그건 진심이야. 나나 네 엄마나……"

나는 무슨 말이든 하고 싶었지만 아무 말도 떠오르지 않았다.

그날 밤 쉽게 잠을 이루지 못했다. 정미에게 전화를 걸었지만 피곤하다면서 일찍 전화를 끊었다. 혼자 있는 날에도 밤에 화장을 하느냐고 묻자 기운 없이 웃었다. 그 소리는 너무 멀리에서 들리는 것 같았다.

나는 라디오 심야방송을 듣다가 그마저 꺼버렸다. 방 안에 정적이 흐르고 몸을 뒤척일 때마다 새 침대보가 서걱거리는 소리가 유난히 컸다. 손으로 똑똑 이층침대 위칸 바닥을 노크했다.

"형, 이제 여기 있어봤자 못 놀아줘. 그러니까 이젠 서로 헤어져야 할 때야."

어둠 속에서 골목대장은 살아남은 그림자 동생처럼 아무 말이 없었다.

7

다음날 저녁 나는 연습을 끝내고 정미 집으로 갔다. 그녀는 화장한 얼굴로 문을 열어주었다. 하지만 평소에 좋아하던 화장법이 아니었다. 정미는 내가 얼굴을 꾸며줄 때마다 무조건 예쁘게 사랑스럽게를 주문했다. 하지만 그녀가 직접 꾸민 얼굴은 아름답거나 귀엽지 않았다.

"얼굴에 무슨 짓을 한 거야?"

내 말을 듣고 정미는 나른하게 웃었다. 작은 입술에 칠한 검붉은 빛깔이 그대로 바닥으로 뚝뚝 떨어질 것 같았다. 너무 어두워서 병약하다 못해 숨이 멎을 것만 같은 눈으로 정미는 나를 빤히 쳐다보았다.

"그냥, 이 애들을 흉내내봤어."

정미는 화장대에 올려두었던 얇은 종이를 내게 건넸다. 신문에서 찢어낸 사진이었다. 거리를 배회하는 일본 십대 소녀들의 사진이었다. 입술과 코에 요란하게 피어싱을 한 소녀 둘이서 보도블록에 앉아 카메라 너머를 빤히 쳐다보았다. 눈꺼풀과 눈두덩은 모두 진하고 어두운 빛깔이었다. 입술 역시 마찬가지였다. 너무 심하게 탈색한 머리카락은 손으로 힘껏 움켜잡으면 그대로 바스락 부서질 것 같았다.

"네 취향 아니잖아."

"그냥 오늘은 이렇게 해보고 싶었어."

정미가 내 옆에 가까이 오자 옅게 술냄새가 풍겼다.

"눈이 너무 어두운데. 조금만 밝게 해줄까?"

나는 정미의 얼굴을 밝게 바꿔주고 싶었다. 그녀의 얼굴이 어두워 보이는 것이 어쩐지 마음에 들지 않았다. 나는 어두운 얼굴이 싫었다. 하지만 정미는 아무 말 없이 옷걸이에서 무언가를 꺼내 나에게 던졌다. 하얀 의사가운이었다. 그리고 남색 넥타이를 찾아 손에 감았다.

"이게 뭐야?"

"입어봐."

나는 헛웃음을 지었다. 하지만 정미는 웃지 않았다.

"그냥, 부탁이니까. 내 말대로 해줘."

그녀의 말대로 나는 의사가운을 걸쳤다.

"진짜, 바보 같다. 의사놀이는."

나는 투덜거리며 서둘러 가운을 벗으려 했지만 정미는 무릎을 꿇고 앉아서 목에 넥타이를 매주었다. 허름한 티셔츠와 넥타이는 어울리지 않았다. 하지만 정미는 넥타이를 금방 매지 않고 다시 풀었다 묶었다 하며 길이를 조절했다.

"공연이 언제라고 했지?"

"이제 금방. 다음주 초부터."

"얼굴에 분장하고 무대에 오르면 어떤 기분일까? 다른 사람 인생을 주사 맞는 기분일까?"

"옆에서 보니 남의 인생에 빠지는 것 같긴 해. 그렇게 보일 때가 있어."

넥타이를 다 매주고 정미가 뭉개진 눈으로 나를 쳐다보았다.

“머저리들.”

“뭐가?”

“자기 인생도 제대로 못 사는 사람들이 왜 다른 사람의 삶까지 살려고 하지. 피곤하게.”

“넌 만사가 다 피곤하지?”

정미는 고개를 끄덕였다. 겨우 화장법만 바꾸었을 뿐인데 정미는 편안하게 내 품에 안겨 있던 그 사람이 아닌 것 같았다.

“병원 원장이 나보고 예뻐졌대.”

“무슨 말이야?”

“그래서 훔쳐왔어. 몰래. 의사가운.”

“그게 무슨 뜻이냐고. 자세히 좀 말해봐.”

정미는 몇 번 병원 원장에 대해 말한 적이 있었다. 육십이 훌쩍 넘은 나이인데도 인자하게 웃는 얼굴이 아니라 징그럽게 웃는 얼굴이라고.

“그게 전부야. 예뻐졌대. 네 덕인가봐. 밤에 하는 화장을 지워도 예쁜 얼굴이 남아 있었나봐.”

정미는 천천히 바닥에 드러누웠다. 무슨 말을 하는지 확실하게 알 수 없지만 무언가 불쾌한 기분이 들었다.

나는 화가 나서 의사가운을 집어던졌다. 넥타이를 풀어헤치고 정미를 붙잡아 일으켰다. 좁은 어깨를 흔들어대자 갈색머리가 앞쪽으로 흘러내려 그녀의 얼굴을 가렸다. 배시시 웃는 그녀의 검붉은 입술만 그대로 드러났다.

8

리허설까지 남은 날짜는 사흘이었다. 객석에 앉아 배우들의 연습을 보고 있는데 김상현이 철제책상을 낑낑대며 들고 와 내 앞에 내려놓았다. 책상에 낡고 두꺼운 수첩과 봉투에 든 초대장 뭉치가 수북했다.

"지금 별로 할 거 없지? 봉투작업 좀 해라. 이 수첩에 적힌 명단 보고 봉투에 주소만 쓰고 초대장만 집어넣으면 돼. 그때 메모하는 거 보니 글씨 잘 쓰더만."

새끼손가락으로 귀지를 파며 김상현이 무덤덤하게 말했다.

"제가 이런 것까지 해야 해요?"

나도 모르게 목소리에 날이 서 있었다.

"넌 말이야, 단순한 분장사가 아니라고. 거의 조연출이라니까. 혹시 우리 극단에 들어올 생각 없냐?"

내가 무어라 말대답을 하기 전에 김상현은 재빨리 자리를 피해 무대로 올라갔다. 그는 막 공주를 납치해서 야비하게 웃음짓는 장면을 연기했다. 하지만 그저 철없는 남자의 호탕한 웃음으로 보였다.

나는 왼손으로 턱을 괸 채 오른손으로 수첩을 넘겼다. 만년필로 꾹꾹 눌러쓴 사람들의 이름이 적혀 있었다. 대부분 한자였고 그 위에 누군가 자그마하게 연필로 한글 음을 적어놓았다. 이름 뒤에 쓰인 주소 위쪽에는 직함을 기록해놓았다. 시시한 직업이 아니라 다들 한자리를 차지한 사람들이었다. 기업 대표이사에서부터 대학교수 그리고 전 경기도 도지사를 비롯한 고위공무원 출신들도 많았다.

'이 사람들 제대로 알긴 아는 건가. 그냥 막무가내로 보내는 거 아

니야?'

무대에서 대사 없이 서 있던 미진 엄마가 어느 결엔가 내 옆으로 다가와 앉았다. 그녀는 꽉 움켜쥔 작은 주먹으로 무릎을 두들겼다. 잇새로 짧게 앓는 소리가 흘러나왔다. 관절염이 심해지면서 미진 엄마는 오래 서 있는 걸 힘들어했다. 대사 없이 서 있는 시간이 길어지면 조용히 무대 아래로 내려와 관객석에서 쉬는 시간을 가졌다.

"아직도 그래요?"

"아니, 대사 칠 땐 괜찮은데 말없이 서 있으면 자꾸 쑤시네."

"차라리 며칠 쉬시지 그래요. 공연할 때 괴로우면 어쩌려고요."

"괜찮아, 재작년엔 더 심해서 거의 서 있을 수가 없었어. 그래도 무사히 끝냈잖아. 막상 공연 들어가면 마약 맞은 것처럼 아무렇지가 않아요."

미진 엄마는 곁눈질로 내가 손에 쥐고 있는 수첩을 훔쳐보았다.

"여기 이 사람들 다 알기는 아는 걸까요?"

"글쎄, 오빠는 잘 몰라도 큰아버지와 안면이 있는 분들일 거야. 그거 큰아버지 수첩이거든."

미진 엄마 말에 따르면 김상현의 집안은 파주에서 알아주는 부농이었다고 했다. 교하 쪽 넓디넓은 농지가 다 김씨 집안 소유라는 소문이 있을 정도였다. 하지만 아무리 대대로 내려오는 부농일지언정 아들 셋 중 둘이 다 개차반이라서 가산은 점점 너덜너덜해졌다. 김상현은 둘째 형과 나이 터울이 좀 있는 늦둥이 막내아들이었다. 어렸을 적엔 공부를 또 곧잘 해서 김씨는 막내에 대한 기대가 컸다고 했다.

"아, 오빠가 파주 출신 유지들과 안면이 있을 수 있겠네. 큰아버지가 어렸을 적부터 어디 높은 사람 만날 때면 늘 데리고 다녔대. 점점 허물어져가는 집안에 간판 하나 내세우고 싶은 마음이었겠지. 물론 뜻대로 되진 않았어. 돌아가실 땐 상현오빠 얼굴도 안 보겠다고 했다니까."

"시녀, 그만 놀고 빨리 올라와!"

무대에서 김상현이 소리치는 바람에 미진 엄마가 입술을 삐쭉대며 일어섰다.

"부모 속 썩이고 잘된 놈, 내가 보지를 못했다."

내 귀에 작은 목소리로 속삭이고 미진 엄마는 다시 무대로 올라갔다.

나는 수첩을 살짝 구겨서 페이지를 차르르 넘겼다. 몇 장의 빈 페이지가 지나가고 아버지가 아닌 김상현이 직접 구축한 인맥들이 나타났다. 연극 쪽 일을 하는 사람들 이름이 서너 페이지를 차지하고 이어서 파주 시내 당구장이나 호프집, 치킨집 사장 들의 이름과 주소가 줄줄이 이어졌다. 그리고 맨 마지막에 뷰티나의 주소와 전화번호 위쪽에 김순자란 이름이 적혀 있었다.

수첩을 잠시 책상에 올려놓고 나는 잠시 극장 밖으로 나왔다. 문득 원장이 어떻게 지내는지 궁금했다.

뷰티나 아카데미로 전화를 걸었으나 신호만 갈 뿐 아무도 받지 않았다. 이번에는 원장의 휴대폰으로 직접 전화를 넣었다. 한두 번 신호가 가자마자 귀에 익숙한 원장의 허스키한 목소리가 들려왔다.

"정현민, 네가 전화를 다 하고 웬일이니? 입 싹 씻고 사라지더니."

"여기 일 하느라 바빴어요."

"그러지 않아도 조만간 전화 한번 넣으려고 했어."

"뷰티나는 어떻게 돌아가요?"

"정리중이야. 촌스러운 사람들 데리고 내가 뭘 하겠니. 사실 나 이 번 주말에 결혼해. 초혼이지만 다 늙어서 청첩장 보내는 것도 낯간지 럽고 그냥 아는 사람에게만 연락하려고. 금촌성당에서 조촐하게 할 거야."

원장은 뷰티나 아카데미와 같은 건물에 있던 양복점 사장과 결혼식 을 올린다고 했다. 미용실 근처에서 콧바람 소리를 내며 돌아다니던 키 작은 남자를 아느냐고 그녀가 물었다. 나는 전혀 기억이 나지 않았다.

"어쨌든 이심전심인지 네가 먼저 연락을 했네. 이번 주말에 꼭 와 라. 넌 내가 인정한 수석 제자잖니."

"혼자 가요?"

내 말에 원장은 잠시 아무 말 하지 않다가 꾸민 듯한 차분한 목소리 로 말했다.

"뭐, 물어는 봐봐. 생각 있으면 와서 국수 한 그릇 먹고 가라고 하 든가."

원장과 통화를 끝내고서 나는 극장으로 들어가려다 정미에게 전화 를 걸었다. 받지 않았다. 다시 한번 걸자 정미가 전화를 받았고 목소 리가 무척 잠겨 있었다. 정미는 피곤하다고 했다. 나는 정미가 밤마다 꾸는 악몽이 얼마나 지긋지긋할지 이제는 알 것 같았다. 하지만 그 말 을 하는 대신 '알았다'고만 간단히 말하고 전화를 끊었다. 휴대폰을 호주머니에 넣다가 구겨진 담뱃갑이 손가락 끝에 닿았다.

9

비는 오지 않았다. 원장의 결혼식 날은 하늘이 내내 찌푸려 침침했다. 김상현은 그날 저녁 공연이 있었지만 결혼식에 가겠다고 했다. 어차피 극단 고함의 백번째 정기공연은 첫날만 좀 관객이 들었을 뿐 이튿날부터는 객석이 반도 차지 않았다. 하지만 초등학교 아이들이 어찌나 재잘대는지 극장 안은 정신이 하나도 없었다. 아이들의 반응은 꽤 솔직해서 박수를 치다 재미없다고 시시하다고 소리를 질렀다. 옆에서 부모가 말려봤자 소용없었다. 안타까운 일이지만 김상현이 힘을 쏟은 장면에서 박수를 치는 꼬마는 없었다. 내 생각엔 무함마드와 알리바바가 마지막에 결투를 벌이고 둘 중 하나가 죽어야지 꼬마들은 더 좋아할 것 같았다.

'고함'의 정기공연과 마찬가지로 원장의 결혼식 역시 하객이 거의 없었다. 그녀는 신부였지만 성당 마당에까지 나와 얼마 안 되는 하객들과 이야기를 나누었다. 옷차림 역시 드레스가 아니라 그냥 깔끔한 진주색 투피스였다. 원장은 나를 발견하자마자 싱긋 미소를 지었지만 김상현을 보자 얼굴이 굳었다. 하지만 어느새 입가에 미소를 짓고는 가까이 다가와 하얀 레이스 장갑을 낀 손으로 김상현의 넓은 어깻죽지를 내리쳤다.

"뭐야, 왜 이렇게 살쪘어. 완전 아저씨네."

"공연 도와줘서 고맙다. 그때 내가 직접 찾아가서 부탁해야 했는데 전화만 하고……"

"아니야, 나도 정신없었어. 그나저나 나 형편없어졌지?"

원장은 장난스러운 얼굴로 나지막하게 물었다. 나를 보는 것도 김상현을 보는 것도 아닌 시선이었다.

"인마, 원래 신부는 다 예쁜 거라더라."

"지금은 화장해서 그렇지. 지우면 주름이 장난 아니야."

김상현은 무언가 칭찬의 말을 해주고 싶은 눈치였지만 입을 열어 무슨 말을 더 하지는 못했다. 세 사람 사이에 침묵이 감돌았다. 원장이 내 어깨에 손을 올렸다.

"성당 뒤쪽 별관이 피로연장이야. 차린 건 없지만 국수 먹고 가. 나는 이제 들어가봐야겠다. 아무리 드레스도 없고 하객도 없는 결혼식이지만 신부가 옛 남자들과 밖에서 시시덕거리면 사람들이 뭐라 그러겠어."

원장은 서둘러 계단을 올라갔다. 성당 안으로 들어가려던 그녀는 약간은 부자연스럽게 허리를 틀어 우리를 바라보았다. 나는 원장이 아름다워 보이기를 바랐다. 하지만 흐린 하늘 아래 드러난 그녀의 얼굴은 우리를 슬프게 했다. 원장이 사라지고 잠시 후 성당에서 턱시도를 입고 호주머니에 꽃을 꽂은 키 작은 남자가 나타났다. 원장이 말한 양복점이 틀림없겠지만 뷰티나를 들락거릴 때에 본 기억이 전혀 없는 남자였다. 다만 내가 상상했던 원장의 남편보다 훨씬 볼품없는 얼굴이었다.

"나 같으면 지는 꾀죄죄하게 입을지언정 와이프는 면사포 씌워준다."

김상현이 호주머니에서 담배를 꺼내 라이터로 불을 붙였다.

"원장님이 입기 싫다고 했나보죠."

"그래도 입혀줄 건 다 입혀줘야 한다고."

나란히 서서 담배 한 대를 다 피울 동안 우리는 말이 없었다.

"결혼식 보고 갈 거예요?"

내 말에 김상현은 대답이 없었다.

"그냥, 가요. 수녀님이 국수 말아봤자 얼마나 맛있게 말겠어요. 그냥 가자고요."

김상현은 성당 마당에 놓인 댓돌에 담배꽁초를 문질러 끄고 서둘러 앞서 걸었다.

우리가 성당을 나설 무렵 성가대의 찬송가가 나지막하게 바깥으로 퍼져나왔다. 결혼식이 시작한 건 아니었고 미리 한번 맞춰보는 연습 같았다.

"무함마드는 왜 알리바바를 구해줬어요, 사막에서?"

"원래 멋진 놈이라니까."

"그건 그렇고, 연극은 왜 해요?"

여자한테 웨딩드레스 입혀줄 돈도 못 벌면서, 라는 말이 목구멍까지 차올랐지만 그만두었다. 배우들이 수군대는 말로는 이번 공연으로 '고함'은 끝이라고 했다. 김상현 역시 말은 안 했지만 그 사실을 알고 마지막 잔치에 관객들을 좀더 모으려고 아동극을 했다는 이야기였다. 지난 십여 년간 '고함'의 공연을 보러 온 사람은 배우나 연출자의 지인 말고는 거의 없었기에 말이다. 김상현은 내 말을 못 들은 척 먼저 앞서 걸어갔다. 나는 호주머니에 손을 넣은 채 성당 건물을 바라보았다.

원장의 결혼식 전날 정미는 나와 헤어지자고 했다. 며칠 전부터 다시 악몽이 찾아왔고 이제는 한밤중의 예쁜 여자놀이도 지겨워졌다는 이야기였다. 삼십 분 동안만 예뻐지는 건 가짜라고 그녀가 말했다. 정미는 일상에서 탈출하는 다른 방법을 찾았다고 털어놓았다. 병원 수간호사에게 팔뚝을 내어주고 수면마취제를 맞으면 찰나지만 일상이 뚝 끊어진다고 했다. 그녀의 고단한 인생에 잠시 퓨즈가 나간 것처럼. 그 말을 하는 내내 정미는 행복한 미소를 지었다. 하지만 왜 나와 헤어지자고 하는지 이해할 수 없었다. 정미는 내 뺨을 부드럽게 쓰다듬으며 속삭였다. 넌 네 얼굴이 얼마나 침울해 보이는지 모르지. 그게 나와 닮아서 안쓰러웠지만 이젠 아니야. 농담처럼 밝은 목소리였지만 정미의 얼굴은 웃고 있지 않았다.

"인마, 너 빨리 안 오고 뭐해?"

김상현이 몇 걸음 떨어진 곳에서 나를 불렀다.

"그냥, 성당에 오랜만에 오니까 양심에 거리끼는 일이 너무 많아요!"

나는 일부러 쾌활한 목소리로 말했다.

"그러냐? 나는 십자가 앞에서 벼락맞아 뒈질 놈이야."

성당에서와 달리 김상현의 목소리는 우렁찼다. 하지만 나는 그게 목소리로 꾸민 김상현의 분장이라는 걸 그때 알았다. 터지지 않은 불발탄을 심장에 꽂아놓은 채, 두껍게 최대한 두껍게, 모든 얼룩을 가리려는.

"먼저 갈게요. 극장에 가기 전에 잠깐 들를 데가 있어서요."

나는 멀뚱히 서 있는 김상현을 제치고서 골목을 내달렸다. 누군가 다가와 내 옷자락을 붙잡고 그 자리에 멈추라고 말하기 전 서둘러서.

찬장

장마가 지났지만 아직 습한 기운이 남아 있던 눅눅한 여름날 오후였다. 나는 고향집 마루에 앉아 삶은 옥수수를 먹으면서 늘어지게 하품을 했다. 흘러가는 구름을 바라보며 어느새 눈에 고인 눈물을 슬며시 엄지로 닦아냈다. 나에게 고향은 나른함과 지긋지긋함 사이에 머무는 공간이었다. 편안한 마음에 낮잠을 자다 지루해지면 그 지루함이 몸에 붙기 전에 얼른 짐을 챙겨 서울로 올라가곤 했다. 나는 마룻바닥에 배를 대고 누워 삶은 옥수수를 쥐새끼처럼 야금야금 갉아 먹었다. 처음에 먹을 때는 그리 맛있었건만 배가 부르자 금방 물려서 나는 옥수수 알갱이를 엄지와 검지로 뭉개며 장난이나 쳤다. 그때였다. 부엌에서 어머니의 목소리가 들려왔다. 장남인 내 이름을 여러 차례 불렀다. 팔을 쭉 뻗어 기지개를 힘껏 켜고서 나는 운동화를 구겨신고 마당으로 내려갔다.

어머니가 부엌에서 나를 부르는 일은 흔치 않았다. 큰 솥이나 쌀가 마니처럼 무거운 물건을 옮길 때가 아니면 나를 찾지 않았다. 나 역시 고향에 내려오면 이상하게 부엌에 얼굴을 내밀지 않는 편이었다. 할머니가 옛날 분이라 어린 시절에 부엌에 들어가면 호되게 호통을 쳤던 기억에 인이 박여서인지 몰랐다. 사내 운운 고추 운운 어쩌고 하면서. 실은 꾀죄죄한 부엌이 별로라서 그랬는지 모른다. 그렇다고 부엌과 거리가 먼 사람은 또 아니다. 서울에서 자취생활만 근 십 년째였다. 얼큰하게 때론 시원하고 담백하게 해장국 서넛 종류는 손수 끓일 정도로 웬만큼 국물을 다룰 줄 알았다.

"뭔 일 있어요?"

추리닝 바지 호주머니에 손을 넣고 높은 문지방을 훌쩍 넘어 부엌으로 들어갔다. 구식 부엌의 움푹 패어 있는 흙바닥은 사시사철 눅눅했다. 시골 노파의 빨지 않은 고쟁이 같았다. 시골집의 부엌은 어머니가 시집온 이후로 손을 본 적이 없었다. 물론 가스레인지와 전자레인지를 들여다놓기는 했지만 불편한 구조가 근본적으로 달라진 건 아니었다. 애당초 수도관마저 없는 부엌이니 말은 다 한 셈이었다. 늘 수돗물을 받아서 썼고 설거지를 하려면 커다란 고무대야에 그릇들을 가득 담아 수돗가로 옮기기에 바빴다. 이 괴상한 부엌에서 우리 집안의 여인들이 수십 년 동안 신발을 신었다 벗었다 바쁘게 뛰어다니며 하루 세 끼에 술상까지 준비했다. 당사자들에게 좀 미안한 이야기겠지만 슬프고도 우스꽝스러운 광경이었다. 그래서인지 어쩌다가 부엌 바닥을 밟을 때면 눈물 젖은 음기로 얼룩진 땅이 있다면 혹 이렇지 않을까란 생각이 들었다. 실은 고등학교를 다닐 때까지 계절이 바뀔 무렵이면 종종 부엌에서 들려오는 어머니의 작은 울음소리를 들었다. 하지만 들어가서 어머니를 다독거리며 위로하진 못했다. 아들이란 그런 것이었다. 우리 집은 아들만 셋이었다.

어머니는 나를 불러놓고 정작 아무런 말없이 쌀만 씻었다. 손을 움직일 때마다 쌀뜨물이 바가지에 부딪치는 소리가 제법 고즈넉하게 들려왔다.

"이렇게 침침한 데서 어떻게 밥을 하신다고……"

"그래도 뵐 건 다 뵌다. 아까 점심 차릴 때 된장 속 구더기까지 한눈에 집어냈느니라."

나는 부엌 천장에 매달린 삼십 촉 전구를 바라보았다. 꿉꿉한 먼지와 죽은 하루살이떼가 시커멓게 들러붙어 있어 가뜩이나 침침한 부엌이 더 어두웠다.

"에이, 부엌 좀 고치라니까 말 참 안 듣네. 그거 얼마 든다고 그래요. 옆집 뒷집 다 신식으로 고친 지가 벌써 이십 년은 넘었겠네."

어머니는 쌀바가지를 그대로 내버려두고 젖은 손을 고무줄바지에 문질러 닦았다.

"넌 올해 장가 안 가냐?"

이번에는 왜 그 소리가 안 나오나 했다. 삼 년 고생 끝에 사법고시에 최종합격하고 사법연수원에 들어가 있는 막내 덕에 기분이 좋으셔서 내 걱정은 까맣게 잊으셨나 했더니만.

어머니와 나의 소소한 다툼은 시골집에 내려올 때마다 대략 비슷했다. 저쪽이 결혼 문제를 건드리면, 이쪽은 집수리 문제를 들이대는 식이었다. 여기까지는 사실 노총각 아들을 둔 집이라면 어디나 다 비슷할 터였다. 굳이 유별난 점을 꼽자면 양쪽 모두 실제 사정이 곤궁하지 않다는 점이었다.

내가 난희와 사귄 지 올여름이 지나면 얼추 이 년이 넘었다. 지금 상황으로 볼 때 우리 두 사람이 결혼까지 가는 데에는 별 무리가 없을 것 같았다. 시간이 흐를수록 서로가 서로에게 딱 맞는 퍼즐 조각이란 생각이 들었다. 다만 둘 다 허니문으로 돌진할 만한 계기를 찾지 못했을 뿐이었다. 어머니 역시 돈에 허덕여서 집수리를 못 하는 게 아니었다. 어머니는 시골집 주변의 그 넓은 논밭을 여자 홀몸으로 일꾼 부려가며 농사를 지어왔다. 부엌 찬장 깊숙한 곳에 적금통장 여러 개를 숨겨두었다는 사실도 알 만한 사람은 다 알았다. 아버지와 사별한 지 십 년이 훌쩍 넘었지만 아들 셋을 뒷바라지하며 이 시골집에서 터줏대감처럼 그렇게 꼿꼿하게 살아온 분이 어머니였다.

"요즘은 다 천천히 가요. 오 분 먼저 결혼하려다가 오 년 안 돼 이혼한다잖아요."

"네가 장남인 건 알지, 나도 머리가 영 어질어질하고 가심이 턱턱 막히는 것이 이제 힘들다."

나는 대답 대신 대접 안의 마른 누룽지를 집어들고 오도독 소리가 나도록 씹었다.

"설탕이나 좀 줘요. 뿌려 먹게."

어머니는 혀를 끌끌 차다 찬장 문에 손을 대었다. 미닫이문은 쉽게 열리지 않고 여러 번 덜컥거렸다. 한눈에 보아도 오래 묵은 티가 나는 이 물건은 어머니가 시집오기 전부터 부엌에 놓여 있었다고 했다. 가마솥 뒤에 있는 돌아가신 할머니가 쪼그리고 앉아 있으면 딱 그 정도 크기인 나무 찬장이었다. 오랜 세월 아궁이 연기에 그을렸는지 아니

면 원래부터가 그랬는지 거무튀튀하고 흉물스러웠다. 그래도 장식이
랍시고 찬장 문짝 양편에는 이름을 짐작하기 어려운 연분홍 꽃이 커
다랗게 그려져 있었다. 어머니가 시집올 때만 해도 아직 화사했을 그
연분홍 꽃은 이제 칙칙한 얼룩에 더 가까웠다. 솔직히 꽃이란 사실을
모르는 사람에게 바퀴벌레를 커다랗게 그린 그림이라고 속여도 될 성
싶을 정도였다. 길게 뻗은 수술이나 바퀴벌레 더듬이나 그 꼴이 엇비
슷했다. 몇 번 힘을 주자 그제야 찬장 문은 반쯤 열렸다. 어머니는 그
안으로 손을 쑥 집어넣어 무언가를 더듬더듬 찾았다.

처음에 나는 어머니가 설탕 그릇을 꺼내려는 줄 알았다. 그런데 그
게 아니었다.

"이리 온, 어여 온, 어디 숨었느냐?"

삼층짜리 찬장을 연신 여닫으며 어머니는 어르는 소리를 냈다. 어
머니의 하는 행동이 어수선하고 수상쩍었다. 어린 시절 장터에서 보
았던 정신 나간 여인들이 저러했다. 치매라는 단어가 날렵하게 눈앞
에 스쳐갔다. 태연하게 마른 누룽지나 씹고 있을 일이 아니었다.

"옳지, 요놈이 여기 숨어 있었구나."

찬장에서 팔을 뺀 어머니의 팔목에 뱀 한 마리가 칭칭 감겨 있었
다. 새끼손가락보다 가느다란 굵기의 누룽지 빛깔 실뱀이었지만 그
상황에서 크기가 중요하다고 여길 사람은 없었을 거다. 나는 부엌
구석으로 슬슬 뒷걸음질치다 그대로 엉덩방아를 찧을 뻔했다. 하지
만 당황한 나와 다르게 어머니는 누런 이가 드러나도록 함빡 웃기
만 했다.

뚜벅뚜벅 어머니가 내 앞으로 걸어왔다. 실뱀이 어머니의 약지 위

에서 고개를 빳빳이 들고 나를 빤히 쳐다보았다. 붉은 실과 비슷한 혀를 위아래로 날름대면서. 어머니는 뱀이 감겨 있는 손으로 아들의 군살 붙은 옆구리를 쓰다듬었다. 실뱀이 스르르 손에서 풀려 옷 속으로 파고들더니 어느덧 내 머리로 올라와 똬리를 틀었다.

실뱀은 나보다 오래 산 놈이었다. 어머니 역시 이 요물의 정확한 나이는 알지 못했다. 다만 처음 보았을 때 이빨은 없었다고 했다.

시어머니는 찬장에서 실뱀을 꺼내 파르르한 젊은 새댁의 저고리 속에 집어넣었다. 시어머니 앞에서 잔뜩 얼어 있던 새댁은 비명 한 번 지르지 못하고 치맛자락만 움켜잡는 수밖에 없었다. 하지만 이빨 없는 아가리로 젖가슴을 덥석 깨물었을 때는 그 이물감에 그만 비명을 지르고 말았다. 태연하게 맨몸을 이리저리 누비던 실뱀은 샅을 지나 부엌 바닥으로 스르르 내려갔다고 했다. 어디를 물었느냐? 여기…… 여기요. 새댁은 얼굴을 붉히고 가슴께를 검지로 가리켰다. 왼쪽이냐, 오른쪽이냐. 오른쪽 같아요, 어머님. 딸 넷에 겨우 아들 하나를 얻은 시어머니는 기어가는 실뱀처럼 눈썹을 일그러뜨렸다. 그래? 집안에 대가 끊길 일은 없겠구나. 오른쪽을 세 번, 세 번…… 깨물었어요. 며느리는 기어들어가는 목소리로 덧붙였다.

그후, 일 년 주기로 나와 둘째 동생이 태어났다. 그리고 삼 년 후에 막내가 태어났다. 다른 아이들은 한여름이 생일이었지만 막내는 대한을 하루 앞둔 날에 어머니 뱃속에서 나왔다. 날씨가 독하게 추워 아기집이 꽁꽁 얼어붙었는지 난산이었다. 나를 등에 업고서 할머니는 문밖에서 발을 동동 구르며 손자를 기다렸다. 산모는 이를 악물고 시어머니 욕을 하며 온몸에 힘을 주었다. 삼신할머니가 그 소리를 듣고 문밖으로 나가면서 시어머니 뒤통수를 냅다 후려갈긴 모양이었다. 막내아들은 건강한 우량아였지만 대신 할머니가 풍을 맞아 몸져 눕고 말았다.

일 년 남짓 아랫목에 꼼짝없이 누워 있던 시어머니가 세상을 뜬 뒤로 실뱀은 사라지지 않았다. 찬장 구석 어딘가에서 똬리를 틀고 앉아 혀를 날름거리면서 집안의 안주인, 그러니까 나의 어머니를 감시했다. 부엌이 지저분해지거나 제사라도 건너뛰려들면 뱀이 찬장에서 기어나와 고개를 빳빳이 들고 어머니를 노려보았다. 부엌일 좀 편하게 하려고 수도라도 들여놓으려 해도 또 어머니를 노려보았다. 실뱀은 독 오른 시어머니와 점점 얼굴이 닮아갔다. 어머니는 찬장 속의 뱀 좀 잡아달라고 아버지에게 부탁했지만 헛수고였다고 한다. 고작해야 부엌일 하기 싫으니 밥통 같은 소리나 한다고 통을 던지고는 슬그머니 노름판으로 빠져나가기 일쑤였다. 초여름의 어느 날엔가 하도 약이 올라 쥐약으로 실뱀을 죽이려 한 적이 있었다고 했다. 그날 밤, 막내 녀석이 묵은 약밥을 먹고 식중독을 앓아 온 방 안에 물똥을 찍찍 뿌리며 생사를 오르락내리락했다. 어머니는 가마솥 위에 턱 올라앉아 고개를 빳빳이 든 실뱀이 찬장으로 돌아가도록 밤새도록 빌고 또 빌었다.

그후로도 실뱀이 찬장 바깥으로 나와 있으면 꼭 집안에 좋지 않은 일들이 터졌다. 둘째녀석이 뺑소니를 당했을 때 실뱀이 안방까지 기어들어와 어머니 머리맡에서 혀를 날름거렸다.

"그다음부터는 부엌에 들어갈 때마다 가슴이 답답해서 못 살겠다.

큰며느리한테 넘기는 수밖에 없는데, 그전에 내가 자리보전하고 눕게 생겼으니 기구해서 눈물만 질금 난다. 그리고 이제 막내까지 사법고시에 붙여났으니 이제 더이상 요놈한테 머리 조아리고 살고 싶진 않다. 옜다, 그러니까는, 네가 장남이니까는, 이제부터 네가 다 책임져라."

장남인 나는 머리에 뱀을 얹고 서울로 올라왔다. 푹푹 찌는 한여름이었지만 내내 머리와 목덜미가 서늘했다.

"오빠, 괜찮아요. 이집트의 파라오 같은걸요."

티스푼으로 멜론을 떠먹으며 난희가 말했다.

"왜 하필 이걸 나한테 떠넘기시냐고?"

머리 위에 손을 올렸다. 서늘한 감촉이 손목에서 팔꿈치까지 내려왔다. 실뱀은 어느새 덩굴처럼 내 팔을 휘어감았다.

"너무 기분 나쁘게 생각하지 말아요. 강아지 한 마리 기른다고 여기면 되지, 뭐. 요즘 애완용 뱀 기르는 사람이 얼마나 많은데."

시골집 찬장에서 살아온 실뱀은 애완용 뱀들만큼 화려하지 않았다. 몸통은 훨씬 가늘었고 색깔은 칙칙했다. 검정과 황색, 고동색이 얼룩덜룩 뒤섞였다. 길이도 고작해야 커다란 지렁이 정도였다. 멀리서 보면 썩은 고구마줄기를 칭칭 휘감은 모습으로 보일지 몰랐다.

"그나저나 뭘 먹여야 할까, 이거 한번 먹어볼래?"

난희는 멜론 한 조각을 티스푼으로 긁어 실뱀에게 건넸다. 실뱀은 고개를 쳐들고 혀를 날름거리다가 입을 쩌억 벌리고 멜론을 단번에 삼켜버렸다. 우리는 서로를 물끄러미 바라본 채 잠시 아무 말도 하지 못했다. 그사이 실뱀은 다시 내 옷 속으로 파고들어 겨드랑이 쪽으로 기어갔다. 나는 간지러워서 온몸을 비척거렸다.

"봤지, 이 조그만 놈이 입 벌리는 거 보니까 집 한 채라도 날름 삼키겠다. 아, 진짜 정떨어지네."

"오빠, 이 뱀 업구렁이인가봐요. 이렇게 입 크게 벌리는 것 보면 대단한 구렁이야."

"요만한 구렁이가 어디 있냐?"

"서까래에 사는 게 아니라 찬장 속에 살잖아. 어쩌면 큰 구렁이만 있는 게 아니라 실구렁이가 있는지 몰라요."

난희는 과일접시를 내려놓고 갑자기 내 앞에서 큰절을 올렸다.

"너 과일 먹고도 취하냐?"

주변 지인들 사이에서 난희는 독특한 술버릇으로 명성을 날렸다. 주량이 웬만한 남자들 못지않았지만 한번 필름이 끊기면 대책 없이 헛소리가 늘었다. 멀뚱히 마른안주가 담긴 접시를 바라보다 혼자서 되도 않는 말로 중얼거렸다. 무엇하느냐 물으면 아프리카 말라위에 사는 불쌍한 꼬마와 텔레파시로 대화를 나눈다며 젓가락 두 개를 양손에 쥐고 눈을 감았다. 그래도 밉지 않은 걸 보면 이런 게 천생연분이지 싶었다.

"오빠, 나 지금 말짱해. 원래 업구렁이를 보면 큰절을 올려야 한다니까."

"됐다. 이거 팔아버리든지 꼬치구이를 하던지 해야지 영 찝찝해."

"왜 굴러들어온 복을 걷어차고 그래. 딱 한 달만 그대로 있어봐요, 응?"

겨드랑이가 간지러워 자꾸 긁어대자 실뱀은 다시 내 머리 위로 올라왔다. 난희가 뱀을 보고 반짝 웃으며 손뼉을 쳤다.

"실구님, 실구님. 우리 오빠 하는 일 모두 잘되게 해주세요."

"실구님?"

"실구렁이니까, 줄여서 실구님이라고 부르면 될 것 같아요."

그후로 난희는 내 몸에 붙어 있는 뱀을 실구님이라 불렀다. 나에게 한 번도 쓰지 않은 극존칭까지 붙여가며. 심지어 평소 행동답지 않게 조신하게 눈을 내리깔고 고개를 조아리는 걸 보면 기가 찼다. 하지만 어느새 나 역시 난희에게 말버릇이 옮았는지, 실구라는 이름이 입에 붙어버렸다. 물론 나는 님이라는 접미사를 다리 없는 파충류 따위에게 붙이고 싶은 생각은 절대 없었다. 나는 주로 이렇게 불렀다.

실구야, 실구놈, 실구년, 실구새끼, 어이 실구.

원래는 실구를 집에서 애완용으로 키우려고 했다. 처음에 욕실에 두려다가 그래도 싱크대 찬장에 안식처를 마련했다. 난희가 얻어온 황토가루까지 깔아줄 정도로 딴에는 호의를 베푼 셈이었다. 하지만 실구는 거기서 살 생각을 안 했다. 악착같이 나에게만 들러붙었다.

"이봐, 실구. 나는 찬장이 아니라고."

온몸을 이리저리 흔들어보았지만 실구는 머리 위에서 꼼짝도 하지 않았다. 머리를 감을 때면 등을 타고 허벅지로 내려가 떡하니 자리를 잡고 버텼다. 아침에 눈을 뜨자마자 실구가 내 목을 휘감은 채로 혀를 날름거려 놀란 적이 한두 번이 아니었다. 실구를 떼어놓으려고 먹이로 유혹을 해보았지만 소용없었다. 아마 실구는 주인이 잠든 사이에 물과 먹이를 찾아 온 집 안을 헤매는 것 같았다. 음식물쓰레기를 담은 비닐봉투에 뚫려 있는 작은 구멍을 발견한 것도 그 무렵이었다. 사실 집 안에 있을 때야 실구가 몸에 붙어 있건 말건 상관없었다. 집 앞에 있는 슈퍼마켓에 담배를 사러 갈 때 눈치가 보이기는 했지만 옷 속에 숨어 있어 준다면야 괜찮았다. 문제는 사회생활이었다. 출근할 때 머리로 올라와 사람들 눈에 띄면 무척 창피할 것 같았다. 팬티 속 으로 들어가 온몸을 세워 바지 앞섶이 불룩해지면 그건 정말 최악일 테고.

다행히 실구는 어두운 걸 좋아하는지 날이 밝을 때는 내 옷 속에 얌 전히 숨어 있었다. 하지만 어느 날 중요한 회의를 하는데 온몸이 근질 대더니 결국 실구가 목덜미를 타고 올라와버렸다. 녀석은 정수리에 똬리를 틀고 앉아 혀를 날름거렸다. 게다가 회의는 엄청 삭막해지고 있을 때였다. 회의를 하던 모든 직원들의 눈길이 나에게로 쏠렸다. 깐 깐하기로 소문난 부사장이 커피를 마시다 말고 풋 웃어버렸다.

"왜 스네이크 파티라도 하고 싶은가?"

내가 속해 있는 이벤트 회사는 젊은 층을 대상으로 한 다양한 파티 와 이벤트로 점점 자리를 넓혀나가고 있었다.

"스네이크 파티요?"

"그래, 젊은 남녀가 독을 품은 꽃뱀처럼 서로를 유혹하는 뜨거운 밤의 파티."

"뱀, 그거 좋네요. 정력에 좋은 뱀탕 칵테일까지 만들어볼까요?"

한 달 후, 한 통신회사가 주최한 마지막 여름파티는 뱀을 아이템으 로 잡았다. 큐빅을 박은 천으로 만들어진 뱀들이 클럽 여기저기에 내

걸렸다. 사람들은 뱀을 목에 걸치거나 허리에 둘렀다. 음침한 구석에서 서로를 마주 보며 인간의 허물을 벗고 두 마리 뱀으로 태어나는 사람들이 내 눈에 들어왔다. 스테이지 중앙에 자리한 유리상자에는 거대한 비단구렁이가 스멀스멀 기어다니며 이 파티를 지켜보았다. 실구는 파티 내내 신나는지 내 정수리에서 떠날 생각을 안 했다.

"실구, 어때? 너하고는 차원이 다르지. 저런 게 정말 구렁이라고. 너처럼 볼품없는 녀석이 정말 구렁이겠냐?"

나는 바에 앉아서 파티에 참석한 사람들을 감상했다. 파티와 마법은 비슷했다. 둘 다 눈속임을 통해 사람들을 다른 세계로 데려다놓는다. 파티와 마법 모두 참여하는 사람들이 스스로 속아주려고 처음부터 마음먹는 것 역시 똑같았다. 지하철 안에서 지루한 나날을 보내던 이들이 뱀의 뱃속으로 들어가 잠시 동안 눈이 먼다. 그게 파티요 마법이었다.

"머리 위에 뱀은 트레이드마크인가?"

파티를 후원한 통신회사의 홍보부 이사가 와인잔을 손에 들고 옆자리에 앉았다. 회장의 조카라는 소문이 도는 마흔 중반의 남자였다.

"그렇지는 않아요. 실은 요놈이 저희 집안 업구렁이지요."

술기운이 올라서인지 나는 실구 이야기를 술술 떠들었다. 이사는 유리잔의 테두리를 검지로 문지르면서 내 말에 귀 기울였다.

"취해서 하는 말이니까 다 잊어버리십시오."

상대가 나를 미친놈 취급할까봐 나는 가벼이 덧붙였다.

"실은 우리 삼촌댁 수조에는 흰 가오리가 헤엄치고 있다네. 지느러미가 실크커튼처럼 멋들어진 녀석이지."

머리 위의 실구가 뻣뻣이 고개를 들었다.

"원래 우리 집안은 목포에서 제일 가난한 어부였지. 어느 날, 할아버지가 독수리만한 가오리, 그것도 흰 가오리를 잡은 거야. 그리고 몇 달 지나지 않아 삼촌이 태어났네."

나는 손가락으로 얼추 셈을 해보았다.

"그 가오리는 그럼 박제입니까?"

"이 사람, 말을 허투루 들었군. 자네 머리 위의 구렁이는 그럼 건전지로 움직이는 박제인가?"

나는 콧잔등 옆을 슬슬 긁었다.

"취해서 한 말이니까 다 잊어버리게. 그나저나 그 가오리놈한테 어찌나 지린내가 진동하던지……"

이사는 내 어깨 위에 팔을 두르고서 말했다. 붉게 변한 목덜미에서는 진한 머스크향이 풍겼다.

갑자기 클럽 안이 어수선해졌다. 한 여자가 철장 앞으로 비틀비틀 걸어갔다. 그녀는 비단구렁이 앞에서 테킬라를 높게 치켜들었다.

"나 이 데킬라하고 한판 싸움을 할 거예요. 심판은 이 비단구렁이와 여러분들이에요."

그녀는 술을 마시는 대신 이마에 들이부었다. 그러고는 눈을 질끈 감은 채 손으로 입을 틀어막았다. 남자들 몇 명이 다가와 부축하려 했지만 그대로 밀치고는 철장 가까이 다가갔다.

"피눈물이 흘러도, 눈이 멀어도, 이 아픔을 참을 거예요."

난희는 비극적인 연극의 여주인공처럼 과장되게 슬퍼했지만 희극적인 술주정으로 보였다.

이사는 내 어깨에 팔을 두른 채로 킬킬거렸다. 평소의 낮은 음성과 다르게 조금은 가늘고 거슬리는 웃음소리였다.

"재밌네, 시시한 섹시댄스보다 재밌어. 저 눈을 빨아먹고 싶군. 오늘밤 내 먹잇감은 저 여자야."

나는 따라 웃지도, 그렇다고 일어나서 상황을 수습하지도 못했다. 다만 이사의 기름진 얼굴에 주먹을 날리려던 걸 참느라고 안간힘을 썼을 뿐이었다.

그날 파티가 끝나고 집으로 돌아가는 길이었다. 조수석에 앉아 잠든 난희의 모습이 불현듯 애잔하게 보였다. 아무에게도 빼앗기고 싶지 않았다. 이제는 헤어지거나 결혼하거나 둘 중 하나라는 생각이 들었다.

마지막 여름파티 이후 일은 손쉽게 풀려나갔다. 홍보부 이사는 연말 시즌의 모든 이벤트 행사를 우리 쪽에 넘겨주기로 했다. 더구나 모든 행사의 책임자로 나를 지명해주었다. 이벤트 업계 쪽에서 내 지명도는 나날이 높아졌다. 술자리에서 내 이야기를 할 때 '아, 머리에 실뱀 한 마리 얹고 다니는 양반' 그 한마디면 통한다고 할 정도였다.

이제 실구와 나는 떼려야 뗄 수 없는 사이였다. 난희와 함께 있을 때라도 별반 다르지 않았다. 어느 날인가부터 나와 난희가 알몸일 때에 실구는 함께였다. 뱀은 우리 둘 사이의 세번째 손이고 혀였다. 실구는 엉덩이 안쪽이나 발뒤꿈치 같은 미묘한 부분을 기어다니며 우리를 흥분시켰다. 난희는 힘주어 내 어깨를 부둥켜안고서 깔깔거렸다.

"오빠, 우리가 진짜 찬장이 된 거 같아."

"그래, 우리 안에 욕망의 그릇을 다 깨버리자고."

"달그락, 달그락, 달 달 달 달, 달그락, 달그락."

난희의 깔깔대는 높은 웃음소리와 '달그락' 소리가 하나로 어우러졌다.

한바탕 그릇 깨지는 소리가 난 후, 땀범벅이 된 알몸으로 나는 진지하게 결혼 이야기를 꺼냈다.

"집은 여기보다 더 넓은 곳으로 옮기자. 우리가 합치면 여기보다 나은 데로 옮기는 건 문제없을 거야."

"실구님도 함께 데리고 가는 거지? 실구님이 없으면 안 돼. 우리가 잘된 게 다 실구님 덕이니까."

실구는 내 배꼽 위에서 얌전히 똬리를 뜬 채로 벌거벗은 우리들의 이야기를 가만히 들었다. 가끔은 붉은 실 같은 혀를 내밀어서 난희의 발가락 사이를 간질여주었다.

바람이 꽤 선선해질 무렵 사법연수원에 들어가 있는 막내가 잠시 내 자취방에 들렀다. 거의 반 년 만의 만남이라 무척이나 반가웠다. 우리는 함께 방 안에서 맥주를 마시면서 지나온 시절 이야기를 한참 했다. 나는 막내가 기특하면서도 안쓰러웠다. 녀석은 어린 시절부터 공부를 곧잘 했으면서도 아버지 사랑을 받지 못했다. 아버지는 지 할머니 목숨줄을 끊고 태어난 새끼라면서 막내를 제대로 안아준 적이 거의 없었다. 막내아들이 법대에 붙었을 때도 시큰둥했다. 그리고 그 해 가을에 아버지는 술을 먹고 갈지자로 비척대며 집으로 돌아오다 다리에서 굴러떨어져 허무하게 세상을 떴다. 아버지의 장례식장에서 가장 많이 울었던 놈 역시 막내였다. 우리 삼 형제 중 제일 눈물이 많은 녀석이었다.

이런저런 옛이야기를 하다가 막내는 또 슬며시 눈물을 보였다.

"야, 너 그렇게 사람이 물러서 어떻게 판사를 하려고 하냐?"

내 말에 막내는 싱긋 웃었다.

"눈물 많은 판사가 어때서. 난 법의 심판을 받아야 하는 억울한 사람들 앞에서 정말 눈물 흘리는 판사가 되고 싶어."

잠깐 생각해보니 그것도 멋있을 것 같기는 했지만 또 대놓고 그렇게 말하고 싶진 않았다.

"그래, 인마. 질질 짜는 판사로 한번 신문에 사진이 실려봐야 정말 창피하겠구나 생각하겠지."

막내를 보면 흐뭇했다. 어디서 저런 진국이 나왔을까 신기했다. 반양아치였던 나와 다르게 참 올곧게 자란 놈이었다. 둘째는 생긴 거나 하는 짓이나 늘 맹탕이었고.

"맞다, 너 옛날에 내가 통기타 치면서 불러줬던 노래 기억나냐?"

"기억나. 내가 마루에 앉아서 공부하다가 지쳐서 누워 있으면 형이 노래 불러줬잖아. 둘째 형은 그 옆에 앉아서 옥수수 먹고 있고."

통기타는 없지만 나는 막내에게 불러주었던 노래를 술김에 다시 불렀다.

"난 덩굴이라면, 넌 대쪽인가봐. 쟨 맹탕이라면, 너언 진국인가봐."

그 노래를 듣고 막내는 중학생 때의 까까머리 꼬마처럼 해맑게 웃었다.

"아, 맞다. 혹시 너 우리 집 부엌에 뱀 있었던 거 아냐?"

나는 실구 이야기를 꺼냈다. 무슨 까닭인지 실구는 내 팔뚝을 감은 채로 얌전히 숨어 있었다. 실구를 꺼내 보여주면 막내도 신기하게 생각할 게 틀림없었다. 삼 형제가 자라온 옛 시골집에 이런 괴물 같은 놈이 함께였다니 얼마나 재미나겠어? 하지만 그때까지 웃고 있던 막내의 안색이 갑자기 변했다.

"딱 한 번 봤어. 꼬맹이 때. 부엌에 들어갔는데 자그마한 뱀이 찬장에 앉아서 날 노려보더라고. 형, 그날 밤에 나 배탈나서 죽을 뻔했잖아. 묵은 약밥 먹고. 사실 나 알았거든. 약밥을 먹는데 내가 이것 먹으면 큰일 날 것 같은 거야. 느낌이 뭔가 이상한 거야. 그런데 안 먹으면, 그거 안 먹으면 더 큰일이 우리 집에 일어날 것 같았어. 눈을 감고 약밥을 꿀꺽 삼켰지. 좀 웃기지? 그런데 형도 그 뱀 봤어?"

"아니, 지난번에 시골집 갔는데 어머니가 그러더라고. 우리 집 부엌에 작은 구렁이가 산다고. 말이 구렁이지 그냥 지렁이 같은 놈이래. 별볼일 없는 놈이지, 뭐."

나는 왠지 막내에게 실구를 보여주면 안 될 것 같은 기분이 들어 거짓말을 했다.

그날 밤 막내는 우리 집에서 잠을 잤다. 그런데 새벽 무렵 들리는 비명소리에 나는 잠이 깨고 말았다. 서둘러 불을 켜니 막내가 자리에 누운 채로 경기를 일으킨 아이처럼 사지를 요란하게 흔들어대고 있었다. 나는 막내의 몸을 붙잡고 도대체 무슨 일이냐고 물었다. 그제야 막내의 추리닝 바지 속에 들어가 있던 실구가 재빨리 가슴팍으로 올라오는 모습이 보였다. 실구는 눈 깜짝 할 사이에 막내의 몸에서 빠져나와 나에게로 다시 옮겨왔다.

그제야 경련을 멈춘 막내가 물끄러미 나를 바라보았다. 우리는 잠시 아무 말도 하지 않았다. 막내는 말없이 몸을 추스르고서 방에서 나갔다. 화장실 문이 열리는 소리가 들리고 요란하게 세수하는 소리가 들렸다. 방 안에 있던 나는 막내가 금방 나오지 않자 걱정이 되어 거실로 나가 화장실 문을 노크했다.

"괜찮은 거야?"

막내는 대답이 없었다.

나는 문고리를 돌렸다. 문은 잠겨 있지 않았다. 안에 들어가보니 막내가 화장실 거울을 물끄러미 쳐다보고 있었다.

"형, 할머니가 무서운 분이셨어?"

막내가 뒤돌아보지 않고 물었다. 거울 속에 겁먹은 한 남자의 얼굴이 보였다. 강파른 뺨에서 찬물이 뚝뚝 떨어지는 그 남자는 늘 어리게만 여겼던 막내가 아니었다. 함께 술을 마실 때는 몰랐다. 하지만 내가 모르는 사이에 녀석의 이마는 벌써 넓어졌고 주름까지 깊어진 지 오래였다.

"글쎄다. 나도 하도 어릴 적이어서 기억은 잘 안 나는데…… 그렇게 무서웠던 분은 아니었던 거 같은데 말이지."

내가 기억하는 것이라고는 할머니가 자주 업어주었다란 사실 정도였다. 연년생으로 둘째가 태어나는 바람에 나는 늘 할머니 등에 업혀 지냈다. 불현듯, 막내가 태어나기 며칠 전 나를 업고 있던 할머니의 모습이 떠올랐다. 좋겠구나, 네 엄마는. 아들만 셋씩 끼고 살게 되었으니. 얼마나 위세가 당당하겠어. 우리 강아지는 그럼 어미랑 정을 떼고 할미 아들로 오지 않으련?

다음날 아침 아무렇지 않은 표정으로 돌아갈 때까지 막내는 밤에 벌어진 일에 대해 아무 말도 하지 않았다.

막내의 소식을 들은 건 보름쯤 지나서였다. 결혼 이야기를 넌지시 꺼내볼 작정으로 나는 주말에 짬을 내 시골집에 내려갔다. 그런데 무슨 까닭인지 대문 안에서 소란스러운 소리가 들려왔다.

"저 왔습니다, 문 좀 여세요."

대문 앞에서 어머니를 불렀지만 아무 대답이 없었다. 호주머니에 손을 넣은 채 어떻게 할까 잠시 고민하고 있는데 갑자기 대문이 벌컥 열렸다. 러닝셔츠 바람의 건장한 사내 둘이 두꺼운 팔뚝으로 이마의 땀을 닦아내며 밖으로 나왔다. 그들은 나를 힐끔 보더니 바닥에 가래 침을 퉤 뱉고 사라졌다.

집 안에 들어가보니 마당 한 귀퉁이에 무언가 부서진 잔해들이 수북하게 쌓여 있었다. 아직 흙먼지가 채 가라앉지 않아 사방에서 매캐한 흙냄새가 났다. 나는 두어 번 재채기를 했다. 콧속의 간지러움이 사라진 후에야 부엌이 아예 사라지고 말았다는 걸 깨달았다.

"이거, 뭔 난리래요?"

어머니는 마루에 누운 채로 하늘만 물끄러미 올려다보았다. 가끔씩 고추잠자리 날아가는 모습에 박자를 맞추듯 덧신 신은 발을 까딱까딱 움직였다.

"가을 하늘 어여쁘지?"

가을 하늘 예쁜 거야 뭐 새삼스러울 게 없었다. 그보다 어머니의 입에서 그런 말이 튀어나왔다는 게 신기했다. 예쁘다, 는 말이 그렇게 구슬프게 들린다는 것도.

"저기는 그냥 밭으로 터서 총각무나 심어볼까 생각중이고, 건넌방 자리에다가 현대식으로다가 화장실하고 욕실하고 해놓을 거다."

어머니가 찬찬히 자리에서 일어나서 뒷머리를 매만졌다.

"하여튼 별나세요. 어머니 무슨 청개구리세요? 고치라고 그렇게 귀에 못박을 때는 국으로 있으시다가, 갑자기 또 이건 무슨 일이래요?"

"우스운 놈. 그렇게 고치라고 구박할 땐 언제고? 그래, 뱀 없는 집에서 이제 청개구리가 다리 좀 뻗고 울어보겠다는 데 어쩔 것이냐."

내 머리 위에 똬리를 틀고 있던 실구가 머리를 치켜들고 입을 벌렸다. 하지만 어머니는 기지개를 길게 펴고는 마루에 그대 누워버렸다.

"그런데 여긴 또 무슨 일이야?"

나는 한때 부엌이 남아 있던 자리에 쪼그리고 앉았다. 길게 쪼개진 나무판 하나가 눈에 띄었다. 시들시들한 연분홍 꽃이 그곳에 남아 있었다. 실구가 내 몸에서 내려와 꽃들 사이로 느리게 기어다녔다.

"저 결혼하려고요."

"사귄다는 그애하고?"

"네…… 걔는 구렁이도 좋대요."

"처녀 때는 뱀이 살랑거리지. 애를 밴 뒤에 한꺼번에 목구멍으로 휙 삼키려는 수작이다."

나는 반쯤 헐린 시골집에 있는 어머니가 어째 낯설었다.

부엌은 사라졌지만 어머니는 옆집에서 가스버너를 빌려와 저녁을 차려주었다. 시골집에서 먹는 밥은 늘 그렇듯이 달았다. 어머니는 밥알을 한 숟가락 떠 손가락으로 뭉개고는 실구에게도 건넸다. 실구는 밥알을 삼키는 척하다가 어머니의 엄지를 콱 깨물었다. 어머니는 입꼬리를 가볍게 떨며 <u>흐흐흐</u> 웃었다. 평생 부엌일을 하느라 굳은살이 하도 단단하게 박혀서 뱀이 아니라 백두산 백룡이 독니로 깨문들 하나도 아프지 않을 것이라 했다.

"그나저나 막내한테 혹시 무슨 일 있는 건 아니냐? 엊그제 전화통화를 했는데 목소리가 영 기운이 없더구나."

어머니가 밥상을 치우면서 석연찮은 눈으로 내 머리에 똬리를 틀고 앉아 있는 실구를 곁눈질했다.

막내를 다시 만난 건 몇 달 후 예식장 건물 옥상에서였다. 식장 안에 흡연실이 없어서 옥상 곳곳에서 사내들이 무리지어 담배를 피웠다. 사법연수원에 들어가기 전에 담배를 끊었다던 막내는 홀로 물탱크 옆에 서서 하늘만 바라보고 있었다.

"왜 여기 있어, 안 추워?"

막내는 내 얼굴을 보지 않았다. 가끔 곁눈질로 머리 위에 자리를 잡고 있는 실구만 힐끔 보다가 고개를 숙였다.

"형, 그 뱀이랑 같이 결혼하게?"

"그러게, 이놈이 도통 떨어지지를 않는다."

나는 젤을 발라 뻣뻣하게 세운 머리카락을 손으로 쓸어넘겼다. 실구가 잠깐 목으로 내려왔다가 다시 귓바퀴를 타고 머리 위로 올라갔다. 목 뒤가 서늘했다. 이제는 익숙해서 소름이 끼치기는커녕 그저 시원했다.

"그나저나 너도 얼른 장가가야지, 이제."

"형답지 않게 결혼 재촉은……"

"모름지기 남자라면 가문을 콩나물시루처럼 쑥쑥 불릴 의무가 있다고."

막내가 물탱크를 주먹으로 툭툭 쳤다.

"그럼, 난 이제 남자가 아니겠군."

"갑자기 그게 무슨 소리냐?"

"이상해. 형은 뱀을 가지고 다니면서, 물려본 적은 한 번도 없어?"

막내의 바지춤으로 빠르게 올라오던 실구의 모습이 떠올랐다. 나는 막내에게 무언가를 물어보려다가 그만두었다. 하지만 옥상에서 식장으로 내려가는 내내 다리가 후들거렸다. 결혼식 때문에 긴장해서만은 아니었다. 머리에 똬리를 틀고 있는 실구가 처음으로 좀 무섭게 여겨졌다. 마음만 먹으면 언제든 내 불알을 한입에 꿀꺽 삼켜버릴 놈이었다, 이 작은 요물은.

신혼여행지인 보라카이에서도 마음은 그리 편하지가 않았다. 햇볕은 뜨거웠지만 머리 위의 실구는 여전히 서늘했다. 난희는 내 마음을 통 모르는지 맑고 푸른 바닷물을 보자 팔짝팔짝 뛰며 좋아했다.

"미도리샤워 같아요, 오빠. 다 마셔버리고 싶어."

난희는 바닷물을 입에 머금었다가 인상을 확 찌푸리고는 다시 뱉어냈다.

"오빠, 신혼여행 와서 뭐가 그렇게 심각해요. 우리 앞에 있는 바다가 아깝잖아요."

난희는 내 팔을 잡아끌고 바다로 이끌었다. 바닷물에 몸을 맡기니 난희 말대로 머릿속의 잡념들이 시원하게 씻기는 것 같긴 했다. 나는 어설픈 수영 실력으로 제법 멀리까지 헤엄쳐 갔다가 되돌아왔다. 젖은 머리를 툭툭 털며 모래사장으로 걸어나오는데 나를 바라보던 난희가 양손으로 입을 가렸다.

"오빠 오빠, 머리 위의 실구님. 실구님이 사라졌어요."

우리는 두 시간 가까이 모래사장을 헤매면서 실구를 찾았다. 모든 것을 포기하려는 찰나 파도에 실려 무언가가 우리 앞에 밀려왔다. 이미 죽어버린 실구였다. 난희는 실구의 사체를 손바닥에 올려놓고 그 자리에서 펑펑 눈물을 쏟았다. 호텔방으로 돌아올 때까지 어깨를 들썩이며 흐느끼기만 했다. 난희는 와인 한 병을 다 비운 후에야 겨우 자기감정을 추슬렀다. 그러고서 몸과 마음이 무겁다며 뜨거운 물에 샤워를 하고 일찍 잠자리에 들었다. 나는 차가운 맥주를 천천히 마시면서 흰 수건 위에 올려놓은 실구의 사체를 물끄러미 쳐다보았다.

분명 난희가 깨어나서 이걸 보면 또 눈물을 쏟겠지. 나한테는 고마운 놈이지만, 막내는 이제 어떻게 될지…… 이, 반만 나쁜 사랑스러운 요물아!

나는 수건에 죽은 실구를 둘둘 말았다. 손에 쥐어보니 수건의 중량만 느껴질 뿐 찬장 속의 뱀 따위 어디에도 없었다. 나는 속으로 하나 둘 셋 숫자를 세고 창문 밖으로 수건을 던져버렸다. 그리고 맥주캔 두 개를 연달아 더 비우고 그대로 곯아떨어져버렸다. 잠결에 깔깔대는 여자의 웃음소리와 비명소리를 동시에 들은 것도 같았다.

누군가 머리를 쓰다듬는 바람에 잠이 깨었다. 눈을 떠보니 먼저 깬 난희가 나를 물끄러미 지켜보며 미소짓고 있었다. 나도 따라 웃는데, 난희가 내 뺨을 살짝 때렸다.

"더 잘래, 더 마실래?"

그날 밤 실구의 빈자리는 알코올과 사랑으로 대신 채워졌다.

난희는 설거지를 하다 말고 자주 컵이나 접시 따위를 깨기 일쑤였다. 처음에는 살림이 익숙하지 않아서 그러겠거니 했지만 날이 갈수록 정도가 심해졌다.

"오빠, 실구님이 돌아왔어."

밥통 앞에서 밥그릇을 깬 날에 난희가 검지손톱을 잘근잘근 깨물면서 말했다.

"쓸데없는 소리 말고 밥이나 먹자. 오빠가 배고파서 농담할 기분이 아니거든."

내가 혼자서 밥 한 공기를 비우는 동안 난희는 맞은편 의자에 앉아 실구 이야기를 떠들었다. 결혼 후, 처음으로 친구들과 가진 술자리에서 실구가 나타났다고 했다. 화장실에서 화장을 고치려고 핸드백을 여는데 그 안에서 실구가 머리를 삐죽 내밀었다는 이야기였다. 실구는 그날 이후로 설거지를 할 때마다 나타났고, 그릇을 깬 건 그래서라고 했다.

"거짓말 좀 그럴듯하게 하지. 신혼여행 가서 너도 봤잖아, 실구 죽었어."

"아니, 그건 허물이었나봐."

"너 실구 좋아했잖아."

"모르겠어. 지금은 달라."

"뭐가 다른데?"

“몰라, 이상하게 다르다니까는.”

실구의 재등장으로 우리의 신혼생활에 그늘이 내리깔렸다. 난희는 냉장고에서 오렌지주스나 김치통을 꺼내다가 화들짝 놀라곤 했다. 실구와 마주친 날은 손이 떨려서 사과 하나 제대로 깎지 못할 지경에 이르렀다. 난희는 밤새 일하느라 이틀 만에 집에 들어온 나를 붙잡고 도움을 요청했다. 하지만 나의 눈에는 실구는커녕 그 뱀 꼬리조차 보이지가 않았다. 피곤한 몸을 이끌고 야밤에 온 집 안을 뒤적였지만 뱀이 나타났던 흔적 따윈 없었다.

“아무래도 실구 같은 건 없는 거 같다. 실구는 그냥 네 마음속에 있는 공포라고. 오빠가 이렇게 안아줄 테니까 마음 푹 놔, 알았지?”

나는 난희의 가냘픈 어깨를 꼭 끌어안아주었다.

“멍청이. 새끼손가락 같은 뱀 대가리보다 못한 병신.”

난희는 침대로 올라가 머리끝까지 이불을 뒤집어썼다.

다음날 나는 평소보다 일찍 집으로 돌아왔다. 난희는 식탁 앞에 앉아 있었다. 포도알이 담긴 유리단지와 소주 세 병이 눈에 들어왔다.

“조용히 해, 오빠. 지금 실구님이 취해서 몰래 이 안에 집어넣고 있는 중이니까.”

난희는 소리가 나지 않도록 조심스럽게 소주를 유리단지 안에 들이부었다. 세 병을 모두 부을 때까지 우리는 아무 대화도 나누지 않았다. 난희는 유리단지의 뚜껑을 닫고 나서야 한숨을 쉬고 양손을 탁탁 털었다.

“이제 이 안에 있으니까 날 괴롭히지 못할 거야. 실구님도 취하니까 옛날처럼 재롱이 많아지더라니까. 왜 진작 실구님을 뱀술로 바꾸는 방법을 생각 못 했나 몰라."

하지만 내 눈에 보인 건 뱀술이 아닌 아직 발효되지 않은 포도주였
다.

그날 밤부터 난희는 웃음을 되찾았고 그릇을 깨는 일은 아예 없었
다. 아이가 금방 생기지 않아 고민에 빠지긴 했으나 나는 너무 걱정하
지 말라고 어깨를 다독였다. 난희는 가끔 실구님이 외로울 거라며 유
리단지의 뚜껑을 열고 술을 마셨다. 그렇다고 매번 실구와 사이가 좋
은 건 아니었다. 유리단지가 텅 비면 신경질적으로 변하곤 했다. 독
이 오른 실구가 부엌에서 또 자기를 꿀꺽 삼키려 한다며 울먹였다. 하
지만 다시 술로 실구를 꼬드겼고 취하게 만들었다. 그다음에는 유리
단지 안에 포도나 머루 인삼과 함께 실구를 집어넣고 뚜껑을 닫는 과
정이 반복 또 반복되었다. 난희는 뚜껑을 밀봉할 때마다 영원히 요물
을 가둬둘 것이라고 선언했다. 하지만 반년이 넘기 전에 다시 실구를
용서하고 과실주를 함께 나눠 마셨다. 언젠가부터 난희는 실구를 '꼴
값 떠는 뱀대가리'나 '찰거머리 누런 고무줄' 따위로 불렀다. 그 외에
도 많은 별명을 붙였다. 다시 실구님이란 명칭을 입에 올리면 그 뱀이
난희를 평생 동안 칭칭 감고 있을까봐 무섭다는 듯. 물론 나는 그사이
실구와 마주친 적은 없었다. 가끔 난희가 혼자 술을 홀짝이기 위해 실
구 핑계를 대는 건 아닌가 싶었으나 그 생각을 입 밖으로 내지는 않았
다. 어쨌든 결혼 후에 난희는 음주와 주정이 늘었다. 나는 외로워서
그러느냐고 물어보았지만 난희는 대답하지 않았다.

대신 어느 날부터인가 나도 부엌 식탁에서 벌어지는 술자리에 끼어
들었다. 솔직히 심하게 취기가 오르면 난희의 술잔 안에 똬리를 틀고

있는 실구가 보이는 듯했다. 그럴 때마다 나는 그저 눈을 비비고 못 본 척 능청을 떨며 허공에 가볍게 건배했다. 난희는 무언가 내 비밀을 알고 있다는 슬픈 눈초리로 빈 술잔에 자작으로 술을 채웠다.

바르게 바로 서니

　1970년대 초반 경기도 외곽의 한 시골마을에서 벌어진 일이었다. 하룻밤 만에 야산이 커다란 폭발음과 함께 반토막 났다. 다음날 아침 포클레인 두 대와 회색 옷을 입은 인부들이 마을로 들어왔다. 그들은 무너진 야산 자락을 평평하게 다지고 철조망으로 울타리를 쳤다. 그 자리에 한 달 만에 임시 가건물이 지어졌다. 공사가 끝나자 삼십여 명의 외지인이 마을로 몰려들었다. 모두 커다란 여행가방이나 보따리 따위를 들거나 안고 있는 모습이었다. 마을사람 둘이서 논두렁에 앉아 물끄러미 그들을 바라보았다. 낯선 이방인들은 열을 지어 산 위의 가건물로 향했다.

　"전쟁 또 터졌나. 라디오에서는 아직까진 조용하던데……"

　"이야, 저기 맨 뒷줄에 오는 아가씨 봤어? 문희 뺨 석 대는 내리치겠는데."

　그후로 며칠 동안 아름다운 여인들의 행렬은 끊임없이 이어졌다.

흙길 위에 하이힐 자국이 착착 패는 만큼 남정네들의 가슴팍엔 연정
의 구멍이 송송 뚫렸다. 한번은 막 마흔 줄에 접어든 노총각 한 명이
패랭이꽃을 들고 그 행렬 가까이로 다가갔다. 노총각은 꽃을 들고 뒤
를 따랐으나 여인들은 곁눈질 한 번 없이 묵묵히 앞만 보고 걸었다.
홀린 사람처럼 하늘을 바라보는 그녀들의 눈동자는 공허했다. 노총각
의 때 묻은 손에서 꽃이 툭 떨어졌다. 그는 진흙으로 더러워진 검정고
무신 옆에 떨어진 패랭이꽃을 한참이나 바라보았다. 다른 젊은이들이
배를 잡고 한참을 킬킬댔다.

노총각의 어설픈 사랑고백이 실패로 돌아간 뒤로 아름다운 여인들
이 무리지어 몰려오는 날은 드물어졌다. 어떤 날은 노인들이 몰려왔
고, 일가친척으로 보이는 이들이 함께 오기도 하고, 언젠가는 온몸이
때에 전 걸인들이 우르르 무더기로 들어왔다. 외제차로 보이는 검은
승용차 몇 대가 부연 먼지를 일으키면서 시골길을 내달리는 날까지
있었다.

그해 여름 내내 거의 백여 명의 외지인들이 임시 가건물로 들어갔
다. 그리고 매일 새벽 다섯시면 무리지어 마을로 내려왔다. 그들은 흰
체육복 차림으로 열을 맞춰 마을을 다섯 바퀴나 돌았다. 앞줄은 남자
들이었고 뒷줄은 여자들이었다. 그들의 목덜미와 어깨에 땀이 흥건했
지만 인상을 쓰거나 숨을 헐떡대는 이는 없었다. 하지만 세 바퀴 정도
돌면 다들 움직임이 둔해지고 발까지 잘 맞지 않았다. 인솔자로 보이
는 건장한 사내가 우렁찬 목소리로 구호를 외치면 다들 따라 외쳤다.

어느 날엔가 마음씨 좋은 마을 노인 하나가 그들 곁에 다가와 얼음
동동 띄운 막걸리 주전자를 내밀었다.

"우리는 그 더러운 물을 마시지 않습니다."

다부지게 생긴 인솔자가 그 한마디를 내뱉고는 노인을 밀쳐냈다.

"차암, 별난 인간들이네. 막걸리에 똥물이라도 탔을까봐?"

텔레비전이 흔치 않은 시절이라 동네 노인들은 특별한 구경거리가 없었다. 새벽잠이 없는 그들은 새벽마다 마을 어귀 버드나무 아래 앉아 손가락으로 흰옷 입은 남녀의 무리를 세며 무료한 시간을 달랬다. 물론 다섯 바퀴를 도는 동안에 똑같은 옷을 입은 외지인들의 머릿수를 세는 일이 그리 호락호락하진 않았다.

"사내가 사십육 명이요, 계집이 마흔넷."

"웃기지 마시게. 사내가 마흔여덟, 계집이 마흔여섯이었어."

"그런데 바르…… 바로, 듣기만 해도 어지럽네, 그려."

외지인들이 야산에 모두 올라간 지 며칠 만에 그들의 정체는 마을에 다 까발려졌다. 몇 번씩 바로느님을 부르는 우렁찬 기도소리가 들려왔으니 모르려야 모를 수가 없었다. 매미 울음소리와 뒤섞여 묘한 이중창곡처럼 들리는 기도소리는 온 동네에 울려퍼졌다.

바른 마음으로 바르게 바로 서니 바로느님.

바로느님을 외치는 야산의 신도들은 스스로를 새영광세대라 불렀다. 바로느님으로 불리는 새영광세대의 교주는 백승민이란 사내였다. 그는 사십이 훨씬 넘은 나이였지만 입가의 주름을 제외하고 잔주름 하나 없이 피부가 팽팽했다. 눈썹은 청수했고 쌍꺼풀이 짙은 눈은 충혈된 곳 하나 없이 맑고 투명했다. 믿음직한 미소를 짓는 그는 마가린처럼 부드러운 중저음의 목소리로 신자들에게 구원의 미래를 약속했다.

대신 악역은 백승민을 보좌하는 건장한 체격의 보물급 신도들이 도맡았다. 믿음이 약한 신자들을 골방으로 데려가 일주일간 정화의 고행으로 이끄는 이들도 그들이었다. 깊은 밤 보물 두어 명이 검은 복면을 쓰고 나타나 믿음이 약한 신자를 체포해 골방으로 끌고 간다. 보물들은 진한 욕설과 거침없는 발길질로 가련한 신자를 힘껏 두들기고 사라진다.

오 촉 전구만 덩그러니 켜진 골방에선 퀴퀴하고 비릿한 냄새가 풍겼다. 홀로 남겨진 신자는 울음을 터뜨리거나 헛구역질을 하기 일쑤였다. 마음이 진정될수록 벽에 스민 악취가 그의 후각을 자극했다. 그것은 골방의 역사에서 풍겨오는 체취였다. 이 방에 홀로 남겨진 이들은 오줌을 지리거나 심한 경우 똥을 쌌다. 다부진 사람들은 반항을 하다 얻어터져 피를 흘리며 바닥에 쓰러졌다. 오줌, 피, 똥. 그 모든 것들이 발효되며 뒤섞인 악취들이 짧은 시간 내에 굴욕적인 역사의 체취로 골방에 스며들었다.

지친 사내는 벽에 몸을 기댄 채로 하염없이 눈물을 흘린다. 물론 참회의 눈물이 아니다. 자신의 어리석음에 대한 지탄에 가까운 훌쩍임이었다.

'나는 병신인가봐. 왜 저런 놈들에게 속아 여기까지 왔을까?'

발길질 두 번, 주먹질 일곱 번. 골방은 무너지지 않는다.

울다 지친 그에게 이제 갈증이 모래로 만든 어마어마한 파도처럼 밀려온다. 그제야 골방 한구석에 삐죽이 붙어 있는 수도꼭지를 발견한다. 수도꼭지는 겨우 바닥에서 한 뼘 정도 올라붙었을 뿐이었다. 물을 마시려면 바닥에 드러누운 채로 몸을 버둥거려야 했다. 가끔은 수도꼭지에서 쏟아진 물이 코로 들어가 재채기를 하거나 쉽게 사레가 들렸다. 끼니를 가져다주는 사람은 없었기에 그는 매일 불편한 자세로 물을 마시며 허기를 달랬다. 동시에 그는 바닥에서 기는 습성까지 재빨리 익혀갔다.

하지만 정화는 그렇게 간단하지 않다. 수도꼭지에서 떨어지는 물의 양은 매일매일 줄어들었다. 사흘이 지나면 전립선에 문제가 있는 노인의 오줌줄기처럼 맥없이 흘렀다. 나흘째에 접어들면 그마저 멎었다.

골방에 갇혀 고통받는 남자는 탈출하려 머리를 굴리는 대신 축 늘어져 천장만 보며 시간을 흘려보냈다. 큰 창문 크기의 백지가 한 장 붙어 있는 천장은 말이 없었다. 그는 슬며시 백지를 바라보며 미소를 지었다. 사람들은 약간 배가 고프면 분노가 치민다. 하지만 허기가 겹겹이 층을 쌓으면 사고의 체계가 달라진다. 허기는 그의 나약한 내부에 들러붙은 마지막 자존심마저 갉아먹는다.

남자는 천장에 붙은 흰 종이로부터 환각을 본다. 흰 종이의 가운데가 점점 붉게 물들더니 어느새 묵직한 덩어리로 변해 아래로 내려온다. 군침을 질질 흘리는 커다랗고 붉은 혀의 모습으로. 바닥에 드러누운 남자는 얼굴 위로 뚝뚝 떨어지는 환각의 침을 맞으며 기뻐한다. 골방에서 남자는 식욕을 지닌 인간이 아니라 누군가에게 먹히기를 기다리는 하나의 음식으로 변해간다. 거대한 혀가 아래로 내려와 그를 맛보기 시작한다. 혀가 굶주린 육체를 샅샅이 건드릴 때마다 팔과 다리를 가볍게 떨며 그는 희열에 빠진다. 몸의 경련을 일으키는 것이 자기의 의지인지 타인의 의지인지 의식마저 희미해진 채로. 맹수들에게는 맛난 한입거리에 불과한 갓 태어난 새끼짐승처럼.

일주일 후, 잠긴 문이 조심스럽게 열린다. 백승민이 은쟁반에 모시수건, 죽그릇과 물그릇을 올려놓고 나타난다. 백승민은 건치가 드러나도록 환하게 웃으며 갓난아기로 태어난 정화된 자를 바라본다. 입술을 오므린 채 옹알대던 그는 울먹울먹한다. 눈물로 탁해진 눈에 백승민은 완전무결한 성자로 보인다.

"나의 품으로 오라. 연약한 사람이여, 내가 그대의 번민을 씻겨주리라."

백승민은 물그릇에 손을 적신 다음 손가락을 내민다. 신자는 입을 벌리고 물에 젖은 손가락을 쪽쪽 빨며 지독한 갈증을 달랜다. 백승민은 여러 번에 걸쳐 그렇게 그의 입안에 맑은 물을 흘려넣는다. 다음 코스로 작은 은수저로 신자에게 죽을 떠먹이는 것도 잊지 않는다.

"당신은 이제 더러운 세상에서 빠져나왔습니다."

새영광세대의 교리에 따르면 세상은 혼탁하기 그지없는 곳이었다. 마귀들이 나타나 인간을 농락하고 더러운 악귀의 오수를 뿌려대는 곳이 대한민국이었다. 구원을 받으려면 사람들이 함께 모여 의지하며 바로 서야만 했다.

"저는 이제 깨끗한가요."

"아닙니다. 갈 길은 멀지 않으나 가깝지도 않습니다. 그래도 당신은 오물이 아닙니다."

새영광세대 신도의 첫 단계는 오물이다. 그들은 밖에서 묻혀온 더러운 죄부터 먼저 씻어야 했다. 대가 없는 노동이야말로 죄를 씻고 머리를 맑게 하는 좋은 명약이었다. 오물들은 매일 아침 정화의 물로 쓰일 약수를 야산에서 길어왔다. 아무리 목이 타도 약수터에서 이 물을 마셔서도 안 되고 또 손조차 씻지 못했다. 그들 주변에는 이미 오물의 단계를 벗어난 영광의 형제단이 매서운 눈초리로 그들을 감시했다.

그렇다면 언제 오물에서 벗어날 수 있는가? 바로 백승민이 인정할 때에만 오물에서 벗어나는 일이 가능했다. 물론 모든 신도들이 다 오물을 거치는 건 아니었다. 자기의 죄를 과감하게 투척하면, 그러니까 더러운 재산을 쾌척하면 곧바로 다음 단계로 넘어가는 일이 가능했다.

두번째 단계는 미물의 단계다. 새영광세대의 미물들은 죄는 없지만 아직 구원의 길까지는 갈 길이 먼 신도들이었다. 그들에게 필요한 것은 구원을 위한 끊임없는 기도와 자기 신념이 흐트러지지 않도록 애쓰는 단련이었다. 하지만 여성이란 신념이 약하고 흔들리기 쉬운 촛불 같은 존재이기에 그들을 위해 백승민이 직접 나섰다. 미물 여성들은 백승민 앞에서 모두 옷을 벗은 채 백합 한 송이만 들고 기도했다. 그러면 백승민은 그들에게 일일이 정화의식을 베풀어주었다. 그들을 품에 안고 다정한 목소리로 정화의 합일기도를 올렸다. 온몸을 적시는 홍건한 땀과 함께 기도가 끝나면 백승민은 미물 신도의 몸을 쓸어주며 죄가 씻겼음을 통보한다. 신성함의 의미로 어떤 미물 신도들도 백승민과의 정화의식을 통해서는 임신하지 않았다.

미물의 단계를 거치면 비로소 보물의 길에 다다른다. 보물 단계에 이른 사람들은 이제 구원의 덕을 쌓기 위한 선행을 베풀어야 했다. 보물들은 전국의 도시로 파견되었다. 그곳에서 교회를 다니던 사람들에게 접근해 새영광세대로 개종시키는 일이 그들에게 주어진 임무였다.

바른 마음으로 바르게 바로 서니 바로느님. 새영광세대의 신도들은 언제나 보물에 오르기 위해 애를 썼다. 하지만 반성하지 않는 오물들도 야산에는 있었다. 그들은 다음 단계로 올라갈 생각을 하지 않는, 그래서 종종 똥물이라는 비아냥거림까지 듣는, 오물들이었다.

이들은 스스로 새영광세대의 일원이 된 것이 아니었다. 주로 전국의 역이나 터미널에 흩어져 있는 부랑자들을 밥으로 꼬드겨 데리고 들어왔다. 이들은 새영광세대에서 청소나 식사 준비 같은 자질구레한 일들을 도맡았다. 건장한 보물들은 대놓고 이들을 구타했다. 특히 몰래 도망치려다가 붙잡힌 오물들에겐 정화의 골방 따위는 필요 없었다. 그들은 철조망 바로 아래에서 바로 구둣발로 짓밟혔다.

더러운 오물들은 기도회 시간에도 맨 뒷자리를 배정받았다. 방석이 없어서 대신 신문지를 깔고 앉아야 하는 자리였다. 오물들은 새영광세대의 신도들이 목청껏 기도소리를 높이며 울부짖건 말건 신경쓰지 않았다. 기도 시간 내내 보물들의 방을 청소하다 몰래 훔친 과자를 호주머니에서 꺼내 씹으면서 시간을 보냈다. 보물과 미물이 바로느님을 외치며 기도의 달콤함에 흠뻑 젖을 때 뒷자리의 오물들은 남아 있는 어금니가 하나둘 썩어갔다.

햇볕이 따사로운 6월의 캠퍼스, 두 명의 아가씨가 벤치에 앉아 있다. 하늘색 헤어밴드를 한 청순한 여대생이 손가방에서 유인물 한 장을 꺼낸다. 식빵의 흰 부분을 세로로 찢어 입에 넣고 있던 다른 한 명이 친구가 내민 유인물을 받아든다. 갓 구운 푸짐한 식빵 덩어리 같은 몸집의 그녀는 고등학교를 졸업한 뒤로 집에서 눈칫밥만 먹는데도 자꾸만 살이 올랐다.

헤어밴드는 머리카락을 귓바퀴 뒤로 쓸어넘기다 눈물 한 방울을 똑

흘렀다.

"나 있잖아. 학교 떠나려고 해."

"아니, 갑자기 왜? 여대생처럼 멋진 직업이 어디 있니."

식빵은 말똥말똥한 눈으로 친구를 바라본다.

"젊음과 지성의 상아탑인 대학마저 너무 타락했던 생각이 든단 말이야. 나의 맑은 마음 역시 더렵혀지고 있어."

"그럼, 나와 같이 일요일에 성당에 나가자. 신부님께 모든 죄를 다 고백하는 거야."

"친구야, 내 말 들어봐. 더 좋은 곳이 있어. 나랑 함께 가지 않을래?"

헤어밴드는 새영광세대의 보물 신도에게 전해들은 이야기를 식빵에게 속닥거렸다. 식빵은 친구의 이야기를 경청하면서 오래도록 유인물을 들여다보았다. 새영광세대의 교리보다 백승민의 인자하게 미소 짓는 사진이 먼저 눈에 들어왔다. 식빵은 읽고 이해하기보다 눈에 들어오는 것을 보고서 상상하고 느끼는 사람이었다. 평범한 이들보다 많이 과도하게. 아담과 이브, 유혹자 뱀, 모세, 다윗, 야곱, 예수와 성모 마리아. 어린이용 그림성경 속 주인공들은 잠자리에 들 무렵이면 살아 있는 모습으로 머리맡에 찾아왔다. 그녀의 종교적인 환상 속에 어느새 백승민의 인자한 미소가 덧붙었다.

"좋아, 나도 갈래."

"정말? 친구야, 너무 기쁘다. 이 마음 어찌 설명할 수 있을까?"

다음날 식빵은 일찌감치 신촌에 있는 한 다방으로 나왔다. 코코아를 마시며 삼십 분을 기다렸지만 헤어밴드는 나타나지 않았다. 식빵은 다방 카운터 전화로 헤어밴드에게 연락했다.

"친구야, 미안해. 온몸에 열꽃이 피고 식은땀이 흘러. 다방 안에 유리로 만든 물병을 들고 누군가를 기다리는 아주머니가 있을 거야. 내 이름을 대고 친구라고 말하면 돼."

"알았어, 너도 꼭 올 거지?"

"그럼, 약속할게. 기침이 자꾸 터져서 끊어야겠다."

그 전화통화가 헤어밴드와 식빵의 마지막 통화였다. 헤어밴드는 감기에서 회복된 이후, 마지막이라고 작심하고 나간 소개팅에서 만난 남학생과 사랑에 빠졌고 새영광세대 따윈 까맣게 잊어버렸다.

어쨌거나 헤어밴드의 말대로 다방 구석 자리에 턱이 뾰족한 중년 여인이 모래시계 모양의 유리물병을 갓난아기처럼 품에 안고 앉아 있었다. 여인은 식빵을 위아래로 쳐다보다가는 물병 속의 물을 여러 번에 걸쳐 나눠 마셨다. 여인은 사레가 들려 헛기침을 했고 기침을 멈추려고 할수록 얼굴이 점점 붉게 변했다.

새영광세대에 발을 디딘 식빵은 큰 눈을 말똥말똥 뜬 채로 백승민의 판결을 기다렸다. 백승민은 잠시 아무 말도 하지 않았다. 먼저 입을 연 사람은 식빵이었다.

"전 사랑을 믿어요. 그리고 어마어마한 사랑이 고여 있는 호수 같은 그 얼굴을 알아요. 저는 당신의 얼굴에서 사랑과 구원, 또 믿음의 징표를 읽었습니다. 이곳은 아름다운 영광의 배로군요. 죄인들을 인도하는 위대한 뱃사공이여, 어서 저를 이끌어주세요."

식빵은 백승민을 향해 통통하고 뭉툭한 손을 내밀었다.

"젊은 그대…… 새싹처럼 맑은……"

말을 더듬는 백승민을 바라보던 보물 신도들이 눈썹을 몇 번 찡그렸다. 백승민은 헛기침을 하고 잠시 숨을 골랐다.

"눈에 보여요. 호수 위에 배 한 척이 놓여 있어요. 그것은 사랑으로 충만한 아주 커다란 배예요. 지금껏 저는 믿음 없는 더러운 세상에서 살았어요. 저를 당신의 배로 인도하세요."

식빵은 자리에서 일어나 성큼성큼 앞으로 다가왔다. 몸에 꽉 끼는 블라우스는 땀에 흠뻑 젖어 있었다. 식빵의 그림자가 거대하게 밀려오자 백승민이 손을 뻗어 앞을 가로막았다. 늘 인자하던 백승민의 얼굴에 당최 아리송하기 짝이 없는 표정이 드리워졌다.

"그대여, 그대는 정화받을 필요가 없소."

"아니요, 저는 맑아지고 싶어요. 사랑이 나를 다시 태어나게 할 거예요."

"방금 그 말씀이 내게 말했소. 여러분, 우리들의 어머니 성모가 우리 앞에 있소. 일어서시오. 그녀는 태고의 모습 그대로 완결한 성녀요. 우리 모두 그녀를 추앙합시다."

스무 살의 식빵은 그날 이후로 새영광세대의 성모로 일컬어졌다. 그녀는 방도 따로 배정받았다. 지금껏 이 비좁은 숙소 안에서 백승민을 빼고 독방을 쓸 수 있는 사람은 아무도 없었다. 성모는 그에 보답이라도 하듯 열심히 기도회에 참석했다. 단 미물 여신도를 깨끗하게 만드는 정화의 시간에만 참석하지 못했다.

매일 밤 성모는 백승민을 찾아와 하소연했다.

"부탁이에요, 저도 정화받고 싶어요."

"그대는 정화받을 필요가 없소. 그대는 성모라고 말했잖소."

"저는요. 당신과 함께 밤새 기도하고 싶어요. 기도는 나를 뜨겁게 해요. 수많은 나의 신도들이 양떼가 되어 내 가슴에 안겨 젖을 달라고 울부짖는 것처럼……"

백승민은 눈썹을 살짝 찌푸리고 성모의 얼굴을 힐끔 쳐다보았다.

"이보시오, 성모. 우리가 왜 아홉시 이후에 기도를 하지 않는지 알고 있소? 밤은 우리를 흥분시킵니다. 거대한 기도의 물보라가 밀려오면 감정의 홍수가 일어나고, 그러면 그건 하늘의 목소리를 따르는 게 아니야. 스스로를 귀머거리와 장님으로 만드는 거지. 그게 바로 광신입니다. 성모, 그러니 밤에는 기도하지 말고 마음을 가라앉히시오."

성모는 고개를 모로 젖히고 눈을 깜빡였다.

"그러면 왜 정화의 기도는 꼭 밤에 하는 거죠?"

백승민은 건치를 드러내며 호탕하지만 부드럽게 웃었다.

"정화는 단순한 기도가 아니요. 청소의 기도지. 당신은 너무 순결해서 더러움이라곤 티끌 만큼도 없는 성모이고."

"아니요, 전 더러워요. 사춘기 때부터 부모님 몰래 집에서 담근 포도주를 마셨어요. 그러면 마음이 편안해지고 기분이 좋아지고 사랑받는 아이의 기분이 드니까요. 딸 다섯 중 사랑받지 못하는 넷째 딸, 나라도 날 좋아해야 할 것 같았어요. 난 잘못 태어난 나쁜 아이예요."

백승민이 인자한 미소를 지으며 성모의 뺨을 어루만졌다.

"당신에게 선물을 하지. 내 마음의 기도를 담은 특별한 성수를. 당신의 밤을 편안하게 잠재울."

다음날부터 성모를 위한 알코올이 새영광세대에 들어왔다. 백승민은 직접 술병을 열고 성수병에 옮겨담았다.

건장한 보물 신도들은 백승민과 성모를 모두 탐탁지 않은 눈으로 바라보았다.

성모는 새영광세대의 암묵적인 규칙에 흠집을 내기 시작했다. 식사의 조용함을 미덕으로 삼아온 이곳에서 성모는 유일하게 쩝쩝 소리를 내며 음식을 씹었다. 알코올이 금지된 곳에서 밤새도록 몇 병씩 술을 해치웠다. 밤 아홉시 이후에 기도하지 않는다는 규칙을 깨고 밤새도록 기도했다. 미물 집단은 몰래 성모를 험담했고 오물 집단은 대놓고 손가락질하며 비웃었다.

마을의 논이 모두 황금빛으로 변해가던 초가을 무렵이었다. 아침부터 새영광세대가 시끄러웠다. 아침식사를 준비하는 분주함을 틈타 도망치려던 오물 한 명이 붙잡혔다. 건장한 보물들 둘이 들러붙어 그의 뺨을 때리고 홀쭉한 배를 걷어찼다. 다른 보물이나 미물 들은 모두 식당에 앉아 코빼기조차 보이지 않았다. 취사장 앞에 있던 오물들만이 얼굴을 찌푸리고 그 모습을 바라보았다. 어떤 오물은 새끼손가락을 입안에 집어넣어 앞니 없는 잇몸을 만져보며 울상을 지었다. 그러나 누구 하나 선뜻 나서 건장한 보물들을 말리지 못했다.

"아이고, 선생님들 잘못했습니다. 그러니까 그 뭐냐, 그 물로 그냥 저를 씻어만 주세요. 그러면 다 회개할 테니까. 아이고, 이러다 저 죽어요."

오물은 돌돌 말려 팽개쳐진 양말처럼 몸을 웅크리고 발길질을 피했다.

"아니면 차라리 저를 그 골방에다 데려다줘요. 거기 가면 다 회개

한담서."

　보물들이 발길질을 멈추었다. 오물 남자는 보물들을 피해 재빨리 무릎걸음으로 기어갔다. 안전거리가 확보되자 그는 슬그머니 뒤돌아보았다. 성모가 팔짝팔짝 뛰면서 양손에 쥔 머리핀의 뾰족한 부분으로 보물들의 목덜미를 찔러댔다.

　"어디 내가 있는 곳에서 이럴 수가 있나요. 당신들이 깡패예요? 그러고서도 아름다운 배에 올라탈 수 있을 거 같아요? 당신들, 우리의 바로느님께 부끄럽지 않아?"

　성모는 건장한 보물들에게 삿대질을 했다. 부엌 앞에 옹기종기 모인 오물들의 눈이 반짝반짝 빛났다.

　"거기 뭐 좋은 구경났어요? 수건이라도 하나 가져와봐요."

　성모는 흙바닥에 웅크리고 있는 오물에게 다가갔다. 그녀는 피투성이 얼굴을 치마로 닦아주었다. 눈물 콧물 핏물이 뒤섞인 액체가 그녀의 치마에 얼룩을 만들었다.

　한편 머리핀에 찔린 보물 둘은 다른 건장한 보물 신도들과 함께 백승민의 방으로 몰려갔다. 문은 잠겨 있었다. 보물들은 주먹과 발로 문을 걸어찼다.

　"왜 그래, 왜 무슨 일이야?"

　안에서 신경질적인 백승민의 목소리가 들렸다.

　잠시 후에 문 열리는 소리가 들리고 소매 없는 원피스를 입은 한 여신도가 문밖으로 나왔다. 손에는 머리빗을 들고 있었다.

　"아직 식사시간이 아닐 텐데 무슨 일로 몰려오셨지요?"

　콧김을 씩씩 내뿜는 건장한 보물들은 얼굴이 새빨갛게 달아올라 있었다.

"오늘은 미물들이 아니라 보물 여러분들이 직접 식사라도 가져오시게요?"

여신도는 보물들 앞에서 태연하게 머리를 빗었다.

보물들은 여신도를 밀치고서 우르르 백승민의 방으로 들어갔다. 하소연하는 보물들의 목소리는 들소들의 외침 같았다. 여신도는 문지방에 기대어서 코웃음을 쳤다.

"아니, 그깟 뚱보 여자에게 겁먹어서 그러는 거예요? 마음에 안 들면 당신들이 지하에 있는 도살장으로 끌고 가면 되는 거 아닌가? 혹시 성스러운 여인한테 진짜 저주라도 받을까 무서운 거예요?"

그녀가 허리에 손을 짚고 엉덩이를 씰룩댈 때마다 어깨에 새긴 작은 전갈 문신이 꿈틀거렸다.

아버지는 전갈의 뺨을 연달아 두 번 때린다. 말해봐, 잘못했어 안 했어! 고등학교 주임교사인 그는 얼굴색 하나 변하지 않고 두꺼운 돋보기안경 너머로 딸을 바라본다. 딸은 입을 꾹 다문 채 아비를 노려본다. 귀는 멍해지고 통증과 수치심이 번갈아 몸을 휘감는다. 아버지는 묻는다. 왜 상대가 잘못했는지 어떻게 반성할 것인지 끊임없이 묻고 또 묻는다. 전갈의 아버지는 그런 방법으로 제자들을 길들였다. 한국전쟁에 장교로 참전하고 전쟁 후에는 고등학교 교사가 된 그 남자의 교육관이었다. 개망나니 같은 인간을 길들이려면 때리고 수치를 주는 것 외에 다른 방법은 없다. 어린 시절부터 아버지에게, 선생에게, 선임에게, 상관에게 얻어터지면서 터득한 인생관이었다. 더불어 그는 제자들뿐만 아니라 가족들에게까지 똑같은 방법을 적용했다. 전갈의 어머니가 먼저 아들을 들쳐업고 멍든 얼굴로 집을 나갔다. 잠이 깬 어머니를 빤히 바라보고 있는 딸내미를 매정하게 외면하고서. 전갈의 아버지는 하나밖에 없는 딸을 잘 키우려고 마음먹는다. 슬프게도 그는 농담이나 숨고르기 같은 것은 잘 모르는 남자였다. 상대가 복종하지 않으면 더 강한 방법을 쓸 수밖에 없었다. 그래서 또 뺨을 때린다.

전갈은 뺨을 맞고 나면 이를 악다물었다. 지금 이 자리에 서 있는 나를 인식하기 위해 애썼다. 떠밀리지 않도록. 그녀는 뺨을 갈기는 손바닥에 놀아나고 싶지 않았다. 왜냐하면 나는 죄를 짓지 않았으니까, 자기 자신을 알고 있는 사람은 죄를 짓지 않는 거니까. 그래서 전갈은 학창 시절 내내 자유로웠다. 여고 시절 가발을 쓰고 음악다방을 들락거렸고, 통금시간이 간당간당해서야 집으로 돌아왔다. 그리고 다시 아버지에게 뺨을 맞았다. 대학생이 되고 한창 멋을 부릴 나이였으나 뺨을 맞았다. 수업이 일찍 끝난 어느 날이었다. 그녀는 소문으로 들었던 신촌 뒷골목에 거주하는 불법 문신술사 히피 청년을 찾아갔다. 어깨에 전갈을 새겨줘요. 어차피 난 사대문 안에 있는 사막에 살고 있으니까 독침 정도는 가져도 괜찮잖아요. 장발의 히피 청년은 입에 청자 담배를 물고 도사연하는 얼굴로 고개를 까닥거렸다. 바늘은 전갈의 독침만큼 따끔했지만 뺨을 맞으며 자라온 그녀의 눈엔 눈물조차 고이지 않았다.

"실패하셨어요."

전갈의 아버지는 뺨을 때리려던 손을 멈칫거린다. 지금껏 딸이 용서를 빈 적은 없었지만 맞으면서 말대꾸를 하진 않았다. 그가 쌓아온 역사에 작은 흠집이 생긴 순간이었다.

"뺨을 맞으며 배운 것은 뺨을 때리지 않고서 타인에게 상처를 주는 방법이니까요."

전갈의 아버지는 이를 악물고 딸을 노려보았다.

"어디서 말대꾸냐? 대학에 보내줬더니 나팔바지에 바람이 들어 되바라지기만 했구나."

서로를 잡아먹을 듯 노려보던 부녀간의 대화는 잠시 중단되었다. 갑작스레 전갈의 고모가 집으로 찾아왔기 때문이었다. 그녀는 양손에 커다란 물병 두 개를 들고 흔들었다.

"오랜만이야. 내가 무얼 가지고 왔는지 알아? 세상에서 제일 깨끗하고 성스러운 물이야. 수돗물 마음놓고 마실 수 있…… 근데 집안 분위기가 왜 이래?"

"아빠한테 물어봐요."

전갈은 문을 쾅 닫고서 방 안으로 들어갔다.

전갈의 아버지는 여동생 앞에서 담담하게 모든 이야기를 털어놓았다. 물론 그가 상습적으로 아내와 딸의 뺨을 때렸다는 이야기는 꾸지람이란 단어 아래 감추어졌다.

"요즘 대학생들 문제 많다는 이야기는 내가 들었어요, 오빠. 장발에 미니스커트 바람에, 아휴 남우세스러워. 하지만 우리 착한 조카는 잠깐 나쁜 바람이 든 거야. 나하고 경건한 곳에 있으면 다시 깨끗해질 거예요."

전갈의 고모는 오라비를 설득하고 또 설득했다. 결국 전갈의 아버지는 종교의 힘에 의지해 딸을 다시 정갈한 여자로 만들기로 결심했다. 고모의 말을 들은 전갈은 선선히 그녀를 따라나섰다.

"물맛 좋네요. 어디 약수예요?"

전갈의 고모는 이글이글 불타오르며 괴이쩍은 멍한 눈으로 조카를 바라보았다.

"아주 좋은 곳."

바른 마음으로 바르게 바로 서니 바로느님. 새영광세대로 들어가자마자 전갈은 정화의 기도에 참석해야 했다. 전갈은 구석에 앉아 손에 쥔 백합을 만지작거렸다. 백승민이 진지한 얼굴로 추행하는 모습이나, 백합을 들고 부들부들 떨면서 그 순간을 기다리는 여신도들이나 우습기는 마찬가지였다. 소름 끼치는 일이 하나 더 있었는데 구석구석에서 건장한 남자들이 그 모습을 카메라에 담는다는 사실이었다. 백합을 손에 쥔 채로 빙빙 돌리면서 전갈은 잠시 고민에 잠겼다. 어떻게 이곳을 탈출해야 할지 알 수 없었다. 그녀는 도대체 왜 이런 집단이 생겼는지 이해가 안 갔다. 아무리 핸섬한 남자라지만 여자들이 넋을 놓고 몸을 맡길 수 있는 이유를 이해하기 어려웠다. 백승민이 가까이 다가올수록 그녀의 고민은 점점 호기심으로 변했다. 전갈은 백승민의 목덜미를 유심히 관찰했다. 어느새 백승민은 전갈의 코앞에 있었다. 그가 얼굴에 미소를 머금은 채 하얗고 말끔한 치아를 드러냈다. 어떤 여자라도 눈멀게 할 법한 신비로운 미소와 눈빛이긴 했다. 전갈은 문득 그 남자를 더 깊게 파헤치고 싶어졌다. 그녀는 손을 뻗어 독처럼 맹렬하지만 백합처럼 부드럽게 백승민의 뺨을 쓰다듬었다. 그리고 가느다란 손가락으로 턱을 어루만지면서 흑진주 같은 눈동자로 상대를 바라보았다. 백승민의 입에서 탄식인지 신음인지 판별하기 힘든 야릇한 소리가 비어져나왔다. 다리에 힘이 풀린 지도자는 낯선 여신도 앞에서 무릎 꿇었다. 전갈은 백승민의 머리에 백합을 올려두고 기도회장 밖으로 빠져나와 숙소로 돌아갔다.

그날 밤 늙은 노파 보물이 전갈을 찾아왔다. 전갈은 노파를 따라 길고 어두운 복도를 지났다. 복도 끝에 있는 방에 도착하자 노파가 조심스럽게 방문을 노크했다. 방문이 열리자 가운 차림으로 침대에 걸터앉아 환하게 웃는 바로느님이 있었다. 노파는 문을 닫고 발뒤꿈치를 들고 어둠 속으로 사라졌다.

백승민은 미소를 지은 채 팔을 벌려 그녀를 품에 안으려 했다. 전갈은 손을 내밀어 냅다 백승민의 뺨을 갈겼다.

"뭐예요, 왜 이렇게 늦게 나를 불렀죠?"

백승민이 아무 말도 못하고 뺨을 움켜쥐고 있는 틈을 타, 전갈은 다시 한번 반대쪽 뺨을 때렸다.

"말 좀 해보라니까. 잘못했어, 안 했어."

"미안해. 아, 미안하다니까. 젊은 여자가 왜 이렇게 손이 매워."

그날 밤 이후 새영광세대를 이끄는 바로느님은 공처가로 변했다.

전갈은 보물 노파를 따라 매일 밤 백승민의 숙소를 찾아갔다. 자정이 넘어가면 또다른 방문자가 요란하게 노크했다.

"나예요. 너무 인자하고, 풍족한 마음을 지닌 바로느님. 할 말이 있어요."

"돌아가시오, 성모. 체통을 지키고 마음속으로만 기도를."

속옷 차림으로 앉아 있던 백승민은 얼굴이 붉어진 채로 머리카락을 쥐어뜯었다. 전갈은 백승민의 허벅지를 베고 누운 채로 미군부대에서 가져온 초콜릿을 살살 녹여먹으면서 깔깔거렸다. 문밖에서 성모의 목소리가 다시 들렸다.

"오물들은 너무 불쌍한 사람들이에요. 그 사람들에게도 사랑을 베풀어주세요."

"성모, 벌써 술이 떨어졌소?"

백승민이 고개를 살래살래 저으며 자리에서 일어났다. 전갈은 그가 일어나지 못하도록 붙잡았다.

"왜 저 여자를 그냥 여기 내버려두는 거지?"

"보물 놈들 열받으라고. 저 여자 때문에 골치깨나 썩고 있을걸. 보물들이 다른 곳에 신경이 예민해져 있어야 날 귀찮게 안 하거든. 보물까지 오른 새끼들은 주식회사의 주주야, 주주. 바로느님인 나를 어떡하면 끌어내릴까 연구하는 놈들 같다니까."

"그럼, 왜 오물들은 여기에 그냥 두는 거야?"

"마찬가지야. 필요악이라 할 수 있지. 그들이 있어야, 여전히 세상이 더러움을 알 수 있고, 그러니까 미물들은 더더욱 적극적인 기도를 할 테고……"

"그렇게 말하니까 꼭 사기꾼 같네."

"어쩔 수 없어. 눈속임과 주먹질이 없으면 아무도 진실을 믿지 않지. 하지만 진실은 분명해. 신은 분명 존재하셔. 난 그분의 목소리를 들었다고. 내 귓가에 들려왔지. 나, 바로느님은 그분께서 내려보낸 청소부야. 세상의 혼탁에서 선인들을 구해낼 노아이고. 그건 변하지 않지."

"당신의 씨앗은 진정한 순결의 완성체지. 죄악을 타고나는 자손을 만들지 않으니…… 의학적으로 말하면 물론 무정자증이란 이야기겠지만."

전갈은 초콜릿색으로 변한 치아와 혀를 드러내고 깔깔대고 웃었다.

"그런데 왜 고작 청소부야? 혹시 신이 되고 싶은 생각은 없는 거야?"

"그분은 오직 한 분, 하늘에 있지. 바로느님은 그분의 말씀을 바르게 따라 험한 홍수에 배를 저어가는 뱃사공에 불과해."

"남자로 태어나서 그 정도 포부밖에 없다니 창피하지 않아. 그거 무정자증 때문에 생긴 콤플렉스 아닌가?"

백승민은 자리를 박차고 일어섰다.

"그분은 하늘에 계시고, 인간은 땅에 있는 미혹한 존재이고, 바로느님은 신을 대신해 죄를 씻어내는 청소부고. 그게, 내 사명이지."

백승민의 눈은 사명감에 빛났지만 그를 바라보는 전갈의 표정은 시큰둥했다.

"차라리 우리 성모가 하늘의 영광으로 새로운 신이 될 아이를 임신하는 걸 기다리는 게 훨씬 낫겠네."

백승민의 비밀을 알게 된 전갈은 문득 욕심이 생겼다. 새영광사업도 꽤 괜찮은 사업이란 생각이 들었다. 전갈은 매일 밤 백승민의 가슴팍에 얼굴을 묻고 신도들에게 환상을 불어넣는 은밀한 방법을 곶감처럼 빼먹었다. 사랑에 빠진 남자가 다 그렇듯 백승민은 그가 평생에 걸쳐 키워왔던 사업의 노하우를 술술 털어놓았다.

"많은 방법이 있지만 결론은 언제나 사람들에게 믿음을 줘야 한다는 거야. 세상은 더럽고 무섭고 야비한 곳이지만, 반대로 바르게 살았다고 믿는 당신은 늘 순결하고 아직까지 희망이 남은 존재라는. 혹은 바르게 살면 이 세상은 아니라 다음 세상에서라도 구원받을 수 있을 거라는 믿음을 불어넣어줘야 하지."

"이봐요, 바로느님. 왜 나한테는 순결하다 말하지 않지?"

"왜냐면 당신은 너무너무 더러운 존재니까. 그래서 난 당신을 사랑하는 거야. 위대한 청소부라도 가끔은 혀끝까지 더러워지고 싶은 게 남자니까."

전갈은 축 처진 고환을 덜렁거리며 실실거리는 백승민이 충분히 더러운데다 멍청하기까지 하다고 생각했다. 하지만 그와 있는 시간이 따분하거나 지루하진 않았다. 지금은 뺨을 맞는 대신 뺨을 때리는 위치에 있으니까. 그녀는 새영광세대에서 순결하게 바로 서는 방법을 배우지 않았다. 사랑이 때론 감정의 게임이 아니라 권력의 게임이란 걸 새영광세대에서 배웠다. 권력을 잃은 자는 떠벌린다. 동정과 관심을 더 갈구하기 위해. 어느덧 백승민은 아무에게도 털어놓지 않았던 지난한 시절의 사연까지 모두 전갈에게 털어놓았다.

찢어지게 가난한 집의 막내아들이었던 백승민은 한국전쟁 이후 하우스보이로 미군들 주변을 어슬렁거리며 영어를 배웠다. 전쟁이 끝나자 유창한 영어 실력 덕에 한국에 들어온 미국인 기독교 선교단체 목사의 비서 자리를 꿰찼다. 그는 미국인 목사를 존경해서 그의 손짓과 말투와 시선과 미소를 그대로 베껴나갔다. 뒤늦게 자신보다 성스럽게 보이는 도플갱어를 발견한 미국인 목사는 소름이 끼쳐 백승민을 쫓아냈다. 먹고살 길이 없어진 그는 서울에서 한창 잘나가던 카바레에서 삶의 활로를 찾았다. 마침 수많은 제비들이 한가해진 사모님들의 돈으로 배를 불려가던 때였다. 백승민은 잘난 외모와 화려한 춤 솜씨, 목사 같은 언변으로 카바레를 빛냈다. 안타까운 일이지만 그곳에서 형사의 아내를 유혹했다 덜미가 잡혀 교도소 신세를 졌다. 교도소에서 그는 다른 동료들처럼 성기를 째고 그 안에 날카로운 칫솔 조각을 집어넣는 대신 다시 성경을 읽으며 사모님들을 돌리고돌리던 시절을 뉘우쳤다. 그곳에서 머리를 때리는 깨달음을 얻고 세상의 더러움을 씻어내는 노아가 되기로 결심했다.

"그런데, 무정자증이라는 건 언제 알았어?"

"카바레 생활을 청산하고 반듯하게 살려고 순둥이 여자하고 살림을 차린 적이 있었어. 아무리 용을 써도 애가 안 생기더라고. 그때는 한탄했지만 나중에서야 하늘의 깊은 뜻을 알았지. 아, 그분께서 나를 평범한 애아버지가 아닌 큰일을 하라고 내려주신 거구나, 라고."

봄비가 비밀스러운 소문처럼 소곤소곤 내리는 날이었다. 그날도 어김없이 새영광세대는 줄을 맞추어 마을을 뛰었다. 바른 마음으로 바르게 바로 서니 바로느님. 일 년여 사이에 마을 노인들은 달리기 구경에 싫증이 나 쳐다보지도 않았다. 대신 한 젊은 청년이 손에 대본소 만화책을 든 채 일주일 가까이 그들을 지켜보았다. 이제 막 스물을 넘긴 청년답게 얼굴은 뽀얗고 항상 눈가가 촉촉이 젖어 있는 미남자였다. 청년은 논두렁에 만화책을 내던졌다. 바람에 책장이 휘휘 날리고 남자주인공이 다리에 서서 한강을 내려다보는 장면에서 페이지가 멈춰졌다. 배낭을 짊어진 청년은 세영광세대의 신도들을 따라 묵묵히 달렸다. 청년은 야산까지 올라와 백승민의 앞에 무릎까지 꿇었다.

"오래전부터 지켜보고 있었고요. 저도 깨끗하게 정화되고 싶어요. 깨끗한, 다시 깨끗한 사람이 될래요."

백승민은 손으로 턱을 받치고 청년을 내려다보았다. 콧날이 얇고 반듯한 청년에 비해 바로느님의 코끝은 뭉툭해서 약간 투박해 보였다. 더구나 전갈에게 물린 다음부터 백승민은 하루가 다르게 늙어갔다. 맑은 피부는 거칠어지고 눈밑은 시커멓게 변했고 가끔 입가에 허옇게 침버캐가 꼈다.

"청년이여, 청년은 왜 깨끗해지고 싶소?"

"사랑…… 가슴 아픈 사랑이 내 가슴에 멍을 만들고……"

우물대던 청년은 갑자기 서럽게 울어댔다. 아무리 섧게 울어도 아무도 그 모습을 보고 혀를 차거나 비웃지 않았다. 갑자기 실내가 고요해졌고 청년의 울음소리만이 뎅뎅 울렸다. 묘한 울림이 있는 울음이었다. 젊은 여신도들 몇 명은 손에 쥔 백합의 꽃잎을 뜯어 청년의 눈가를 닦아 주고 싶은 충동마저 느꼈다.

"울지 말아요."

어느새 성모가 다가와 청년 앞에 털썩 주저앉았다.

청년은 눈물이 그렁그렁한 눈으로 성모를 바라보았다. 콧물과 눈물이 범벅이 되고 코끝은 사이렌처럼 붉었다.

"아니, 울어요. 더 울어요. 당신의 눈물엔 어마어마한 힘이 있어요. 나 성모는 알 수 있습니다. 당신의 울음소리는 우리가 기다리던 찬송가. 우리 새영광세대는 모두 대환영이니까. 눈물의 왕자님이여, 인자한 바로느님 앞에서 맘껏 우소서."

성모가 그 자리에서 내려준 청년의 별명은 백승민을 제외한 모든 사람들의 가슴팍에 고스란히 꽂혔다.

"젊은 청년. 오늘부터 그대는 오물이오."

백승민이 손가락으로 오물들을 가리켰다.

눈물의 왕자는 오물들에게 내던져졌다. 그날 밤 오물들의 숙소에서까지 그의 눈물은 그치지 않았다. 밤이 되면 배낭에서 첫사랑 여인이 보낸 편지들을 꺼내 들춰보며 베개를 적셨다. 같은 방을 쓰던 과격한 오물들마저 머리통을 쥐어박지 못할 만큼 그의 눈물에 묘한 위엄이 있긴 했다. 한 오물은 울고 있는 그를 향해 욕지거리를 날렸다가 다른 이들에게 집단구타를 당할 뻔했다. 눈물의 왕자는 하룻밤 만에 오물 신도들을 모두 눈물로 다스렸다. 오물들은 알아서 눈물의 왕자의 베개 옆에 깨끗한 수건 열 장씩을 가져다놓았다. 젖은 수건에선 달콤한 눈물의 냄새가 풍겼다. 여인들, 심지어 몇몇 사내들까지 눈물 젖은 수건을 몰래 챙겨 품에 숨겨두곤 했다.

그렇다고 눈물의 왕자가 오물들 사이에서 군림하려 든 건 아니었다. 그는 다른 오물들과 마찬가지로 아침에 일어나서 약수터에서 물을 떠오고 밥 짓는 일을 도왔다. 그 와중에 간간이 마을 아래를 내려다보며 울음을 터뜨렸지만.

"나 무너진 거 알아?"

어느 기도회 시간, 오물 한 명이 옆 사람을 툭툭 치며 말했다.

"왜 잇몸이라도 내려앉았어?"

"마음. 요기 한곳이 빡빡했는데 눈물의 왕자가 우는 소리를 들으니까 우르르 무너졌어. 처자식이 보고 싶어, 우리 어머니한테 불효한 것도 생각나고…… 내가 왜 요모양 요꼴인지 한심스럽다."

일과시간이 끝나면 오물들은 눈물의 왕자 앞에 모였다. 눈물의 왕자는 자기의 첫사랑 이야기를 사람들에게 들려주었다. 내용은 간단했다. 사랑했고, 부자에 개기름이 번들대는 라이벌이 나타났고, 순백의 민들레 청년은 차였다. 하지만 오물들은 따라 울었다. 눈물의 왕자의 멜로드라마 같은 이야기 속에 간간이 추임새처럼 뒤섞이는 울음은 꽤 전염성이 강했다. 특히 그를 따라 한바탕 울고 나면 오물들은 마음의 찌끼를 다 퍼낸 듯 개운해졌다.

멀리서 이 모습을 지켜보는 두 여인이 있었다. 성모와 전갈이었다.

성모는 밤마다 기도하는 일을 중단했다. 백승민의 방문을 하염없이 두들기는 일 또한 그만두었다. 대신 오물들의 처소로 내려가 직접 밥을 짓고 물을 길렀다. 술을 줄이고 밤마다 눈물의 왕자가 전하는 이야기를 들으며 오물 여인들과 어깨를 감싸안고 함께 울었다. 독방으로 쓰던 성모의 방은 어느새 전갈의 차지로 돌아갔다.

성모는 눈물의 왕자를 유달리 잘 보살폈다. 눈물의 왕자 역시 성모의 친절을 기꺼이 받아들였다. 둘은 서로 엇비슷한 나이였지만 말을 놓지 않았다.

"여기에만 있으니까 답답하지 않아요, 눈물의 왕자님?"

"아니요, 이곳은 저의 영혼의 안식의 샘물을 부어주고 있어요……
이곳은 새로운 천국입니다."

입술은 웃고 있지만 눈물의 왕자의 청수한 눈은 또 금방 그렁그렁해졌다.

"자, 그만 울어요. 내가 당신의 눈물을 닦아줄 테니."

철조망 울타리 안은 이제 두 젊은이에게 펼쳐진 아늑한 동화책이었
다. 둘은 그 안에서 시름에 젖은 왕자와 성 안에 갇힌 성스러운 여인
으로 변해 함께 사랑의 왈츠를 추었다. 둘만의 무도회 장소는 점점 비
밀스럽고 어두워졌다. 사랑에 빠진 이들에게 숨을 장소는 차고 넘쳤
다. 타인의 시선이 얼마나 날카로운지 사랑에 눈먼 자는 보지 못하기
에. 하지만 보물들과 전갈은 각기 다른 이유로 청춘남녀의 비밀스러
운 만남을 관찰하기만 했다.

"당신하고 나, 꽃 같은 스물한 살. 참 좋은 나이의 아가씨들인데."
어느 날 화장실 앞에서 성모에게 전갈이 말을 건넸다.
"정말 그렇긴 해요."
성모가 땅이 꺼지도록 깊은 한숨을 쉬었다.
"가끔 내 방에 놀러오지 그래요. 어차피 그 방 주인은 당신이잖아
요."
성모가 전갈을 물끄러미 바라보았다.
"사실 난 좀 미안하기도 해. 일부러 내가 그 방을 뺏은 것 같기도
하고. 그러니까 무언가 좀 보답할 기회를 줘요. 오늘밤에 내 방, 아니
우리 방에서 만나요."
"하지만 당신은 밤이면……"
"요즘은 잘 안 가요. 그 인간 알고 보니 맹탕이라서."
그날 밤 성모는 전갈의 방을 찾아갔다. 방문을 열자마자 성모는 양
손으로 입을 가린 채 방 안을 둘러보았다. 그녀는 한때 자신이 머물렀
던 초라한 방, 하지만 주인이 바뀐 뒤로 화사하게 변해버린 그 방을

바라보았다. 벽지는 장밋빛이었고 원목으로 만든 나무옷장이 한쪽 벽면을 다 차지했다. 더욱 놀라운 것은 반대편 벽에 붙어 있는 전신거울이었다. 새영광세대의 숙소에서 거울이라고는 공동세면장에 있는 서류봉투만한 사각거울 하나가 전부였다.

전갈은 옷장을 열어 유행하는 나풀나풀한 여성복들을 성모에게 보여주었다.

"살만 조금 빼면 치수가 맞을 텐데…… 그리고 눈도 커질 거예요. 이제 막 화장하고 얼굴을 꾸밀 나인데, 이런 칙칙한 곳에서 오물들과 살고 있으니, 참 가슴이 아파요."

"……"

"반지랑 목걸이도 있는데 보여줄까? 실은 여기서는 아무한테도 자랑을 못 하니 답답했어. 여기는 공식적으로 사치를 금하는 곳이잖아."

전갈은 갑자기 말을 놓았다.

"맞아요. 사치는 안 돼. 지도자와 함께 배에 오르려면."

"왜 그래, 왜 그렇게 얼굴이 시무룩해?"

"이런 건 다 어디서 가져왔어요?"

"가져오긴. 우리의 청소부께서 쓸어오신 거야."

"바…… 바로느님께서요?"

성모는 두꺼운 양손으로 눈을 가렸다. 그리고 손바닥으로 꾹꾹 눌렀다. 전갈은 성모의 어깨를 어루만져주었다.

"놀랐구나. 그래, 나도 자기도 다 저 놈들한테 속은 거야."

"좋아, 어차피…… 이젠 상관없어요. 그냥 내가 너무 바보 같으니까……"

"아이 참, 왜 자꾸 울고 그래. 눈물도 전염병인가? 눈물의 왕자한테 옮았어?"

전갈은 자리에서 일어나 침대 밑에 숨긴 무언가를 주섬주섬 찾아 꺼내들었다. 성수병에 담긴 술이었다. 전갈이 먼저 병에 든 술을 한 모금 마시고는 성모에게 건넸다. 성모는 술병을 든 채로 주저했다.

"왜 그래? 괜찮아. 옛날에도 마셨으면서."

"아니 저는요……"

"아, 속이 좀 안 좋아? 아침에 보니까 식사 준비도 안 하고 부엌이랑 멀찍이 떨어져 있던데?"

"요새 좀 속이 그래요. 속이 안 좋아서 밥도 잘 못 먹는다니까요."

"하긴 오물들 숙소가 워낙 악취가 진동하긴 하지."

"맞아요, 너무 늦었네요. 이만 가봐야 할 듯……"

성모는 술병을 탁자 위에 조심스레 내려놓고 자리에서 일어섰다. 전갈은 성모의 손목을 잡아당겨 다시 자리에 앉혔다.

"난 다 알아. 네가 더이상 새영광세대의 성스러운 여인이 아니라는 걸."

전갈의 가시 돋친 말투에도 성모는 그저 입가에 알 듯 말 듯한 미소만 머금었다.

"상관없어요. 미스코리아도 일 년인걸요."

"그게 문제가 아니야. 보물들이 눈치챘을걸. 성모도 아닌 널 가만 놔둘 것 같아? 그들이 벼르고 있어. 배가 불러오면 널 골방으로 끌고 가 쥐도 새도 모르게 없앨 거라고."

"……"

"원하면 몰래 좋은 산부인과에 데려가서 아이만 없앨 수도 있어."

성모의 눈에 눈물이 맺혔다.

"나, 이 아이 품고 싶어요."

전갈이 조심스럽게 그녀의 손을 잡았다.

"너 정말 성스러운 여인이 될 자격이 있구나."

"무슨 말이에요?"

"내가 도와줄게. 무사히 아이를 낳을 수 있도록 말이야. 대신 조건이 있어. 그 아이를 나에게 줘. 신으로 키우고 싶어."

"시, 시…… 인?"

"아니, 시 같은 거 끼적대는 인간 말고 진짜 사람들이 숭배하는 신. 나라면 정말 신이 될 수 있는 아이를 키울 수 있어. 바로느님의 모든 노하우를 다 훔쳐냈거든. 아이에 대한 교육권을 내게 양도한다면 사람들을 다 삼켜버리는 악마처럼 아름다운 괴물을 키워낼 거야."

"당신이 무슨 말을 하는지 모르겠어요. 어쨌거나 날 여기서 무사히 빼준다는 이야기죠?"

"당연하지. 약속만 한다면. 그리고 넌 바깥에서 다시 처녀로 살아갈 수 있어."

성모는 조심스럽게 고개를 끄덕였다.

"그런데 눈물의 왕자도 같이 가나요?"

"절대 안 돼. 난 질질 짜는 남자로는 국도 안 끓이니까."

탈출 계획은 빠른 속도로 이루어졌다. 막상 이곳을 빠져나가기로 마음먹자 성모는 담담하게 눈물의 왕자를 정리했다. 며칠 후, 별도 달도 없는 흐린 그믐밤이었다. 전갈은 성모를 데리고 새영광세대를 빠져나갔다. 출입문을 지키고 있던 보물이 눈을 부릅뜨고 둘을 노려보았다. 하지만 전갈은 쫄지 않고 그 건장한 문지기를 빤히 쳐다보았다.

"만일 이 여자 털끝 하나라도 건드리면 바로느님이 무정자증이라는 걸 사람들에게 확 떠벌릴 줄 알아요. 당신들이야말로 돌멩이 하나로 새 두 마리 잡는 거잖아요. 빡빡하게 굴지 말고 빨리 문이나 열어줘요. 우리가 새영광세대에서 사라져줘야 당신들 역시 해피하게 바로 서지 않겠어요?"

새영광세대를 빠져나간 두 여인은 바쁜 걸음으로 야산을 내려왔다. 전갈이 뒤에서 손전등을 비춰주고 성모가 앞서 걸었다. 산을 거의 다 내려왔을 무렵 성모가 돌부리에 발이 걸렸는지 그만 앞으로 고꾸라지고 말았다. 배를 감싸고 낑낑대는 성모에게 전갈은 서둘러 달려갔다. 크게 다치진 않았는지 성모는 다리를 절뚝거리긴 했지만 금방 일어섰다. 전갈은 들고 있던 손전등으로 주변을 비추어보았다. 성모를 넘어뜨린 건 돌이 아니었다. 땅속에 반쯤 묻힌 채 썩지도 않고 단단하게 굳어버린 괴상한 무였다. 시커멓게 시든 그것은 어딘가 전갈을 노려보는 불길한 얼굴처럼 보였다. 문득 전갈은 그녀의 뺨을 때리던 아버지가 떠올랐다. 새영광세대를 떠나자 현실이 어떠한지 바로 깨달았다. 어쩌면 저 산 아래의 세계는 오물 미물 보물에 상관없이 서로 뺨을 때리고 얻어맞는 이들이 수두룩한 곳일지 몰랐다. 전갈의 다리에 힘이 풀렸다. 하지만 밤바람이 아무리 매서운들 산중턱에서 걸음을 멈출 수는 없는 법. 전갈은 서둘러 성모를 데리고 산을 내려갔다. 성모의 뱃속엔 세상을 집어삼킬 아름다운 악마가 자라나고 있을 테니까.

사랑을 잃고 나는 쓰네

노대원(문학평론가)

　박진규의 소설들은 떠나간 자들의 빈자리를 가리킨다. 이제는 곁
에 없는 사람들, 그리하여 만날 수 없고 숨결과 체온을 느낄 수 없는
사람들. 그들이 머물다 간 그 쓸쓸한 빈자리에 그대로 멈추어 서게 한
다. 흘러가서 돌이킬 수 없는 덧없는 시간을 기억과 추억의 마술로 지
금 이곳으로 불러온다. 때로는 떠나버린 자들의 유령을 만나고, 그들
에 관한 꿈을 꾸며, 전생과 내생의 은밀한 이야기를 듣는다. 그리운
사람들은 저 멀리로 사라져 더이상 이곳에 없지만, 남겨진 자의 마음
속에서 영원불사의 삶을 살아간다. 남겨진 자는 여전히 마음의 귀로
떠나간 이들이 속삭이는 이야기를 듣고, 마음의 눈으로 떠나간 이들
의 얼굴을 본다. 떠나간 이들은 남겨진 이의 삶 속에 얼룩이 되고 구
멍이 된다. 지울 수 없는 얼룩의 흔적은 떠나간 이들의 목소리와 표정
과 체온을 현재로 불러오고, 구멍은 블랙홀처럼 남겨진 이의 삶과 기
운을 무참히 빨아들인다. ……그들은 이곳을 떠났지만 내 마음에서

는 결코 떠나지 않았다. 그들은 먼 곳으로 가버렸으나 내 곁의 가장 가까운 곳에, 내 안의 가장 깊은 곳에 여전히, 살고 있다. 박진규의 소설들은 그렇게 고백한다.

보고 싶은 얼굴, 그토록 서늘한 그대 숨결

먼저 「국수」에 관해 이야기하는 게 좋겠다. 이 소설은 "기억과 추억 사이에서 헷갈리는 일들이 있다"(85쪽)라는 문장으로 시작한다. 아닌 게 아니라 정말로 이 소설을 이루는 문장들은 기억과 추억 사이의 좁은 골목을 굽이굽이 돌아 천천히 걷는 듯하다. 처음엔 어린 시절 어머니와 함께 먹었던 국수에 대해 이야기하려 하지만, 금세 다른 기억과 추억의 샛길로 자꾸만 미끄러져 건너간다. 그렇게 기억들은 우회하고 표류하면서 구불구불한 여담의 행로를 그려나간다. 그런데 분명한 것은 이 자유롭고 느슨해 보이는 연상의 흐름에도 어떤 초점들이 존재한다는 것. 당혹스럽게도, 그 초점들은, 아주 사소하고 일상적이며 지나치게 소박해서 오히려 기억의 중심무대에서 내쳐질 만한 이미지들이다. 물방울, 새 편지지 접을 때 나는 소리, 편지의 첫문장, 손가락, 이불의 얼룩, 발바닥, 눈썹……

그런데, 왜 하필 국수에 대한 기억일까? 국숫집에서 비일상적인 예외적 사건이 벌어진 것도 아니고 특별히 행복했던 체험도 아닐 텐데. 우리는 소설의 끝에 당도해서야 이 기억의 주인이 삶과 죽음의 경계에 놓여 있다는 것을 알게 된다. 죽음의 문 앞에 쓰러진 자가 떠올리는 국수란 지독한 아이러니가 아닐 수 없다. 국수는 장수를 상징하기 때문이다. 국수가락처럼 늘어진 덤덤한 어조의 이 회고록은 살고 싶다는 울부짖음에서 반죽되어나온 걸까. "지금껏 내가 살아온 인생은 대수롭지 않았다. 먹어도 금방 배가 꺼지고 금방 퉁퉁 불어 맛없어지는 국수 한 사발의 팔자인지 모른다. 여섯 살엔 그런 일 따위 몰랐으니 그때 먹은 국수 맛이 떠오를 턱이 없는 게 당연했다. 그렇지만 수많은 생각들이 머리를 가득 채웠다. 별것 아닌 일들이 제멋대로 뒤엉켜서 끓다 잠시 식고 또 부글부글 그렇게."(102~103쪽) 사내가 어머니와 여탕을 함께 갔다 들른 곳이 국숫집이었다. 벌거벗은 유년은 천진난만한 행복의 시절이다. 우리가 돌아갈 수 없는 시절, 아니, 오직 추억의 힘을 빌려서만 돌아갈 수 있는 시절. "잠들기 전 아주 잠시 자살이란 단어를 곱씹어보는"(87쪽) 이 사내가 "만일 아들의 죽음을 알게 되면 어머니는 어떤 표정을 지을까?"(105쪽)라는 질문을 하게 되는 것은 자연스럽게 느껴진다. 사소한 기억들로 과거의 상실을 애도하는 그의 회고는 자기 자신에 대한 애도였다. 과거의 나, 이제 곧 사라져버릴 지금의 나, 그리고 미래에는 완전히 사라져 "시멘트 바닥보다 더 차가워"(105쪽)져버릴 나에 대한.

「보고 싶은 얼굴」의 주인공 정현민의 "연년생이었던 형은 초등학교 사학년 때 세상에서 사라졌다".(142쪽) 골목대장이었던 형은 동생이 발견한 불발탄을 빼앗아 놀다 폭발사고로 죽었던 것이다. "종종 내가 관 속에 누워 있다는 생각이 들었다"(143쪽)고 고백할 정도로 형의 죽음은 정현민의 내면을 짓눌렀다. 그것은 단순히 형이 죽었다는 사실이 주는 고통은 아니다. 그는 불발탄을 빼앗겨 분한 마음에 "……

죽어버려"(143쪽)라고 저주했었다. 그리고 "짐승처럼 꺽꺽대는 한 여자" "저 귀신 같은 여자"(143쪽)가 그의 뺨을 후려갈기며 원망했다. 그 여자는 다름아닌 그의 어머니. 인정욕망과 죽음소망, 상실과 애도, 우울과 증오로 이어지는 복합적인 정황들이 그를 괴로운 마음의 늪에 빠뜨리게 한 것이다.

그러면 '보고 싶은 얼굴'은 누구일까? 죽어서 이제는 볼 수 없는 형? 그런데 '보고 싶은 얼굴'은 무의식의 차원에서는 '보기 싫은 얼굴'이었던 것은 아니었을까. 그것이 정신분석이 우리에게 알려준 불편한 진실이다. 프로이트는 한 편지에서 어린 시절 남동생을 잃었는데, 이 상실로 경쟁자에게 품었던 자신의 죽음소망이 이루어졌고 때문에 자책감이 일었다고 고백했다.[1] 그러니 이 소설에서 보고 싶은 얼굴이란, 오히려 형의 그늘 아래 감추어진 자신의 얼굴, 부모님께 온전한 사랑을 받아 기쁨의 미소를 짓는 행복한 자기 얼굴인지도 모른다. 또는 온전한 사랑을 자신에게 쏟는 부모의 얼굴인지도 모른다. 주변 사람들의 사랑을 독차지하던 형이 사라졌지만 오히려 그 때문에 어머니에게 증오와 원망의 눈빛을 받아야 했으므로. 이 역설의 구조는 그의 내면 안에 영원히 새겨진 모양이다. 정현민이 메이크업을 배우거나 연극을 위한 분장사로 일하게 되는 사실은 진정한 얼굴 찾기의 주제와 관련된다. 「국수」에서 "나에게 부족했던 건 행복하게 살기 위한 연기력이었군"(102쪽)이라고 넋두리하는 사내나 「보고 싶은 얼굴」에서 저마다 '보고 싶은 제 얼굴'을 찾아 분장과 화장으로 다른 삶

---

1) 대리언 리더, 『우리는 왜 우울할까』, 우달임 옮김, 동녘사이언스, 2011, 139쪽.

을 연기하려는 인물들이 우울한 표정을 짓는 까닭은 서로 다르지 않을 것이다.

「너무 추워」를 보자. 여기, 아침마다 목을 조르는 불쾌한 기분으로 잠에서 깨 하루를 시작하는 한 남자가 있다. 어느 날은 상쾌한 아침을 맞이한다. 죽은 아내의 유령을 목도하기 전까지. 남자의 아침이 이토록 고통스러운 까닭은 무엇인가? 정신분석가 대리언 리더는 어떤 우울증자의 설명을 예로 들어 말한다. 잠에서 깨어나는 일은 하나의 세계에서 다른 세계로 건너온다는 의미이기 때문이란다. 잠의 세계와 깨어 있는 삶의 세계 사이의 경계가 산 자의 세계와 죽은 자의 세계 사이의 경계처럼 느껴지기에 그 순간이 그토록 끔찍스러운 것이다.[2] 아내의 혼령은 죽었으나 죽지 않은, 그러므로 죽음과 삶의 경계에서 부옇게 떠다니는 경계의 존재다. 아내의 그림자가 방문처럼 경계지대를 가리키는 것은 그런 경계의 존재로서의 자기 지시일 것이다. 물론, 아내가 방문 너머를 가리키는 사연은 본래 이렇다. 그녀는 어린 시절, 한 겨울에도 문제를 푸는 시간만큼 속옷만 입고서 아파트 복도에 서 있어야 했던 것. 그 상처의 경험(trauma)이 죽은 아내를 여전히 "잔뜩 겁먹고 긴장한 어린아이의 표정"(10쪽)으로 닫힌 방문을 가리키면서 풀리지 않은 원한을 호소하게 한다. 그녀는 살아서 부모에게 벌 받고 죽어서도 내면의 상처에게 벌 받는다.

벌 받는 것은 아내뿐만이 아니다. 이 소설도 「보고 싶은 얼굴」과 마찬가지로 떠난 자가 산 자에게 반갑지 않은 유산으로 남기고 간 죄책

---

2) 같은 책, 203쪽.

감을 말한다. "아내는 자살할 이유가 없었다. 이유 없는 죽음은 고스란히 남편인 내게 죄책감으로 돌아왔다. 야박하고 잔인하게 나를 남겨두고 목숨을 끊은 여자 때문에 다시 울적한 시절로 되돌아가고 싶진 않았다."(11쪽) 남자는 아내가 죽어서야 그녀의 불행했던 유년기를 알게 된다. 아내가 살아 있을 때, 그는 아내의 슬퍼 보이는 표정을 예사로이 여겼다. 아마도 아내의 슬픔을 두고 깊이 듣거나 깊이 공감한 적이 없었을 것이다. 그것이 남자가 감당해야 하는 죄책감의 기원이다. 이 소설에서 귀신을 보는 사람들이 전문가에게 뺨을 맞아 귀신을 내쫓는 기이한 행위는 망자에 대한 죄책감을 떨쳐내려는 의식(儀式)에 다름아니다. 대리언 리더의 지적처럼, 조금만 생각해보면, 애도를 수행하는 문화적 제의에 집단의 징벌을 통해 애도자의 죄책감을 미리 씻어내려는 시도가 아주 많다는 것을 깨닫게 된다. 이는 애도자가 무의식적인 죄책감 때문에 자해하는 것을 예방하기 위한 조치로 풀이된다.[3] 물론 소설에서 남자는 스스로의 양쪽 뺨을 때리는 것으로 아내의 혼령을 위로하고 죄의식에서 벗어나고자 했다.

그러니 남자에게 너무 무거운 죄의 굴레를 씌우지 말자. 이 소설은 무엇보다 남자의 애도와 죄책감의 프리즘을 투과해 빚어진 것이므로. 그는 이미 충분히, 혹은 과도한 슬픔과 죄의식으로 괴로워하면서 아내를 다른 세상으로 떠나보내는 작업을 하고 있으니까. "너무 추워?" (33쪽)[4] 그렇게, 남자는 과거로 돌아가, 아내와 함께하던 그 시절로

---

3) 같은 책, 142쪽.

4) 박진규 소설에서 추위와 서글프거나 괴로운 일은 서로를 더욱 자극하면서 기억 속에 소설적으로 재구성되면서 깊게 각인된다. 「너무 추워」는 물론, "다만 너무 추워요, 라

돌아가, 아니 그보다 훨씬 더 먼 시간으로 돌아가 한 소녀가 추운 날씨에 벌을 서던 바로 그 순간으로 돌아가서, 아내에게, 아내의 상처받은 내면 아이에게 묻는다. 매정하고 엄격한 부모가 아니라 사랑하는 자의 따뜻한 손길로, 따뜻한 목소리로 진심을 다해 연민과 공감을 표한다. 그가 할 수 있는 최고의 애도였다. 망자를 향해 건네는 가장 애절한 대화의 방식이었다. 그 말은 아내의 혼령이 듣고 싶던 말이었을 것이다. 그 말을 들으려고 아내는 헛것의 몸을 입고 죽음의 세계에서 잠시 삶의 세계에 노크했던 것이다.

죽어도 죽지 않는, 살아도 사는 게 아닌

「너무 추워」에서는 아내의 유령이 하나 나타나 야단이었는데, 「은행강도」에서는 죽은 자들의 유령이 떼로 출현한다. 심지어 이들을 없애는 자들이 국가 공무원으로 활동하기까지 한다. "죽어도 죽지 않는"(46쪽) 자살자들을 발견해 제거하는 a 요원들이 바로 그들이다. 그러나 이들은 국가기관 A의 비정규직에 불과하다. 그들의 사회적 지위와 실존 역시 불안하기는 마찬가지다. "우리야말로 살아도 사는 존재가 아니네요"(46쪽)라거나 "a와 a가 함께 해봤자 대문자 A로 변하는 관계가 아니라는 걸 잘 알았으니 말이다"(47쪽)라는 신세 한탄은 죽었으나 죽지 못한(undead) 유령이 아니라, 살았으나 사는 게 아닌

는 첫문장은 생생하다"(88쪽)라는 「국수」에서도 추위에 대한 진술은 반복적으로 나타난다. "으슬으슬한 아침에 추운 겨울의 이야기는 피하고만 싶었다"(118쪽)는 표현을 하지만, 「굴절」 또한 과거를 얼마나 자주 추위와 결부시키고 있는가.

이들, 즉 불안 노동자(precariat) a의 입에서 흘러나온 것이다. 산 자나 죽은 자 모두 유령적 존재로서 살아가는 세계의 불행은 유령이 출몰하는 초자연적 사태를 놀랍지도 않게 만들어버린다.

유령의 시대에 유령들끼리 서로를 쫓고 쫓는 일은 피로하다. 이 말은 a요원이 '자살자' 유령들을 추적하는 일에만 해당하는 것은 아니다. a요원들은 파트너들을 상호 감시하고 상호 고발하기도 한다. 약자들끼리 공존을 위해 연민하고 연대하기보다는 개인의 생존을 위해 서로를 제거하는 일이 권장된다. 시스템이 개인에게 가하는 폭력의 실체를 깨닫고 그것에 분노하는 것 대신에 서로를 증오하고 경쟁하도록 유도하는 사회가 유령적 존재를 대량 생산해낸다. 이 소설에서 자살했으나 사라지지 않는 유령들은 존재와 비존재, 생과 사의 경계에 머물면서 혼란을 야기하기 때문이 아니라, '우리 모두는 유령이다'라는 엄연한 사실을 은폐하기 위해 권력과 시스템에 의해 제거되어야 했던 것은 아닐까. 한 철학자의 말처럼, 성과를 부르짖는 사회는 우울과 피로를 불러온다. 이 사회에 사는 주체, "이들의 생명은 완전히 죽지 않은 자들(Untote)의 생명과 비슷하다. 그들은 죽을 수 있기에는 너무 생생하고 살 수 있기에는 너무 죽어 있는 것이다."[5]

그러면 어떻게 이 불길한 유령의 지대를 벗어날 수 있을 것인가? 그 물음에 작가는 또다시 기억의 힘, 대화의 힘이라고 응답하고 있다. 불행하게 자살한 자들이 다시 돌아온 것은 과거에 붙들려 있기 때문이다. 그들은 실현되지 못한 과거의 소망 때문에 넋이 되어 떠돈다.

---

5) 한병철, 『피로사회』, 김태환 옮김, 문학과지성사, 2012, 114쪽.

이 소설에서 넋을 위로해주는 한풀이의 의식(儀式)은 한바탕 시끄러운 굿판이 아니라 누군가의 기억 속에서 다시 살아나는 방식으로 행해진다. "망자를 기억해야만 망자를 제대로 보낼 수 있는데, 기억한다는 것은 자기 세계를 상징적으로 재편한다는 뜻이다."[6] 나의 생존에 도움이 되지 않는, 혹은 나의 생존에 걸림돌이 되는 '최악의 파트너' 또한 추억이 담긴 이야기를 통해 유령적 존재에서 언어와 삶, 행복과 상처를 지닌 살아 있는 존재로 거듭난다.

「교양 없는 밤」에도 유령처럼 경계지대에 내던져진 존재들이 배회하고 있다. 이 소설은 다른 단편들에 비해 환상성과 개성이 가장 강한 작품이다. 우리가 발 딛고 있는 현실과 다른 세계를 그리고 있어서 소설이 그리고 있는 세계에 대한 이해는 쉽지 않다. 언뜻 보기에 이 소설의 인물들은 흡혈귀처럼 보인다. 그러나 이들이 빨아먹는 것은 붉은 피가 아니라 타인의 "경험과 생각과 몽상이"(65쪽) 녹아 있는 체액이다. 허기진 그들은 무작정 타인들의 체액을 흡입하지만 한편으로는 자신의 기괴한 존재에 대해 의문을 품는다. 유령을 마주할 때보다 더욱 공포스러운 상황은 바로 나 자신이 유령이 되는 경우이다. 유령이 되거나 유령에 씌는 것처럼 철저하게 자유가 존재로부터 소외되는 일도 없을 것이기 때문이다.[7] 뱀파이어는 타인들의 생명력이 담긴 혈액을 흡입하면서 강력한 지배자의 면모를 보이는 듯하나, 실상 그들은 악마적인 힘에 사로잡혀 허기를 면하고자 흡혈에 의존하지 않

6) 대리언 리더, 같은 책, 139쪽.

7) 서동욱, 「셰익스피어의 유령학」, 『일상의 모험』, 민음사, 2005, 119~120쪽.

으면 안 되는 아주 연약한 존재들이다. 스스로를 지배하지 못하기 때문이다.

그리하여 "내가 누구인지 나는 설명하지 못한다"(67쪽)는 고백에서 '내가 누구인지 말할 수 있는 자는 누구인가?'라는 질문의 실제적 행동으로 이어진다. 그들은 저마다 스스로를 정립하는 해석을 내놓는다. 어떤 이는 악몽 그 자체라고 하고, 어떤 이는 "한 우울증 환자가 상상하는 망상의 형상화"(78쪽)라고 한다. 그런가 하면 이런 해석도 흥미롭다. "우린 인간이 내버린 배설물에 불과합니다. 하지만 그 배설물은 어떤 관념이기에 생각을 가지고 다른 생각을 끌어당깁니다. 관념 사이에 작용하는 인력이라고나 할까요? 생각에 생각이 덮일수록 포만감을 느낍니다. 하지만 우린 스스로 생각할 줄 모르는 존재지요. (……) 우리가 존재하지 않는다면 인간은 생각의 과부하 속에 모두 미쳐버릴 것이 틀림없지요. 우리는 그들의 눈물샘을 조절해주는 겁니다."(79쪽) 꿈이든 비의지적인 의식의 흐름이든 마치 인간의 무의식의 지대를 비유적으로 묘사한 말처럼 들린다. "인간의 경험과 생각과 몽상을 빨아먹고 살아가는 존재"(77쪽)로서 타인의 기억과 감정에 강렬한 호기심을 느끼는 이들은 소설가의 욕망을 비유적으로 드러낸 것으로 해석된다. 소설가들이란 다름아닌 타인의 경험과 감정을 흡혈해서 끝내는 몽상과 꿈 그 자체가 되려는 자들이 아닌가.

「굴절」은 어떤가. 이 소설이야말로 소설가의 어지러운, 이지러진 꿈을 그린다. 소설가 노인은 성공과 실패를 거듭했던 사람이다. 그는 공원에서 "고전적인 미인의 얼굴"(112쪽)인 한 아가씨를 만나 황당하게 느껴지는 전생의 연애 이야기를 듣는다. 1922년을 배경으로 한 김형봉과 안운덕의 이야기가 액자 안에서 펼쳐진다. 어느새 노인은 여자의 이야기에 합류한다. "그가 이야기를 꾸며내는 것이 아니라 이야기가 그를 삼켰다. 노인은 어느 겨울밤으로 돌아갔다. 그는 허구에 있는지 현실에 있는지 아니면 과거에 있는지 현재에 있는지 알 수 없이 속수무책으로 기억에 끌려들어갔다."(125쪽) 소설이 진행되면서, 망상 속에서 노인은 자신이 창조물인 젊은 여성과 함께 이야기를 만들어나가고 있음을 알게 된다. 처음에 정신병환자 즉 '굴절된 여인'의 한낱 망상처럼 느껴졌던 여자의 이야기는 오히려 노인의 '굴절'의 산물로 밝혀진다. 비록 현실에서는 "수렁으로 떨어져버린"(114쪽) 이 늙은 소설가는 '굴절된 여인'이라는 미완의 소설을 망상 속에서 완성시켜 상상의 세계에서는 승리하고자 한다. 그리하여 피그말리온(Pygmalion) 신화처럼 자신의 창조물인 여자와 윤회의 업보로 복잡하게 얽힌 사랑을 상상 속에서 펼친 것이다.

"지금껏 허구에서 살아온 건지 현실에서 소설을 쓰며 늙어왔는지조차 헷갈렸다. 심지어 그가 소설가이긴 했는지 그저 어느 날부터 이어진 망상의 일부가 아닌지 의심스럽기까지 했다."(129쪽) 「교양 없는 밤」에 나오는 기억의 흡혈귀들이 주체의 상실 위기 속에서 의문을 던질 때와 목소리가 겹친다. 생물학적 죽음이 가까운 이 노년의 소설가는 생물학적인 삶이 아니라 상상과 망상 속에서 정신적인 삶, 그것도 전생과 이생, 꿈과 현실을 넘나드는 극적인 삶을 살아가는 유령적 존재에 가깝다. 운덕이 형봉과 주고받는 편지들을 스스로 모두 써내는 행위는 (노인의) 망상 속 (여인의) 망상 속 (운덕의) 망상이다. 겹

겹의 망상 속에서 우리는 망상을 만들어내는 이의 결핍을 읽을 수 있다. 애도와 우울은 사랑하는 이의 부재에 대한 반응이다. 우리가 사랑해야만 하는 존재라는 사실을 일깨우는 심리적 채찍질이다. 그렇다면 망상은 부재하는 사랑의 자리를 받아들이기 쉽도록 현실을 '굴절'시키는 일이 될 것이다.

광신과 폭력의 역사 너머에, 그녀들의 새로운 이야기

「찬장」은 어머니의 오래된 찬장에서 나온 실구렁이 '실구'와 얽힌 이야기들이다. 업구렁이는 집안의 부와 가족의 복에 관련된 우리네 민속신앙이다. 허황된 믿음으로 여겨지기 쉽지만 사실 그 이면에는 조상들의 지혜가 담겨 있다. 곳간이 넉넉해지면 쥐가 늘어나고 쥐를 먹이로 삼는 구렁이도 집 안을 드나들기 마련이다. 그러면 파충류에 대한 어떤 근원적인 혐오감 때문에 가족들이 구렁이를 해치기 쉽다. 구렁이는 집 안의 쥐들을 잡아먹는 유익한 동물이기에 지혜로운 조상들은 이러한 민속신앙으로 구렁이를 보호해왔던 것이다.

그러나 이 소설에서 실구 덕분에 주인공이 이벤트 회사의 멋진 아이디어를 얻기도 하지만 실구가 언제나 복의 상징인 것만은 아니다. 주인공은 난희에게 "실구는 그냥 네 마음속에 있는 공포라고"(199쪽) 당부한 바 있다. 그의 말대로 우리는 이 이야기를 민속신앙의 현대적 각색이거나 기이한 동물 보은담이라기보다는 내면에 똬리를 튼 믿음(이데올로기)의 차원으로 읽을 수 있을 것이다. 그런 의미에서 실구는 시어머니에서 며느리에게로 이어지는 억압적이면서도 긍정적인 가족주의일 수 있고, 젊은 세대인 주인공과 난희의 삶에 질서를 부여하면서 때로는 구태의연하고 공격성을 지닌 전통적 가문의식일 수 있다. 혐오스러우면서도 풍요를 상징하는 업구렁이의 양면성처럼, 삶 속에서 작동하는 오래된 믿음의 체계는 우리를 불구로 만드는 독이 될 수도 있으며, 술병에 담긴 뱀처럼 진귀한 유산이자 약이 될 수도 있다.

「바르게 바로 서니」도 '바로느님'을 섬기는 사이비 종교집단의 흥망사로 믿음의 이면을 파헤친다. 바로느님을 섬기는 새영광세대의 이야기는 표면적으로 우리가 실제 뉴스에서 종종 보아왔던 사이비 종교집단에 대한 세태풍자적 스케치다. 그러나 70년대라는 역사적 설정에서 암시된 것처럼, 대중독재라는 말로 요약될 우리의 지난 시절을 회고하게 하면서 소설 속에 숨겨진 정치적 (무)의식을 드러낸다. 우리의 70~80년대는 산업근대화와 군사독재의 시대였다. 그 시절은 조국의 '새영광'을 위해 얼마나 불철주야로 노력하던 때였던가. '새마을운동' '바르게살기운동' '삼청교육대' 같은 단어들이 이 시대를 기억하게 하는, 또는 상상하게 하는 열쇳말이다. 이 시절, 독재의 앞잡이들은 체계적인 폭력과 대중선전(propaganda)을 무기 삼아 힘없는 국민들에게 무한한 헌신과 희생, 열정과 근면을 요구했다. 한편, 이와 나란하게 '새벽기도'나 '부흥회'로 대표되는 열띤 신앙과 과잉된 분위기 역시 이 시절을 채우던 마음의 풍경이었다. 심지어 이 소설이 누설하는 것처럼, 이 폭력과 기만의 시스템 안에서는 그것들을 이끌어가는 자들마저도 그 허위를 스스로 잘 알고 있지만 그 안에서 빠져나오지 못한다.

성모와 전갈은 '바로느님'이라고 지칭된, 기만적인 남성—종교 또는 남성—권력의 존재를 와해시키고자 한다. 그녀들은 남성들이 세운 허위적이며 억압적인 상징적 질서와 믿음의 체계를 조롱하고 풍자한다. 남성신의 틈과 흠 사이에 비집고 들어가거나 가볍게 빠져나오려는 움직임을 보여준다. 남성 신화에 여성 신화를 맞세워 폭력과 기만을 존재 기반으로 삼아 작동하는 남성 지배사회의 그늘을 까발린다. 그녀들은, 신적인 존재를 가장하지만 실제로는 기만적인 불모의 존재인 바로느님이 아니라 사람들이 숭배하는 "악마처럼 아름다운 괴물"(234쪽)을 기르기를 꿈꾼다. 남성주의적인 세상, 폭력적인 세상에서 그녀들의 새로운 이야기를 써나가기를 바라는 것이다.

그것은 소설 속 인물들만의 소망은 아닐 터. 상실과 부재, 광기와 폭력 대신에 채워질 이 자리에 작가가 탄생시킬 '악마처럼 아름다운 괴물'의 새로운 이야기는 어떤 것일지 우리는 지켜볼 것이다. 작가의 망상에 독자의 망상을 보태면서, 언제나 허기를 느낀 채 타인의 기억과 몽상을 게걸스럽게 흡혈하는 이야기의 유령이 되어, 영원불사하면서 말이다.

작가의 말

1

독자들만이 소설가가 어떤 사람일지 상상하는 건 아니다. 때론 소설가 역시 독자가 어떤 이들일지 생각한다. 이 단편들을 쓰면서 늦은 밤 열한시 어딘가로 춤추러 가고 싶었지만 혼자 침대에 걸터앉아 밤을 보내야 하는 이들을 떠올렸다.

밤 열한시부터 새벽까지 침대에서 읽을 수 있는 소설집을 만들고 싶었다.

어쩌면 나는 여덟 편의 단편소설이 아니라 이야기로 흘러가는 여덟 개의 오래된 춤곡을 쓰고 싶었던 것 같다.

2

　백다흠 편집자에게 감사한다. 다소곳이 채찍을 휘두르는 사감이자 묵묵히 힘써주는 산파였다. 편집자에게 소심하게 반항하다가, 쉽게 설득당하고, 다시 날벌레처럼 귀찮게 굴기를 여러 번이었다. 하지만 책을 마무리하고 보니 결과적으로 그의 조언들을 따르길 잘했다는 생각이 든다.

3

　책에게도 운명이란 게 있을까? 만일 그렇다면 이 얇은 한 권의 소설책이 누군가의 머리맡에서 교양 없는 애완동물로 오래도록 살아가길 바란다.

문학동네 소설집
교양 없는 밤
ⓒ 박진규 2012

초판인쇄 2012년 10월 25일
초판발행 2012년 10월 31일

지은이 박진규
펴낸이 강병선
책임편집 백다흠 | 편집 이경록 황예인 | 디자인 윤종윤 유현아
마케팅 신정민 서유경 정소영 강병주 | 온라인마케팅 김희숙 김상만 이원주
제작 서동관 김애진 임현식 | 제작처 영신사

펴낸곳 (주)문학동네
출판등록 1993년 10월 22일 제406-2003-000045호
주소 413-756 경기도 파주시 문발동 파주출판도시 513-8
전자우편 editor@munhak.com | 대표전화 031) 955-8888 | 팩스 031) 955-8855
문의전화 031) 955-8890(마케팅) 031) 955-8864(편집)
문학동네카페 http://cafe.naver.com/mhdn

ISBN 978-89-546-1960-8 03810

* 이 책의 판권은 지은이와 문학동네에 있습니다.
  이 책 내용의 전부 또는 일부를 재사용하려면 반드시 양측의 서면 동의를 받아야 합니다.
* 이 도서의 국립중앙도서관 출판시도서목록(CIP)은
  e-CIP 홈페이지(http://www.nl.go.kr/cip.php)에서 이용하실 수 있습니다.
  (CIP 제어번호 : CIP2012004883)

www.munhak.com